U0882399

作者简介：

袁利荣，无党派，57年4月出生于合肥市普通工人家庭，82年元月毕业于南京航空航天大学。上大学前当过两年“插队知青”，干过多种农活。大学毕业后在地处景德镇的航空工业单位工作了二十二年多，04年3月调来武汉工作。94年加入中国作家协会，05年被聘任为武汉市文史研究馆馆员。现为湖北省作家协会理事，武汉市作家协会顾问，武汉市政府参事室调研员。

88年3月开始发表诗歌等文学作品，至今已在国内两百余家报刊上发表过多种体裁的文学作品总计一千余件。在九十年代里曾有六十多家报刊将他推誉为“狂飙诗人”。分别于03年和14年出版《湖田诗文集》共七册。有诗评家称他的诗：“文字洗炼，语言流畅，构思奇特，立意深远。”诗外，他的随笔也受到了众多读者的推崇。

湖田诗文选

湖田文选

袁利荣 著

中央编译出版社
CCTP Central Compilation & Translation Press

目　录

散文诗

寓 言

人生随笔

文学及字词随笔

文学札记

散 文

附 录

散 文 诗

有感无名花

每当我看到开放在山坡、荒野、田埂、村头、水边、道旁的浅黄色、淡紫色、粉红色的无名花，心底总会油然升起一股难抑的情感。

无名花虽小，但庄重朴实，彼此之间除去充满友爱的相互陪衬外，决无嫉妒与争宠。纵然，作为其中一株的她，貌不出众，名不传扬——可是，她存在的本身就是一首淡雅的诗，一支悠远的歌。

我每每想：如果所有的理想之花、追求之花、青春之花、爱情之花、友谊之花都能像这小小的无名花一样，无华而又真诚地开放——那么，整个世界该是怎样的蓊蓊郁郁而又注满和平？

81 年 5 月 30 日于南京航空学院

夏夜漫步

星斗满天，一派晴朗。我拖着疲惫的身子在旷野、在水边漫无目的地走着，走着，垂着头，一任夏夜少女唇儿般温馨的风并不使人感到过分热烈地吻舔着，吻舔着……

许久，许久，我缓缓地向星空举起我铅沉的头——啊！一天的繁星把黑丝绒般的夜空装扮得何等辉煌！

举着头，我继续走着，走着，一边呆呆地看，一边冥冥地想——这灿烂的星空，何至于如此辉煌？哦——

在星空，一些星星明亮，一些星星暗淡，一些星星居于近前的位置，一些星星守在遥远的边陲——然而，不论明与暗，不论近与远，所有的星星发出的都是自己本身的光亮——也仅仅只是自己本身的光亮……

没有喧哗，没有噪音，没有变态的嫉妒，没有恶毒的诽谤，没有冷枪，没有暗箭，没有扭捏的谦恭，没有作呕的吹捧，没有流言，没有中伤，没有看不见的战争，更没有公开的戕杀……不分高贵与低贱，不分官与民，谁也没有超越自身的非分的欲望，谁也没有臣服他人的奴仆的高尚——在星空，所有的星星都默默地放着光，彼此间静静地照耀着，不论明与暗，不论近与远，各占各的位置，各放各的光亮，大家不争不吵，同心协力地织出了这无边夜空的无边辉煌！

……

夏夜里，无数的虫儿浅斟低唱，树梢和草叶飒飒作响，平静的河水款款流向远方，空气中摇荡着原野花儿的芳香……

我继续在旷野、在水边走着，走着，凝望着灿烂的星空，在夏夜迷人的氛围里沉浸着，沉浸着——渐渐地、渐渐地我感到了轻松——轻松了……

徐徐地，我开始徐徐地扇动起被星空洗净并锃亮了的心灵的翅膀，在夏夜里飞翔，飞翔——迎着无边的星空张开的无边的启示，迎着辉煌的星空展现的辉煌的理想……

哦，有一天，我们的人间也会和这星空一样，灿烂又辉煌——被星空洗净并锃亮了的心灵的翅膀，在夏夜里飞翔，飞翔……

星斗满天，一派晴朗。我提着轻松的身子在旷野、在水边若有所释地走着，走着，吐着气，一任夏夜少女唇儿般温馨的风并不使人感到过分热烈地吻舔着，吻舔着……

87 年 8 月 18 日于景德镇湖田南河岸

最寒冷的时候

最寒冷的时候，不是被冰雪包裹起来的冬天——尽管在被冰雪包裹起来的冬天里，你吐出的一口热气刹时间能冻成一把冰粒……

最寒冷的时候，不是被窝不保暖的深冬里的深夜——尽管在被窝不保暖的深冬里的深夜里，你不得不将四肢收缩，收缩……

最寒冷的时候，是敦敦实实的冬姑娘的脚步声咚咚传来的时候——夏天早已无影无踪，马拉松健将般的冬姑娘眼看着就要压过来，压过来，而你又不能像一些动物那样通过冬眠来逃避……

最寒冷的时候，是早春的黎明里扑面吹过来一股阴沉沉的寒风的时候——你在漫长的等待中积蓄的一股热情霎时间被冻得僵硬僵硬——残冬这个老太婆的一个大巴掌，便把姗姗而来的春姑娘扇得老远老远……

最寒冷的时候，是遭受寒流出其不意地袭击的时候——你已脱去了棉衣，正兴致勃勃地郊游，突然，天空滚过来一股强大的西伯利亚冷气流……

最寒冷的时候，是被至爱和信仰所欺骗了的时候——在这种最寒冷的时候，心灵完完全全地沉浸在一片光亮得足以灼伤眼睛的冰雪世界……

88 年 9 月 2 日于景德镇湖田山

最黑暗的时候

最黑暗的时候，不是夜幕淹没了黄昏的时候——尽管在夜幕淹没了黄昏的时候，有一种垂死的挣扎，有一种破灭的绝望……

最黑暗的时候，不是乌云笼罩了月亮的时候——尽管在乌云笼罩了月亮的时候，有一种窒息的压抑，有一种迷失的恓惶……

最黑暗的时候，不是阴风卷走了星光的时候——尽管在阴风卷走了星光的时候，有一种深渊的恐怖，有一种坠落的惊慌……

最黑暗的时候，不是冷雨敲打着子夜的时候——尽管在冷雨敲打着子夜的时候，有一种滞胀的疼痛，有一种砭骨的冰凉……

最黑暗的时候，是白昼没有太阳也没有天光还没有一点点声响——甚至连一丝丝死亡或强暴发出的声响都没有的时候——时间和空气一同凝固成阴沉的冰山，灵魂和肉体都涣散了张力……

最黑暗的时候，是万盏灯火的现代都市突然停电的时候——生命刹那间为光明所抛弃，舞池内是一群乱撞的瞎子，自己刚才还搂着的舞伴此时已不能再把她送回原来的坐位——回家的路已不知道在哪里，甚至连家也不知道在哪里……

最黑暗的时候，是启明星冉冉升起、黎明不可扼杀地走过来的时候——没有喧哗为时钟的步伐壮行，没有掌声为大海的阵痛欢呼——有的，只是潮水般的诅咒，一道紧接一道的防线，整个旧世界对新世界的抗拒——沸腾的热情承受着殊死的围剿……

最黑暗的时候，是情感世界一片荒漠、发不出讯息也进不来讯息的时候——在这种最黑暗的时候，生命完完全全地沉浸在那种绞杀智慧与毅力的孤独和寂寞中……

88 年 9 月 1 日于景德镇湖田山

帆，颠簸在海上

帆，颠簸在海上——远看，充满潇洒的魅力；近看，是痉挛的肌肉和暴起的青筋——而在天之天上，则是用一滴滴血写下的航海日记……

暗礁狰狞的瞳孔，海浪猩红的舌头，风暴饥饿的呻吟，同色帆和不同色帆有意无意的妒嫉和恶意——背叛岸的代价背叛者只能在生之原欲的挣扎中逐渐憬悟……

人们总爱这般轻松地赞美帆：太阳的骄子，月亮的情人，星空的对话者，大地梦魂萦绕的思念——然而，颠簸在海上，一个人驾驭着一叶命运的舢板，你正第一万遍品读着大海缄默的语言……

出走的岸，已很遥远——汹涌的波涛将退回的思绪打断；然而彼岸——遥远的海平线的前方仍是遥远的海平线……

湛蓝寥廓的海天如一面湛蓝寥廓的棋盘：一颗星星，一枚黑子；一朵浪花，一枚白子——帆，在海天的经纬网络上“做活”一个又一个的“眼”：迎接一次又一次辉煌的日出，目送一次又一次庄严的月落……

既然身前身后都不见岸，既然一念之差已将原先的岸背叛——那么，就亮出你远古的智慧和祖先的勇敢吧：一个人陪伴着星星，一个人陪伴着浪花——执著地驶往你命运的彼岸！

既然你的命运就是穿越大海如锯的牙缝，拒绝葬身鱼腹的悲剧；既然你的命运就是摘取星星做勋章，选择浪花做掌声——那么，你就死死地扼住——你命运的咽喉吧！

帆，颠簸在海上——懵懂无知的少男心目中的英雄，耽于幻想的少女心目中的伟男——其实，你既不高大，也不潇洒——如果你的确是有魅力的话，那么，你的魅力或许正是你布满血丝的眼睛里喷射出的火焰……

大海上——没有柔软的音乐，没有悠闲的茶座，没有奢侈的林荫小路——大海上，有的只是：暗礁的匕首，海浪的剑戟，风暴的刀枪，形形色色的或许应该饶恕但却不可饶恕的误会……

海是孤独的，天是寂寞的，在湛蓝寥廓的棋盘上不需要用任何华丽的辞藻来表达——忍受疲惫的撕咬，听凭瞌睡的纠缠，你，举起铜墙铁壁的头颅，袒露容纳海天的胸膛，个体的生命展开极限的张力——帆，颠簸在海上……

海的孤独因你的分享而不再孤独，天的寂寞因你的奉陪而不再寂寞——海天替你作证，你如是说：“如果有一天，终于抵达了彼岸，我只有一个愿望——一个囫囵觉，睡他三年！”

以远古的智慧披阅星空卷帙浩繁的天书，以祖先的勇敢领略大海喜怒无常的情愫——海浪和风暴扯碎了你的衣衫，全裸的毒日烙焦了你的脊背——你布满血丝的眼睛里喷射出火焰——帆，颠簸在海上……

帆，颠簸在海上——你形单影只地站立在一叶忽上忽下的舢板上如一张竭力拉开的弓——搭在弓上的，是你整个的生命……

帆，颠簸在海上——希望和信心，颠簸在海上；彼岸和明天，颠簸在海上；痛苦和欢乐，颠簸在海上……

帆，颠簸在海上——你支撑起的孤独和寂寞，颠簸在海上；人类雄性的美和雌性的审美，颠簸在海上……

89 年 9 月 2 日于景德镇湖田山

银 色 的——

有两种感情：金色的和银色的——

金色的感情炽热，银色的感情悠远。

金色的感情像湍急的飞瀑，能激起簇簇心海的巨浪，迸发出滚烫的誓言——但在时间潮汐的销蚀下，许许多多曾珍珠般闪光的誓言都逐一随风飘散。而银色的感情则像深沉的湖泊，能载浮人生的船，托举友谊的帆——虽多是恬静平淡，却永远都像晴空一样寥廓湛蓝。

人在童年时，仰慕倏忽而逝的流星；成年后，则追求悠远深沉的生命。少小时的我，曾疯狂地追逐过金色的感情；长大后的我，由于渐渐对人生有了些许憬悟，便发自心底地赞美：银色的——感情！

愿人与人之间的感情，不只是一层闪光的镀金，仅有一段虽热烈但却短暂的生命——而是像一座高山上澄澈的水库一样，虽不迷醉于一时，但却细水长流，一如山泉般地不竭。

哦，我赞美——银色的——感情，我更赞美——银色的——友谊!

88 年 10 月 25 日于景德镇湖田山

孤独的长途跋涉

莽莽大漠，比死亡还要静寂——日升日沉，月起月落，这只是永不知疲倦的悄然重复——似乎连天国也阒然无声。

依稀可辨的只有零零星星的沙打旺，无声地荡漾着黄色无边的沙海。这是拧干了水的雄性的海，只有沙海之舟——骆驼，才能够摆渡。掘一丘沙土仔细看一看吧：几多折戟，几多白骨？

我孤独地跋涉在这莽莽大漠，听不到任何关切的询问，而无形无影的诅咒又敲不响我的耳膜——因此，我有力的心跳也就成了这莽莽大漠里唯一的钟！

先贤先哲们，不过是天尽头的一些黑点点；魑魅魍魉们，在这沙海里毕竟站不起来——朋友同志们，也都和我一样孤军奋战：这莽莽大漠，何异于飘泊了几许孤零零之星星的偌大圆天？

母亲把我送到这个世界，岁月把我送到这茫茫沙海——今天，置身在这茫茫沙海中间，我已看不见也再不能找到来时的岸，而彼岸就更遥远：母亲已不再能听到我的声音，岁月已收藏了我往昔的足迹，胞兄胞弟们也不能援我以一滴甘泉……

孤独地置身在这茫茫戈壁，已没有什么再值得依靠——除了自己的骨骼和脚，什么也都再不可依靠！

鞋子破了，就赤脚；衣服碎了，就光臂！热血的蒸汽留给远古的驼队，汗滴的盐水赠予长眠的英灵——请太阳考察我的坚韧，请月亮验收我的忠诚！

如果有一天我同样成了沙海里的一捧白骨，我仍然无怨无悔——因为这是我自找自愿的；如果有一天我同样拥抱了沙海的彼岸，我不会大欢大喜——因为我没有一丝一毫的侥幸！

哦，母亲就在前方，岁月就在前方——母亲和岁月在前方向我张开了两只软软的臂膀：划呀划，用力地划呀划——踏星空的波浪，挂月亮的风帆，摇太阳的橹桨！

人生的沙海，没有阴晴昼夜，也没有春夏秋冬——有的：只是呈现辽阔的宇宙和闪烁诱惑的时间……

跋涉在人生的沙海，我充满了孤独——又一点也不孤独：有太阳，有月亮，有星星，有沙打旺，有彼岸，有母亲，有岁月，有心跳，有梦……

跋涉在人生的沙海，我信赖我——太阳般的头颅，桅樯般的骨骼，轮胎般的脚！

哦，我充满了孤独——又一点也不孤独……

89 年 2 月 9 日于景德镇湖田山

我冲动——

见到刚出落成的袅袅婷婷的少女，我冲动；见到风情万千的令人痴迷的笑靥，我冲动；见到勾魂摄魄的娓娓如诉的秋波，我冲动；见到静静地站立在金秋高坡上等待着被采撷的熟透的苹果，我冲动——

因为我冲动，所以我青春的心——活着。

见到弱者遭强者凌辱，我冲动；见到善良受邪恶愚弄，我冲动；见到高尚被卑鄙强奸，我冲动；见到腥臭的浊流玷污了清纯的空气，我冲动——

因为我冲动，所以我良知的心——醒着。

见到千古唱绝的诗篇，我冲动；见到卓荦旷世的天才，我冲动；见到鬼斧神工的杰作，我冲动；见到坚韧不折的追求高度的手臂，我冲动——

因为我冲动，所以我开放的心——敞着。

见到大路不平，我冲动；见到世道不公，我冲动；见到正义不伸，我冲动；见到真善美的敌人——假恶丑招摇过市，我冲动——

因为我冲动，所以我侠义的心——站着。

冲动常常将我推向成熟的反面——然而，我正是站在成熟的反面的凳腿上，将大写的“人”字，举向蓝天……

89 年 8 月 31 日于景德镇湖田山

一股血性的气

人生，贵在有一股血性的气。

气在，明天在；气在，希望在——气在，活能活出个大写的“人”样来！

气在，激情在；气在，精神在——气在，活力才会充满生命的肌腱！

血性的气在，人生就不会出现不可逾越的障碍；血性的气在，人生就不会窒息于打击和迫害！

血性的气并非一时的冲动，更不是舞台上的表演——真正的血性的气，乃是贯穿并溶解于人生完整的进程中的刚正和果敢——尽管他常常只是在非常之际，才迸发出异样的光彩！

少了血性的气，也就少了脊骨，少了生命内在的威严！

人生，贵在有一股血性的气——男人，不能少了一股血性的气！

89 年 10 月 16 日于景德镇湖田山

四　季

湖的倒影漫过草地，漫过树林——仿佛每一个胳肢窝都被柔嫩的指尖所碰触。

紫藤软性的皮鞭喷吐出火舌，爱——展示出疯狂和残忍。

绽放出最后的颜色，完成大自然镶花边的杰作——在悠远的画卷上，有许多盐的颗粒在闪闪烁烁。

粉白的欲望以不可抗拒的潇洒，自上而下地宣告占领——世界，收藏起所有的棱角。

记忆的扁舟，就是在岁月更替轮回的沧桑中——漂泊，漂泊……

89 年 12 月 28 日于景德镇湖田

生命中的一截

是诗的——仿佛每一个骨节都能迸发出音符，弥散出音乐……

青春的火总是渴望着蔓延——即便被囚禁在一腔偪促的炉膛里，也有不安分的火苗不时地往外逃窜……

小船一般的新月是迷人的，湛蓝的星空是闪烁诱惑的——而太阳就像是脚下的一只温顺的足球……

总喜欢漫无边际地构思着冗长的序言，却不知道——这只是一本薄薄的册子，很快便会翻完：那些匆匆逝去的日子，就是挽不回来的最令人追悔的岁月……

是诗的——仿佛每一脉血管都流淌着山泉的梦：一路奔腾，一路歌唱……

91 年 4 月 14 日于景德镇湖田

希　望

像小船离不开橹桨，似飞鸟少不了翅膀——心灵的方舟啊，必须把希望的风帆高扬！

只有负载希望的人生，才会有朝霞一样绚丽的色彩和河流一样坚定的向往！

强而有力的希望，如腾腾烈焰，滔滔大江——即便遍地荆棘，漫天风浪，也不可阻挡意志所认定的远方！

腐烂的枯树之上，香蕈正蓬蓬勃勃地生长；贫瘠的山石之上，青松在郁郁苍苍地歌唱——充满希望的人生，应该是这样：透过凛冽严冬里的一枝红梅，啼听到春天的喧响；面对无边沙漠里的一丛胡杨，想象出绿色的海洋！

让人生旅途中的不幸和泪水走开，以缄默的跋涉高举起希望——即使遭受到最大的灾难和打击，依然相信：昨天失去的，明天会加倍地予以补偿！

人生，有几多希望，就有几多激昂奋进的力量！

负载人生的道路，总是这样：向前，向上——充满希望……

91 年 5 月 3 日于景德镇湖田

桥

不论赤日炎炎的盛夏或寒风凛冽的严冬，不论细雨霏霏的初春或霜白草萎的深秋，每当我在空旷寂寞的路途上遇见一座桥，心中总会涌出一股感激——荡漾着无言的慰籍。

有时累了，我便凭栏俯身小憩片刻——让流水从心中宁静地穿行而过；有时遇雨，我便躬身桥洞躲避一会——缄默地等待清风将乌云扫干净；有时在长途跋涉的途中，前不见村后不靠店，天忽然黑了下来，我也就只好在桥身的遮蔽下宿一个孤独的夜——如果有幸，便可以看到明月叠印在桥下细碎的波纹里，时起时伏，若即若离——如同情人在侧的梦境。

在艰辛而又漫长的人生旅途上，我把交臂而去和热吻而别的每一座桥，都看成是命运中顺序排列的逗号或冒号：标志路的延伸或新的起点……

91 年 5 月 5 日于景德镇湖田

一场搏斗

屋角上，一只蜘蛛和一只落网的苍蝇展开了一场搏斗——缉拿与逃命的搏斗。

苍蝇拼命地挣脱，蛛网剧烈地摇晃着——原先的网被撕开了一些口子，原先的丝也被扯断了许多。在苍蝇疯狂的反抗下，蛛网似乎真的要破了——眼看只剩下几丝还挂在墙上。

蜘蛛的尊严面临着严峻的考验。

然而，蜘蛛沉着果断地予以应战——机智地补着网，并趁暴怒的苍蝇不注意时把丝缠到它的翅膀上，然后再迅速地把另一头粘到如钢铁一般坚固的墙上。几个回合后，苍蝇的气力开始衰竭，而蛛网却越绷越紧。

苍蝇的命运面临着死亡的深渊。

终于，半个小时后，苍蝇被缚牢了——再也动弹不得了。蜘蛛胜利了——一顿美餐便是对胜利者的光荣的报偿!

完整地目睹了这一场搏斗后，我陷入了沉思——冒出一个古怪的联想：如果我们的每一项法律都能如这蛛网，而社会的每一个罪犯的下场又都能如这苍蝇。

91 年 5 月 9 日于景德镇湖田

谦　让

烂漫的春天觉得自己不如夏天热烈，便轻轻消隐于沉醉的墨绿中。

奔放的夏天认为自己不及秋天老练，便悄悄遁藏到痴迷的金黄里。

成熟的秋天感到自己没有冬天的静穆，便悠悠潜入安详的雪花中。

威严的冬天深知自己缺少春天的生气，便徐徐探进细软的雨丝里。

就是在季节的依序拱手谦让中，大地有了不停更换的色彩缤纷的时装，人生也有了阴晴圆缺咏叹不尽的所谓的岁月……

91 年 5 月 13 日于景德镇湖田

她

她，往往被你忽视——因为她总是悄悄地从你身旁溜走，不喜欢留下痕迹。

或许只有当蓓蕾在不经意间突然于枝头绽放，或许只有当金风不期而至地旋起第一片落叶，或许只有当流星倏地划亮天幕，或许只有当闪电霍地撕破雨帘——你才会顿刻憬悟到她的绚烂与庄严。

她，是抓不住的流水握不住的风：既能将你淘洗得如鲜红的玛瑙一般晶莹透亮，也能将你销蚀得像尘封的古董一样暗淡无光——如果你不努力不勤奋，就会失去她女人的情和心。

她，在一横一竖地书写你的历史——平庸抑或璀璨；她，在一丝一缕地带走你的年华——编织锦绣抑或打发与水……

哦，多坏哟——这个能从你指缝中滑过去的，这个贪婪的能将你一切的欢乐和忧愁都舔个精光的，这个总是诱惑着你却又总不愿被你捉住的多情而又寡情的姑娘……

91 年 5 月 19 日于景德镇湖田

诺 贝 尔

一位本意不求闻达的默默耕耘者，不料最终竟成了举世景仰的伟人；一位生前没有任何学历可资炫耀者，不料临终所设的奖金竟被这个世界上众多最有学历者视为自己一生中最高的荣誉；一位终生都渴望着自由与和平、进步与幸福的大地最骄傲的儿子，不料在自己真实的人生中竟充满了悲剧的传奇。

他——就是诺贝尔，就是和炸药与奖金联系在一起的诺贝尔！

是诺贝尔的一系列的炸药，改变了我们这个世界；是诺贝尔的依年度的奖金，推动了我们这个世界！

他是一位天资聪慧、多才多艺、恪守原则、自学成才的最卓越的发明家。尽管体质虚弱、健康不佳，尽管屡遭挫折、命途多舛，但他却凭借执著的顽强与惊人的毅力孤独地长途跋涉了自己艰辛的一生！

他是一位终生未娶、生活简朴、不慕虚荣、淡泊名利的很感人的工作狂。在他复杂而又矛盾的性格中，正义与良知始终居于不可取代的上风。他将自己完整的一生，完整地奉献给了我们整个人类！

是因为他，我们人类的文明才达到了今天的高度！

诺贝尔这个名字，将永远闪烁在灿烂星空的扉页上！

91 年 5 月 25 日于景德镇湖田

石缝中的生命及其启迪

那从石缝中长出的一簇一簇的野草，春绿秋黄，岁岁枯荣——它们没有宽阔的叶子，因为它们得不到使叶子变得肥厚的营养。那细瘦的薄叶和那细微的叶脉告诉你：它们的生存是怎样的不易与艰辛！

漫步在乱石岗上，出于怜悯，我弯下腰去，欲拔一支叶茎放进嘴里咀嚼——尝一尝这石缝中的生命的味！当我用力拔起一支叶茎，顿刻惊讶不已：整个茎脉朝下的一面有许许多多毛毛绒绒的细须——哦，这环境的馈赠，这为了减轻母根负荷而生发出的细如胡须的子根！这许许多多因岩石脉胳凸凹不平而弯弯曲曲的湿漉漉的子根须，使叶茎减少了对母根乳汁的吮吸——从而使得顽强的生命得以顽强地生存并繁衍！

生长在石缝中的草和生长在原野上的草是有区别的：原野上的草，即使成簇，叶茎也大都是垂直向上的，风一吹整簇整簇地摇摆不已；而石缝中的草，除簇心两三支叶茎站立外，四周大都斜伏着生长，风一吹只能抖抖叶尖——这一是为了生发子根须，二是为了更好地承受岚露与天光，以最大的可能弥补先天的不足。哦，生命——这给人万千启迪的生命！

那些从石缝中长出的一团一团的小小的山花，大多是苦苦的蒲公英——它们的叶茎里有着带苦味的乳白色的浆汁。生长在原野上的蒲公英大都肥硕茁壮，其根在春天里常被人们挖去当野菜。生长在石缝里的蒲公英则因山风的凶狂而没有高高的躯干，又因山石的贫瘠而没有众多的叶片——它们的茎虽显苍老但却多些坚韧，它们的叶虽显单薄但也不逊多少色泽：它们有深插在石缝中的七钩八折的根系，它们有沿岩石脉络伸展的藤蔓——尽管它们不能充任人们佐餐的肥嫩的野菜，但却装点了乱石丛生的荒山！适者生存的规律虽然无情了些，但却告诉人们：生命，贵在拼搏！

如果所有的生命都不屑于到石缝中去寻求立足的天地，那么人类所在的这个星球势必会有许多死寂的空间。其实，生命的本身充满了辩证法：有的生命贪恋黑油油的沃土——优越的自然环境虽然也能使它们暂时得到最大限度地生长，但它们的家族却会因此而一代代地退化，驾驭环境的能力将逐渐衰微——当不定的风一旦把它们的种子卷落到贫瘠的石缝或缺少阳光与雨露的地方，这些种子将会因为不曾从它们的父辈那里得到顽强的意志与征服险恶环境的素质的遗传而难以发芽生长——甚至会变成一丁点肥汁去滋养能够适应险恶环境的生命！而那些生长在石缝中的野草或野花，虽然它们的生长环境十分险恶，但却得以在一代又一代的繁衍中使驾驭环境的素质变得越来越强——一旦它们的种籽撒落到肥沃的原野上，那将具有比那些娇嫩的种子高出千百倍的生机：它们的生长将会极其繁茂，甚至可能在生存空间的竞争中将那些柔弱的种子吞吃掉！

有人从山上掐一朵小花移栽到花盆里——没经多少时日，这朵当初的小花便出落得相府千金般婷婷玉立。但当人们将它的种子重新播撒到山上时，这些种子却大多因为它们的妈妈已习惯了温室而不能再在时寒时暑的山上发芽！

因为生命的本身充满了辩证法，所以人类所在的这个红红绿绿的星球上才有了连绵不断的悲剧与连绵不断的喜剧——生命，就是在悲剧与喜剧的运动中延续着！

愿所有生命的种子都不因飘落到石缝中而凄凄怨怨，愿所有生命的种子都勇于面对艰苦的环境并乐于接受环境的挑战！要知道：生命往往是在困厄的境遇中发现了自己，进而提高了自己，直至成就了自己！

生命的现象和过程统一在辩证的哲学中。

91 年 5 月 23 日于景德镇湖田

哦，这杯酒……

这是与生俱来、人人面前有一杯的酒。这杯酒五光十色，烟雨溟濛，香入骨肉里，韵在不言中。初尝其味，似乎芳甜醉人；再一咂摸，仿佛有点苦涩；仔细品辨，好像又有了某种不须假手于文字的了悟。

这杯酒就是人生。

“对酒当歌”——古今男男女女或欢笑，或嚎啕，或纸醉金迷，或劳动创造，汇成了一条万古不废的泥沙俱下的奔腾不息的社会的大河。在这条大河里，再波澜壮阔的人生，也不过是颠簸其中的一叶扁舟——但是，置身浪尖潮头潇洒地饮人生这杯酒的饮者，织成了这条大河如诗如画、滔滔不绝的风景！

这是一杯既浓郁又清淡、既苦涩又芳甜的生命的琼浆玉液，我们应认真地、一点一点地珍惜着品尝——各人唱出各人自己的饮酒歌！

有人因为疲倦而洒了这杯酒，有人因为活累了活厌了活得不耐烦了而干了这杯酒——轻生者并不值得我们怜悯：因为他们承担不了人生的负荷！

也有人连饮带洒，似乎潇洒得很——当白发出现在他们的头顶，当皱纹爬上了他们的额头，回首来路一事无成，他们也许会悔恨自己对一去不返的青春岁月的虚掷！

还有人直到滑进慈祥和蔼的黄昏，才品出了这杯中物的滋味，才感悟到这杯中物值得留连忘返——可惜这时杯中已所剩无几了。

无论死神之吻如何销魂，无论漫漫长夜如何无悲无哀，又怎抵得上对这杯中物的迷恋？又怎抵得上对那酸咸苦辣的感受与理解？

也有一种“干杯”，那是属于惊天地泣鬼神的壮举——那“饮者”是何等地英勇壮烈：颈项伸向祭坛，热血染红大地——他们是国家与民族的骄傲，他们的生命在千千万万的生命中得到延续！

英雄对生命的轻掷，源于英雄对生命的挚爱与痴迷——他们洒脱地摔掉自己的杯子，为的是让天下的杯中物少一点悲哀与不幸，为的是劝我们大家：慢慢地饮！

如果历史与现实并不需要我们豪爽地“干杯”，那么我们何不慢慢地喝慢慢地饮——在有花有草有坎有坡的人生道路上旅行，实在是一桩再愉快不过的事情。

煌煌浩浩五千年，历史的车轮在头颅铺就的道路上沉重地向前滚动着——我们继承的是过去，我们开辟的是未来！

哦，这杯酒……

91 年 7 月 19 日于景德镇湖田

潇洒地挥一挥手——

潇洒地挥一挥手——告别幼稚，走向成熟；告别失败，走向胜利；告别过去，走向未来！

昨日的成功与荣誉，昨日的耻辱与泪水，已隐退于陈旧的风景——仍然放射着诱惑的召唤，来自于明天！

忘掉昨日的成功与荣誉，不论她们是何等的辉煌与灿烂，毕竟已化作来路的阶梯，入定于人生的履历里！

记取昨日的耻辱与泪水，不论她们是何等的遥远与缥缈，毕竟是滋养心灵的永恒的沃土，能够不断地将人生推向崇高！

潇洒地挥一挥手——告别逡巡不前的宿营地，再一次登上出征的列车：让人生的抱负与理想，永远闪烁在远方！

不羁的灵魂，岂能囚禁于方寸与罗网之间？傲岸的人生，岂能不酣畅淋漓地抒发胸襟？

难分难舍的依恋，丝丝缕缕的情愫——但是，一个真正的男子汉，在必须告别的时刻，又怎能儿女情长，风云气少？

不理睬背后的说三道四，无论前路是怎样曲折艰险，你尽管自信地用自己的脑袋指挥自己的脚；不顾忌世俗的评头品足，无论人生是怎样坎坷困顿，你尽管坦荡地向自己心中的城堡大步挺进！

潇洒地挥一挥手——告别倦怠，告别庸碌，告别挫折，告别消沉！

告别滞留太久的港湾，大海张开的依旧是如初的臂膀；告别浸淫太久的昨日，明天张开的依旧是如梦的情怀……

向上的灵魂常常与告别有缘，追求的人生每每与告别联姻，峥嵘的时代往往由告别写序，崭新的历史总是由告别作结……

潇洒地挥一挥手——告别过去！

潇洒地挥一挥手——走向未来！

91 年 8 月 9 日于景德镇湖田

生　活

是一支歌——有或高亢或委婉的抒情，也有或低沉或激昂的倾诉……

是一艘船——有风平浪静、丽日蓝天的流域，也有暗礁丛生、波涛汹涌的航区……

是一条路——有沟沟坎坎、磕磕碰碰的旅行，也有无障无碍、跃马扬鞭的奋进……

生活，是一串标点符号排列出的过程——

生活，是一行深深浅浅拼写着的脚印……

91 年 8 月 18 日于景德镇湖田

海的启悟

海，多么令人神往的字眼！从开蒙时起，我读过成百上千首古今中外的关于海的诗篇。在我的想象中，海是富饶的，也是美丽的。然而，当我充满激情，扑向它博大的怀抱时，我才憬悟到：海和海的包容，是深邃邈窅的……

我沿着柔软的海岸漫步，温情脉脉的海水吻着我的脚背。我始不怀疑：沙滩上我会留下两行深深的足印。但是，当退去的海波又涌上来时，几经冲刷，很快就将我身后的足印抹平——不留下一点痕迹。我不禁想到：人生难道能是这一串写在柔软的沙滩上的浮浅的足印吗？

我捡起一枚卵石，它光滑玲珑如玉。在海水的喧闹声中，卵石与卵石相互撞击，一个个都朝着沙滩上涌，翻着炫目的筋斗。我不禁想到：人生难道能像卵石那样，没有一点点属于自己的棱角或意志，而一味地随波逐流吗？

海潮退去，沙滩上撒满了五光十色的晒着太阳的贝壳。人们争相拾掇着，捧在手里玩弄或欣赏。我不禁想到：人生难道能像这永不止息的大海的弃物，只图漂亮的外表，而摈捐充盈内涵的活的生命吗？

海浪一口接着一口地咬着礁石，激起无数闪光的水花。那被礁石一次次地碰碎了的海浪，却能一次次地重新聚敛起散落的水花，在大海不竭的力的推动下，再一次次地向礁石打去……哦——生命！永恒的生命！

枕着海滩，看着鸥鸟在水天相接处的白云里飞翔，过了许久，我在心里默默地对自己说：人生，不能像一串写在柔软的沙滩上的浮浅的足印，也不能像没有一点点属于自己的棱角或意志的随波逐流的卵石，更不能像被生命的海洋抛弃了的徒有漂亮的外表的贝壳！

大海，烟波浩淼的大海，给了我这样的启悟：人生，应该像永不颓废的海浪，勇猛坚韧的海浪——向礁石一次之后再接着一次无始无终地打去的海浪……

91 年 10 月 25 日于大连

农　夫

知冷知热的土地的赤子——油亮的脊背对峙天空，粗重的汗滴滋养作物。

不和这个世界多说废话——朴素殷实的思想通过神圣永恒的劳动表达。

神圣永恒的劳动是单调的，重复的——在单调而又重复的日月交替中，升腾起大地庄严的旋律！

兴盛了村庄连同村庄的歌谣，创造了文明以及文明的历史——缄默的庄严里突兀着肃穆的人格，那是大地的雕塑：肃穆的人格，缄默的庄严。

农夫，这是一个纯粹的哲学名词：概括的是食物的灵魂与精神的核心。

农夫，他是家园的梁柱与墙壁！

农夫有两种也只有两种：身陷泥土的与身陷天空的——这两种农夫构成了人类往前行走的两条腿。

身陷泥土的农夫令人尊敬，身陷天空的农夫令人景仰。

大地的花环与天空的虹霓，因衬映了农夫的形象而美丽！

92 年 9 月 16 日于景德镇湖田

最悲伤的时候

最悲伤的时候，不是生离终成现实的时候——尽管在生离终成现实的时候，你的情感被一寸一寸地分裂……

最悲伤的时候，不是死别翩然而至的时候——尽管在死别翩然而至的时候，你的肝肠被一段一段地切割……

最悲伤的时候，不是好梦难圆的时候——尽管在好梦难圆的时候，你的期待被嘲弄你的心肺被刺戳……

最悲伤的时候，不是失去一切的时候——尽管在失去一切的时候，你的尊严被凌辱你的七窍被焚烧……

最悲伤的时候，是你被幸运女神幸运地亲吻着，你正受宠若惊的时候——她歉意地对你一笑，说：“对不起，我认错了人……”

最悲伤的时候，是你被你最信赖的朋友或孩子出卖了的时候——你诧异地看到了人格面具和良知包装之背后的魔影与磷火……

最悲伤的时候，是温顺的情人匍匐在你的脚下并喃喃地宣誓要永远做你忠诚的奴仆，你醺然飘飘的时候——她吸干你的激情，然后拿走你的腰刀投入你情敌的怀抱并将你的腰刀挂到你情敌的腰带上……

最悲伤的时候，是你所苦苦恪守的原则与孜孜不懈的追求突然于一个日食的早晨被整个世界所遗弃并践踏的时候——在这种最悲伤的时候，人生意义的大厦轰然倒塌，生命价值的概念倏然解体……

92 年 10 月 7 日于景德镇湖田

最欢乐的时候

最欢乐的时候，不是捡到一块天上掉下来的馅饼——尽管在捡到一块天上掉下来的馅饼的时候，你神情激动，你心花怒放……

最欢乐的时候，不是日夜诋毁的现实于一夜间彻底改变——尽管在日夜诋毁的现实于一夜间彻底改变的时候，你惊诧万分，你合不拢嘴……

最欢乐的时候，不是切齿痛恨的上司暴病遽亡——尽管在切齿痛恨的上司暴病遽亡的时候，你窃喜于心，遇人却假惺惺地挤挤眼睛——其实并没有泪水……

最欢乐的时候，不是雄心得遂、壮志得酬——尽管在雄心得遂、壮志得酬的时候，你如饮醍醐，心身皆醉……

最欢乐的时候，不是宿怨获报、旧账勾销——尽管在宿怨获报、旧账勾销的时候，你向隅独喜，孤樽对月……

最欢乐的时候，不是升官，不是发财，不是金榜题名时，不是洞房花烛夜——尽管在这些有鼓点和音乐伴奏、有恭维和奉承包围的时候，你或春风得意，或踌躇满志，或趾高气扬，或喜形于色……

最欢乐的时候，是你那被岁月埋没得太久太久的充满才智的劳动终于放射出金子的光芒，为这个世界所认识所承认的时候——眼泪跳动在你爬满皱纹的脸上……

最欢乐的时候，是在金风羞涩的笑声里，满山满坡的枝头挂满了你漫漫春天里的汗水——这无数的汗水全部亮出了胭脂色的时候——公平安详地栖息在你舒展开的眉宇间……

最欢乐的时候，是你一年一年等待了许多年终于等来了你称心如意的王子或公主的时候——崇高的年轮诉说着你的执著与坚贞……

最欢乐的时候，是百年不明的真相终于大白、千年不昭的沉冤终于洗雪的时候——上帝就要开始庄严的审判，熬过地狱之后你坐在上帝的旁边……

最欢乐的时候，是愤怒奔腾的绝望里希望的专机自天而降的时候——你挥舞着帽子，摇动着拳头……

最欢乐的时候，是大夫肃穆地宣布你战胜了恶毒的肿瘤——就要亲吻你的死神无限惋惜地背你而去的时候——世界是那么奇妙，人生是如此美好……

最欢乐的时候，是关于你丈夫或妻子对你不忠的传说被铁的事实证明是百分之百的谣言的时候——缠绕在你心头的阴云无影无踪，你顿刻感到生活本身值得你信赖……

最欢乐的时候，是像影子一样跟随了你经年的流言蜚语被一阵天庭的清风吹散——那些偷放冷枪暗箭的肮脏卑鄙的手被上帝捉住并斩断的时候——在这种最欢乐的时候，你会大声呼喊：“神圣的天庭，亲爱的大地——请给我创造的力量和攀登的激情吧！”……

92 年 10 月 8 日于景德镇湖田

溪，终于出山了

沟沟坎坎，穿行于山树与山花之间，采撷着诗韵，编织着歌谣……

磕磕绊绊，蹦跳于巨石与乱石之间，冶炼着心性，积聚着力量……

清流涓涓，映照着大山的雄姿；涧瀑淙淙，回响着大谷的粗犷……

在大山大谷的怀抱里，逡巡了经年累月——点点滴滴地接纳，慷慨大度地汇聚，终于蓄养成一股渴望奔腾的激情……

大山大谷知道已不能再继续收留你了，于是便奋力推你出山——因为你已长成了七尺男儿，并练就了一身的力气……

难舍与大山血肉连体的亲情，珍惜在大谷怀抱里的清纯——真想终老或自生自灭于洁净的山林。然而，又怎能辜负了大山的寄托与大海的召唤？即便“出山泉水浊”，然而如果你的宿命就是荡涤污浊的尘世与纷争的人间——你又怎能推拒使命的诱惑与远行的魅力？是坚守无为还是选择入世？

你犹豫，你徘徊，你凝眉——在大山的期待里，在大海的瞩望中……

许久，许久——许久许久的沉思，许久许久的斟酌，最后，你终于决定服从使命出山远行——在大山大谷慈祥的笑容里……

在出山的前夜里，你呜咽，你低回——伏在大山的胸襟上，跪在大谷的臂弯里……

脉脉的月光照亮你如一袭洁白的素练，溶溶的星光辉映你如一匹宁馨的卧龙……

如泣的山风为诀别的氛围染上沉重的色彩，如诉的林涛为饯行的絮语涂上悠远的诗意。

翌日黎明，朝阳的光芒将天地燃亮。“哗”——阴森的危崖与镇山的砥柱送你出山，落叶枯枝与荒野沙尘旋即扑入你的脚下……

“哗”！天地为之颤栗，道路为之抖动——落叶枯枝与荒野沙尘的汇入，为你镀上一层浑厚苍茫的金黄……

终于出山了——赠波澜与人间赐浪花与尘世，不惜浑浊了自己……

终于出山了——邮相思给远方寄衷情给大海，背负着大山的志愿与大谷的襟怀……

不回首，长成的男儿不回首——一路呼啸，一路高歌，将大山大谷的养育之恩布施给每一片绿叶与每一朵红花……

日夜兼程，向着太阳升起的地方——任雄伟的大山与粗壮的大谷悲怆地远去……

“哗”——溪，终于出山了……

92 年 10 月 11 日于景德镇湖田

激　情

激情是奔涌于生命里的熔岩——一次又一次以火山爆发的景观震撼了这个世界。

席卷人生的激情如席卷心灵的风暴——呈现出的是气吞山河的景象或危崖飞瀑的奇观。

没有激情的生命只能称之为“生存”，而不能算严格的哲学意义上的“生活”。

激情使人的气质趋于浪漫，但同时又给一些人类精英的性命中灌注入这样一种绝顶的浪漫的现实：超脱地以整个一生作为自己来这个世界走一遭的结算单位。

激情给生命带来充沛的精力和旺盛的活力，从而使得那些单调枯燥或机械乏味的劳作诗化为音符跌荡的不可省略的过程。

激情使生命处于“充电”状态——随时都有可能击穿或摧毁墙壁的屏蔽或障碍的阻遏！

能让生命燃起激情的时代是伟大的时代——在今天这个世纪之交的伟大的时代里仍然燃不起激情的生命其责任完全不在自身之外。

在浅薄的影视文化空前泛滥的潮流面前，人们正日益丧失往昔阳刚的激情——在腮红唇紫的香软或胸酥肉粉的诱惑中，生命完全可能陷入滑精的泥淖或不振的萎靡里。

因此，在鼓励影视歌健康正常发展的同时，不能不适当地限制它泡沫的过度膨胀——决不能消损或涣散了一代青年为人类未来而积极进取的阳刚的激情！

激情与正义感联姻一次又一次地诞生光芒四射的英雄，激情与求知欲结合一茬又一茬地分娩竞逐风流的人物，激情与创造欲婚配无始又无终地产出人类社会的财富——但当激情与邪恶的欲念同居时，将给这个世界带来大大小小的颠覆乃至毁灭。

激情既是叛逆精神的原动力，也是匍匐在真善美裙裾下痉挛的膝盖。

激情之于精神如同血液之于肉体——激情正是一切幻想之所以能够勃起的活性血液。

激情就是人们喜欢慷慨往他人头上戴的“诗人气质”——虽然“诗人气质”与诗人本身是相去甚远的两个概念。

因为激情的源头是欲望，所以对它低矮的河床必须扼守以理智的堤坝——决不能给任何肮脏的私欲以失控的怂恿。

因为激情的归宿是辉煌，所以对那些因行程漫长或道路坎坷而中途枯竭者既不必指责也不必惋惜——并不是每一个最初志存高远者都有足够的才华和毅力进而最终能够成就一番人生的功业。

也有人将激情狭隘地理解为“情欲”，泛指的“情欲”——其实，“情欲”不过是聚汇成人类波澜壮阔的激情之河流的一个狷急的支流。

完美的激情是这样的一条河流：给生活注入兴奋使之富有朝气，给爱情注入冲动使之富有力度，给性格注入阳刚使之富有浩气，给情趣注入追求使之富有深度。

我愿这样激情地度过自己只有一次的人生：怒狮咆哮

的源头渐渐远去，行进在宽阔的河道上——最终归宿的大海永远召唤在前方！

93 年 12 月 10 日于景德镇湖田

拼搏啊，我们！

让轰鸣的春雷唤醒我们困顿慵懒的心灵，让呼啸的浪潮振奋我们委靡沉睡的精神，让执著的眷恋锻造我们至死不渝的忠诚，让巍峨的丰碑坚定我们继往开来的信念，让追求的火种点燃我们富强中华的热情，让崇高的使命托起我们建设世界的勇气！

新旧世纪之交的人生拼搏啊——这是一组气势恢宏的交响乐，这是一排波澜壮阔的进行曲，这是一幅气吞山河的冲浪图，这是一串震天撼地的纤夫谣！

人生能有几回搏？我们作为泱泱共和国跨世纪的一代，应该为瑰丽汹涌的时代大潮所鼓舞，应该为缤纷万象的社会风云所激动——自己捕捉拼搏人生的机遇，自己创造拼搏人生的机遇！

徐徐开启的世纪之门为我们这代人准备了一万条通向罗马的道路——抬起我们的双脚，只能全靠我们自己！

在这片充满希望的土地上，任何的迟疑都是浪费；在这个弥漫喧腾的岁月里，任何的观望都是奢侈！

仰视裁剪长空的雁阵，远眺耕耘沧海的鸥影，我们只能选择投入——以整个人生的投入！

火热的工地在召唤，崭新的厂房在邀请，闪光的职业在等待，奇妙的大海在诱惑！

没有拼搏的世界是苍白无聊的世界，没有拼搏的人生是黯淡无光的人生——唯有拼搏，才能使昨天的梦幻变成今天的蓝图，又使今天的蓝图变成明天的现实！

人生贵在拼搏。当我们拥有明天灿烂的辉煌时，我们便可以骄傲地向历史宣告：昨天，我们无怨无悔！

让我们携手并肩，同舟共济，洒一腔热血，创一番伟业——为了共和国，为了全人类！

以我们无坚不摧的古老的文明，以我们永不衰竭的创造的激情，以我们谈笑穿越五千年的柔韧的智慧，以我们昂首迈入新世纪的神圣的力量——拼搏啊，我们！

拼出一方新天地，搏出一个好未来——拼搏啊，我们！

为了我们只有一世的人生以及我们子子孙孙的家园——拼搏啊，我们！

94 年 3 月 19 日于景德镇湖田

中国文字

中国文字，智慧方块——五千年的积淀，五千年的淘洗，使她如日月星辰般高悬于黄皮肤黑头发的心空……

中国文字，智慧方块——里面藏有多少血与泪的浩歌，悲与喜的人生，深或沉的故事，浓或醇的传奇？

中国文字，智慧方块——她无微不至地概括了五千年的历史与文明，她博大精深地浓缩了五千年的稼穑与兵燹……

是中国文字使黑眼睛放射出深邃的光泽，是中国文字以及古老神奇的中国语言给每一个炎黄子孙烙下了与生俱来永不消褪的祖国的胎记……

中国文字以及深奥无比的中国语言就是黄皮肤黑头发祖国的象征乃至化身！

生为中国人，热爱自己的中国文字及其语言吧——她里面蕴有我们取之不尽的崇高和正直，灵感与冲动……

对于任何一个向上的炎黄子孙，中国文字都不会是跑道之外虚设的风景——她是最甜的掌声和最亮的鲜花……

中国文字，智慧方块——她是所有炎黄子孙心灵弹性的源泉，人格骨架的钙质……

中国文字，智慧方块——她爱抚我们有如母亲永远张满魅力的摇篮曲……

95 年 2 月 21 日于景德镇湖田

丧失尽语言

——大地礼赞

在人类无始无终的路上，我们看到的是一个又一个渐次倾覆的脊背。

你走过的路就是你的命运。

行进在唯一的路上，除了走下去只有走下去——这既是宿命也是责任。面对身后无尽时空的目光，今生，我只能选择一意孤行。

没有谁能回答我根本的提问。只有万古不眠的星宿和风声或动或静，永不疲倦地横卧在空中，喻示着时间的走向和生命的意志，驱策着我不停地前行。

光芒啊，如此铺天盖地地汹汹而来，除了照亮宇宙还有什么更深的目的？是谁派遣你们从故园出发而永远不再返回？如此源源不断地施予究竟是挥霍还是恩赐？

大海上的阳光有如金盏菊，一片一片地向着天空绽放。

那些抵抗黑夜的灯火和太空的星星混在一起，使人无法分辨哪些是更远的故事哪些又是人间的梦幻？

世事变迁，总是潜在幕后的人物纷纷走上生命的前台——人类这支无边无际的队伍将始终浩浩荡荡地前进着。这支奇妙的生灵之旅的四外是浩繁的星云和渺茫的时间。

人类不能不越过灾难就像流水身临悬崖不能不纵身一

跃一样。

大梦无期。我只是我行进过程中的一个连续的影子——也许我将在最后的时刻站立在大梦的断裂处，回首来路感叹着生命的真实与虚无。

大地啊，你这缄默和等待的家园，源头和归宿——我终究要和你融为一体。茫茫宇宙，还有哪一种引力能像大地这样将我们连同我们的父辈和子孙都纳入到那永恒的憩息里？

大地上花繁树茂，交替枯荣——没有谁能拒绝大地的赐予与索要，没有谁能挣脱大地这最初和最后的栖所。万物源于大地，又归于大地。

大地不仅以蓬勃的生机催发万物，同时还以死亡的阴影推动着创造——她时刻提醒着你：个体生命所能驰骋的时光极其短促，你必须努力发挥，更多地贡献于人类的文明进程——一旦大地以超然的力量覆盖了你，你便入定于不醒的沉寂。

至厚至德的大地啊，我应该怎样感激你给了我此生的机缘，并以五谷杂粮养育我一步步走到了今天？我还要跋涉到月岁的深处去，遨游——在大海，在天空，在心灵世界。

多少年来，我们执著地生存着，在大地上种植粮食和花木，听任秋天静穆地盖过我们的头颅。当青苗和孩子已大片地涌到我们的胸前，除了一具肉身，我们还有什么能够报偿大地浩荡的恩情？

我见过大地从水中汲取火苗，一丝丝地输送到树木的枝干里；我还见过大火从木头的内心蹿出来，用那藏匿已久的光热照亮并温暖寒冷的夜空。

我们穷其言辞也无法穷尽大地的内涵——在母亲般慈爱的怀抱中，不论入世还是出世，我们都同样享受着生之幸福。

李白曾说：“天地者，万物之逆旅；光阴者，百代之过客。”大地和梦，光芒和风，上升和下沉着的一切，充实了诗歌尊贵的宝塔和辉煌的意象。

在语言焚烧的炼火中，我看见了弥散的云霞和雪白的骨灰——我灵魂的触手如铁铮铮，叩击着大地的肌肤，为翱翔在天空的孤鹰谱写着翅膀。

伫立在苍茫的大地上，许久，许久，我终将在最后丧失尽语言……

95 年 6 月 10 日于景德镇湖田

寓　言

张家和王家

古瓷村致富之后，张家和王家首先考虑的都是盖一座新房的事。

张家费工又费料，扎扎实实打了一丈深的地基，历时三年之久，方盖起一座外观简朴的二层楼。王家觉得张家傻冒，在张家的剪彩声中也接着破了土。王家省工又省力，不到一年光景，便在二尺五的地基上盖起了一座粉刷考究的三层楼。

有些人赞赏王家的精明，王家人的自我感觉也是乐滋滋的。

三年后的一个冬天，这很少见雪的江南忽然天气奇寒，降了场多年罕见的大雪。三天鹅毛纷飞，总共积了二尺五的厚度。降大雪的第二天，已齐膝盖深的雪还看不出歇下来的苗头，张家人便执意将王家男女老少全拖过去搓麻将。

张家硬是慷慨地招待了晚饭，晚饭后又强行着挑灯夜战。平时往来不多的东道主今天竟有如此一片厚意，王家人也就只好“舍命陪君子”了。不想，在翌日黎明即将抵达的时候，只听得“轰隆”一声，王家那座粉刷考究的三层楼坍塌成了一堆瓦砾。

89 年 2 月 24 日于景德镇湖田山

泡桐与杉木

在新落成的院落里，主人种了一株泡桐和一株杉木。

阳光下，雨露里，春风中，小泡桐和小杉木比肩欢快地成长着，彼此间无猜无忌。他们为一同来到这个美好的世界而欢庆——他们手拉着手，一同赞美阳光，赞美雨露，赞美春风，也赞美这个世界。

一个三年过去了。

当初的“童声二重唱”已变成了“竖琴大独奏”。

已长成碗口粗的泡桐老高老高，枝叶茂盛，过去平视的眼睛如今变成了仰视：他骄傲地向太阳问好，向月亮求爱，向星星眨眼——至于杉木“小弟弟”的存在，似乎已被他遗忘。

可怜的只有鸭蛋那么粗的杉木个头已不及泡桐“大哥哥”的二分之一。看着大哥哥春风满面，再也不愿和自己说话，小杉木沉默了：他不得不倾听着泡桐大哥哥和月亮姐之间没完没了的絮语以及和星星之间一些打情骂俏的风骚话——有时，泡桐大哥哥还伸出手去触碰月亮姐的笑靥。偶尔，小杉木也小心翼翼地提醒泡桐大哥哥说话声音轻一些，但得到的只能是泡桐大哥哥不耐烦的呵斥：“小孩子以后不许再偷听大人说话！”

炎热的夏天，主人在泡桐树下纳凉，嘴里不停地嘀咕着对泡桐树快速成材的赞赏，并在对泡桐树的赞赏声中夹杂着对小杉木不成材的埋怨——夏风中，泡桐树不住地摇晃着脑袋，而小杉木却一动也不动。

两个三年过去了。

泡桐还是碗口那么粗，还是原来那么高，只是树上生了一些虫子——他已开始衰老了。

小杉木已长成杯口粗了，个头也快要赶上泡桐哥哥了——他长得笔直笔直的，油光油光的，风中雨中不动不摇。依然年青漂亮的月亮姐已不再理睬泡桐的唠叨，她开始真诚地爱上了美少年杉木。可杉木从不理答月亮姐的挑逗，也从不理答星星们的奉承：他所有的爱和情感都属于大地！

泡桐开始不太好意思地向杉木搭讪。厚道的杉木安慰着泡桐，并不时地向泡桐回忆起自己儿时和泡桐哥哥手拉手时曾有过的快乐。听着杉木弟弟真挚地向自己诉说着童年和自己在一起玩耍时曾有过的快乐，泡桐哭了——流下了羞愧的泪。

因为不时有虫子往下掉，主人已不再喜欢泡桐了。

三个三年过去了。

泡桐树上爬满了虫子，一遇风雨，一块块干裂的和被虫子咬烂了的树皮便自行往地上脱落——他已经枯萎了。

杉木已长得和泡桐一样粗，但个头比泡桐高多了，且身上一个虫子也没有。

从泡桐树上掉下的虫子在院子里乱爬——主人再也不能容忍泡桐的存在了：主人把泡桐树给砍了。

杉木哭了——流下了悼念的泪。杉木哭着请求主人：不要把泡桐大哥当柴烧掉，应该给泡桐大哥安排一些用场。

抚摸着杉木笔直的指向云天的不动不摇的树干，主人陷入了沉思：将来应该把他用在什么样的地方?

88 年 1 月 10 日于景德镇湖田山

三个种植者

一个兵慌马乱的年头上，有三个逃丁的汉子结伴在一个两省交界的荒无人烟的小冲子里扎了寨。三年戮力同心、披荆斩棘，三人共开出百来亩水田和坡地。这年春上，小冲子一分为三，三人各主三分之一的土地，从此分灶各吃各的饭。

天下也和这个小冲子一样，走上了太平。A 出大力流大汗，当年就种了两季稻，秋后还套种了春麦和油菜。第二年秋上便请人翻出三间崭新的草房，接着率先迎娶了小冲子里的第一房媳妇。从此小家小户，日子过得还挺红火。

B 种了二十来亩的苹果加二十来亩的桔树，干一阵歇一阵，冲子里呆一阵外面混一阵。前三年东借点西借点，日子过得比较狼狈。但第四年便出现了转机，第五年便冒出翻身的苗头。第七年，B 请人帮忙修了三间瓦房，接着迎娶了小冲子里的第二房媳妇。这个时候，B 已成了小冲子里的首户小康。

C 种了二十来亩的毛竹加十几棵银杏树，除了每年春季在冲子里莳弄个把月工夫外，其余时间全在外面游荡了。毛竹成林时间很慢，银杏树就更不知猴年马月才能得上济。开始的许多年，C 踵决肘见，生活可为难了。

三人共同开创了这个冲子，现两人已安居乐业，便时不时替第三人担忧——A 和 B 多次辗转托人，欲尽月老之善，怎奈每逢此际，C 总是笑哈哈摆摆手："不急，不急。"

转眼到了第十五个年头，A 和 B 终于发现：C 以后要不得了——毛竹是城市建筑和竹器工艺品不可缺少的原料，而这片即将完全发育成熟的竹林无疑是一片摇钱的杆子；银杏树则是经济价值最高的树种，并且只要结了第一茬果后，以后一年可比一年收得多。更何况，竹林发起来后，可保二百年不衰；银杏树就更不用说，据书上讲有八百到一千年的长寿。

果不出 A 和 B 的所料，第十八年 C 请了一大帮子人来，大兴土木，两年后在小冲子里建成一座四合院。当初三人胼手胝足、筚路蓝缕的时候，A 和 B 怎么也不敢想象 C 日后会有这等的艳福：分灶吃饭整二十年的冬上，已是中年人的 C 竟然迎娶了一位品貌出众的黄花少女。

这年冬上小冲子里可热闹了：一连数旬张灯结彩，方圆近十里的地保和长老们也都纷纷执仪前来庆贺。

到了这个时候，小冲子里的首富自然是非C莫属了。

89 年 2 月 25 日于景德镇湖田山

一对狗朋友

一只黄狗和一只黑狗彼此间温情脉脉：一会你闻闻我，一会我闻闻你，一会你跑我追，一会我跑你追，一会一同驱赶鸡，一会一同戏弄猪——发觉陌生的脚步，它们一同狂吠；听到熟悉的声音，它们一同摆尾。

看着它们彼此间的亲热劲，也许你会以为：这是这个世界上最纯粹的友谊。

终于，它们激发起了主人的妒忌。故意饿了它们半天的主人朝远处扔了一根——就一根鲜嫩的骨头。顿刻，这对亲密无间的朋友如两支利箭一同射向这根骨头——

争抢，撕咬——狗毛蓬飞，狗血遍地……

我诧异：温情脉脉的友谊竟如此脆弱——只消一根骨头，便被敲得粉碎！

哦，这是——狗的友谊……

89 年 6 月 23 日于景德镇湖田山

树上和树下

过去好几个小时了，在山林里游荡的 A 君和 B 君连一棵果树也未找到，都渴坏了。忽然，他们发现了一棵挂了许多大梨子的梨树——这可使两个人同时乐坏了。

他们兴冲冲地跑了过去，争先恐后地往树上爬——可折腾了半天，谁也未能爬得上去。梨树干子又高又直——令他们沮丧。

寻思了一会后，A 君对 B 君说道："显然，我们两个都爬上去是不可能的。其实，我们两个只要有一个爬上去也就够了。我个子小些，身子轻些，手脚也灵活些。我看，最好你能做点牺牲：蹲下来，让我站上去，之后费力往上扛一扛——待我上去了之后，摘了梨子给你丢下来。我保证把大的好的丢给你。”

B 君觉得 A 君的话在理，可又不放心，说:“皇天在上——你上去了之后，千万不能背弃了哥们义气啊！”

“那哪能啊！”A 君的语气充满了真诚。

B君蹲了下来，抱着树干，让 A 君踩上了肩膀。A 君也抱稳树干后，叫 B 君慢慢往上抬。B 君吃力地将身子慢慢拱起，A 君脸贴着树干往上升去，嘴里不住地叫着：“再抬一点！再抬一点！”

待 B 君站直身子后，A 君的手距树丫还差一截。A 君还叫 B 君往上抬，B 君嚷嚷了：“我已站直身子了！”A 君赶紧请求道：“成功已经不远了。你再辛苦点，把脚踮起来吧。求求你了。”B 君又吃力地将脚踮了起来，踮到最大限度后向 A 君嚷道：“我已足尖顶地了，你得利索点！不然，我可顶不住了！”A 君也接着在 B 君的肩膀上颤颤悠悠地踮起了足尖——可手距树丫还差那么一点点。

A 君双臂紧紧搂着树干，大汗淋漓。他又嗓音沙哑地对 B 君说道：“这树他妈的真高！唉——眼看我们就要前功尽弃了。不过，只差十公分了。坚强点，亲爱的：把树抱紧，脖子挺直，腿不要抖，让我再站到你头顶上试试看——皇天在上：代价是你付出的，成功首先应该属于你。”想到鲜嫩的梨子或许马上就能到口，浑身如雨浇了一遍的 B 君瓮声瓮气地甩给 A 君一句：“那就试试吧！”

A 君小心翼翼地将足尖踏上 B 君的脑袋——终于，树丫够到了！A 君紧紧地抓牢树丫后，身子如撑单杠般轻捷地蹿到树上去了！

A 君和 B 君仿佛一同如释重负。

上了树之后 A 君很快便找到一个最佳的“位置”——如老鼠进了不受打扰的谷仓，稳稳地坐了下来。接着便既麻利又口水直淌地大嚼起又大又嫩的梨子，一个接着一个——似乎要把上树过程中的“能量损失”即刻就补偿回来。至于在树下垂涎三尺的 B 君，无论他哀求也好，叫骂也好，在树上的 A 君均不予理睬。

当 B 君在树下接到 A 君吃剩下的第十个梨核儿的时候，才收到 A 君掷下来的三个又小又生虫的梨子。三个又小又残疾的梨子吃了之后比不吃还要渴——B 君付出的汗水也许实在是太多了点。

被遗忘了的在树下的 B 君眼睁睁地看着只顾自己的在树上的 A 君已嚼起了第十一个又大又嫩的梨子，只好激动地用手指着屁股对着自己的 A 君，从牙缝里挤出一个字：“你——”

89 年 6 月 24 日于景德镇湖田山

两根火柴的对话

这一根火柴说："如果我湿了或擦皮湿了，那么，我得等自己或擦皮烘干了之后再去擦；如果擦皮破了或坏了，那么，我得等有了好的擦皮之后再去擦；如果没有绝对的把握，那么，我决不轻率地去擦。"

另一根火柴不以为然地说："那么——首先，你将失去冒险本身可能带来的巨大快乐；其次，在或许是最需要火的时刻，你竟自甘于沉默。"

这一根火柴辩解说："在没有把握的时候，一定得去做无谓的牺牲吗？"

另一根火柴接着阐述道："在绝对没有擦着希望的时候去寻开心，那当然是不值得同情的愚蠢或冒失。问题是在于：在不是绝对没有希望而是没有绝对希望的情况下，你是什么态度？

"比方：夜很黑，灯火需要引燃——而你和擦皮既不是绝对的湿也不是绝对的干，你就不能挺身而出了吗？"

这一根火柴撇了撇嘴："那你就挺身而出吧——"

"我当然会挺身而出。当然，我也许不走运地牺牲了，但后面的弟兄会跟上——我们当中总会出现一个幸运的弟兄，将照亮夜的灯火引燃。

"当照亮夜的灯火已被引燃，作为火柴的你，又还有多大存在的意义呢？

“不错，不走运的我不走运地牺牲了——但我擦过，我碰过运气——只不过运气不属于我，而属于我的一个幸运的弟兄而已。

“其实，擦着了，燃烧了——这同样也是一种牺牲。既然是火柴，就难免会牺牲——只不过方式不同罢了。”

“哦，高论……”

在一个漂亮的姑娘面前，朋友，你是做哪一根火柴呢？——在这个世界上，做哪一根火柴都是你无可指责的选择的自由。

如果这两种选择你想同时占有——那么，朋友，另一个世界或许更需要你。

89 年 9 月 19 日于景德镇湖田山

映山红与荷花

春雨霏霏，杜鹃啼归声里，映山红团团簇簇，开得满山红紫。

想起许多诗人竟将一些优美的诗句赠与荷花，映山红陡地蹿起一股妒火。见山脚下的池塘里空空如也，映山红冷笑了一声，假惺惺地和荷花打招呼：“荷花姐姐，你干嘛藏起来呀，出来陪妹妹玩玩嘛——妹妹我可想死你了哟！”

尚在水下经营的荷花未与答腔，只是嘀咕了一句：“臭美！”

秋风徐徐，蛙鸣稻花声里，荷花终于婷婷出水，招展如初浴美人。

想起映山红对自己的奚落，荷花不禁咬牙切齿。见山坡上一片冷清，荷花咽了口唾沫，不阴不阳地和映山红说话：“映山红妹妹，姐姐我出来了，你干嘛又躲起来了呀，出来让姐姐仔细瞧一瞧嘛——瞧一瞧妹妹你到底有多俊哟！”

正在泥土中积蓄力量的映山红忍气吞声，只是叽咕了一句：“骚货！”

土地神终于光火了，出来训话：“你二位一个有春雨，一个有秋风，本互不相干、山水无犯，是各占其时、各具姿色的主儿，有什么好争好比的？硬要争、硬要比，只能争掉比掉你们各自的品格！”

从此，映山红与荷花就再也不争不比了。

89 年 9 月 20 日于景德镇湖田山

不再跌跤的人

某人走路不小心，跌了一跤。刚爬起来，脚一滑，又跌了一跤。该人懊恼地趴在地上自言自语：“早知道还要跌跤，不爬起来也就是了。”

旁边有人笑了：“不爬起来，你永远也就不会再跌跤了。”

“噢，只要趴在地上，放下重心，我就是不再跌跤的人了。”此人仰头朝天，仿佛茅塞顿开，又似恍然大悟。

他，真的不再跌跤了。

他，到死也没有再站起来。

91 年 5 月 1 日于景德镇湖田

两枚果子

一棵树上生了两枚果子——一枚挂在招人的显眼处，一枚藏在深深的枝叶里。

秋风一响，那枚挂在显眼处的果子便如渴望采摘之手的熟透的苹果——一脸羞羞答答的胭脂红。而那枚藏在枝叶里的果子面对撩人的秋风竟然无动于衷地铁青着脸。

果然，有一双垂涎的手将这枚渴望被采撷的果子摘下了——在被摘的那个时刻，这枚果子的心扑通扑通地直跳：既为自己的嫁日而暗暗庆幸，又为姐妹的前途而隐隐担忧。

二阵秋风响过了，三阵秋风响过了——那枚曾藏在翠绿的枝叶里的果子已年过而立，但仍默默地藏在枯黄的枝叶里，不遇长眼睛的手。只是，这枚果子除了为姐妹祝福之外自己并不感到悲哀。

当最后一阵秋风过去，这枚已满脸皱纹的孤守秃枝的果子轻轻地自言自语了一句："有遇，就有不遇——这很正常。"

终于，呼啸的北风将这枚仍坚挺地留在枝头的果子吹落——大地母亲慈爱的怀抱接纳了她：她也欢欣地在大地母亲慈爱的怀抱里听凭日月将自己溶化！

来年春天，在灿烂的阳光里大地的胸脯上拱出了一株倔强的小树苗——一株惹人喜爱的小树苗。

有农人为这株不卑不亢地自生自长的小树苗施肥——那肥料里恰好包含了一棵树上的另一枚果子的血肉。

幸或许是不幸，而不幸或许又正是幸。

93 年 3 月 29 日于景德镇湖田

收山人与刀

这一年，弟兄三人决定去深山伐收森林。

第一阵春雷滚过，老大便开始不声不响地埋头磨起了刀。

当初夏的馨风送来远方池塘的蛙鸣，老二也捋起袖子哼着小曲磨起了刀。

当促织和如水的流萤在如弓的新月下扯起了夏末的二重唱，老三才吼着“妹妹你大胆往前走”的摇滚乐磨起了刀。

秋风才响起第一阵唿哨，老三便要了辆马车带上三把刀呼喊着“莫回头”进山了。

当金黄的落叶铺满金黄的路面秋风已丝丝染血，老二也要了辆大卡车带上九把刀在“还我河山”的壮歌声中赳赳进山了。

当最后一阵秋风嘶哑着，将深深的峡谷吟成了壁画与浮雕，老大才迎着峡谷迎着残阳迎着雄风站了起来，要了列火车皮，带上十八把雪亮雪亮的刀，缄默地一步一个印坑地朝空旷的大山走去。

凛冽的北风一响，老三便载着一马车的木材早早地回来等着过年了。

大雪已有半尺许，腊月也过去了一半，老二终于欢欢喜喜地载着敦敦实实的一大卡车木材凯旋了。

灶王爷已送走了，猪羊也都弄好了，眼看年饭就要上桌了，老大怎么还没回来？山里的积雪已有两尺厚，老大会不会被狼叼了？

人们一边打着麻将静候除夕一边替老大担忧。

“呜——”，随着火车汽笛的一声长鸣，老大回来了——带回满满一车皮的木材。

庆年的电光鞭炮响了——足足有一千响。

93 年 3 月 30 日于景德镇湖田

人 生 随 笔

打 猎

近来，我在平庸的生活中对一件事非常感慨。

事情的经过是这样的：一次我陪一位朋友上山打猎，来到一片繁茂的槐树林里。突然，这位朋友将枪举起，左食指伸向扳机。顺着枪杆的方向望去，我不禁一阵惊喜：啊，一只又肥又大又美又艳的野鸡痴呆地栖在前面的一棵树上！“砰！”枪响了，我怀疑起我的眼睛：野鸡在树上惊呆了片刻，然后猛地扇起翅膀亡命地向远方飞去……这时，这位朋友兴奋地把我拉到树林深处，捡起一只半斤重的斑鸠对我说：“你看，多肥？”“还多肥呢，一只肥大的野鸡飞走了你知道吗？”“唉，我们可不能贪心过大啊，要为眼前这可贺的猎获物感到高兴嘛！”“是吗？”作为观众我只有苦笑的份。

这次打猎虽然过去了一些时候，但我的心情一直不能平静：当有一天我向天空举起猎枪，会不会掉下的也是斑鸠，却让肥大而又美艳的野鸡飞走了呢？

如果我只有一粒、两粒、最多也就三粒子弹。

77 年 6 月 2 日于巢县而山林场

知识浅说

“知识”由“知”和“识”两方面合成，“知”是具体感性，“识”是抽象理性。“知”是“识”的基础，“识”是“知”的升华。

只“知”不“识”的人是难有造就的，有“识”少“知”的人也很难走得太远。在“知”的积累过程中，着眼点应放在如何将“知”转化为“识”上面。

“知”的主要来源是阅读，阅读的第一对象当然是书本。“识”的主要来源是经验，经验通常只能来自于自身的实践。

由“知”到“识”的过程即是由感性到理性的过程，“知”在“识”先，“识”比“知”贵。“知”应由“识”来导航，“识”应以“知”作扬帆的大海——二者珠联璧合，相辅相成。

清朝学者章学诚曾曰：“才、学、识三者，得一不易，兼三尤难。”其中的“学”为致“知”之途，也可直接作“知”解，显然，“知”为“识”之前奏。一个人有“知”有“识”又有天赋，当然就能成就一番事业。

84 年 11 月 16 日于景德镇

为自己营造一方小天地

在大多不尽如人意的人生和生活中，每个人都可能被动地做些他并不想做的事情，被动地扮演一些他并不喜欢扮演的角色——这是不可能完全避免的，即使是到了遥远又遥远的将来。

聪明人所能做到的也只是：在这个纷扰的世界上为自己营造一方小天地。在这方属于自己的小天地里，他可以最大限度地排除自身之外的干扰，想自己所愿想的问题，做自己所愿做的事情，躲开一切他渴望躲开的，逃避一切他渴望逃避的。在这方小天地里，他可以寄托自己的心灵和志趣，可以不再顾忌地自我陶醉，可以暂时遗忘无孔不入的滚滚红尘，还可以和抽象的世界与人类作或含蓄或赤裸的对话。

不论是谁，只要他营造了一方可以寄托自己心灵和志趣的小天地，在这个世界上他就不会感到属于连续状态的寂寞和孤独，无论什么样的生活和人生对于他都决不会是十字架——当然，他有时也许会感到沉重和压抑，但他能够承受得了，能够喘得过气，并且随时都能够迎着阳光向这个世界张开自己的臂膀！

又不论是谁，如果他不能营造一方可以寄托自己心灵和志趣的小天地，而他又不是一个白痴，那么在这个世界上他就可能会时不时地感到一股郁结的惆怅和一缕苦涩的悲哀——如果不是顺境，如果顺境已成为昨天或者尚未到来（一个一生都优游在顺境中的人毕竟是少见的——一个一生都优游在顺境中的人，很难想象他对人类文明的积累会有什么正的增益），他将难以忍受生活的沉重和人生的压抑，因为他不懂得怎样将自己置身于一种等待或恬淡的心态中——这样的人生，起码是多有伤害身体或寿命的自我折磨，最后多少总要带一些遗憾告别这个喧嚣的世界。

人生的痛苦从识字的时候开始——一个人一旦认识了一定数量的文字以后，如想摆脱或最大限度地减轻自己与生俱来的也就是人生本身的痛苦（人生本身的痛苦是由欲望与现实之间的落差带来的——这种痛苦的程度完全取决于这种落差的大小），那么就应该设法在这个世界上为自己营造出一方可以寄托自己心灵和志趣的小天地。歌德说：“人生活在一个广阔无垠的世界里，他从这个世界里给自己划出一方小天地，并把这方贴满了自己形象的小天地悬挂起来供人观看。”

这方小天地可以是一种高雅的爱好，可以是一种崇高的追求，可以是一种温馨的空间，可以是一种诗意的氛围，还可以是一项沉默但却真实的事业——但决不能是一种游戏或浅薄，因为用游戏或浅薄来对抗人与生俱来的痛苦只不过是一种消极的麻醉——一种随时都有可能醒来的麻醉。

在这个世界上白痴没有痛苦。人们总不能为了逃避自己与生俱来的痛苦都去争当白痴——因为就人类整体而言，毕竟还有自己的前途。人正是在战胜乃至超越痛苦的过程中提升乃至升华自己的！

当一个人在十分现实的人生和生活中被动地做些自己

并不想做的事情，被动地扮演一些自己并不喜欢扮演的角色的时候，他应该超脱一些，高尚一些——超脱可以减轻由不情愿所带来的痛苦的感觉，高尚可以使良知不至于在万一可能出现的灵与肉的搏斗中睡去。

人生，只有唯一一次的人生，还是应该认真地去对待乃至设计的！

87 年 3 月 1 日于景德镇湖田山

三种状态的思想

凡物有三种状态，思想也有三种状态。

气态的思想是风——它是头脑中的过客，自由地来并自由地去，一般不会留下任何足资纪念或可供考古的文物。气态的思想使人显得活泼乃至年轻，同时也会使人显得有些漂萍无根乃至朝秦暮楚。

固态的思想是岩石——它是头脑中护灵的门神，拱卫着人生的信念。固态的思想不是每个人都有的——在一个世俗功利的社会中，许多人的头脑中并没有守护灵魂的门神。

液态的思想是水——它是头脑中开辟着定而无定的河流的活水！液态的思想汩汩地流淌着，乃至不舍昼夜地流淌着，携带着按摩智慧乃至创新思维的意志——既不散逸也不凝固的意志。

就人类总体而言，青年人的头脑有如任风抚摸的峡谷或任风亲吻的原野，中年人的头脑有如裸露的河床或海滩——是水忠实的情人，老年人的头脑则有如静穆不语的石林或缺少植被的山岗。

从一个特殊的角度考察，对那些大科学家、大艺术家、大政治家而言，在他们的头脑中或许从不曾有过气态的思想，即便偶尔有一点那大概也仅限于个人情感方面；但在他们的头脑中肯定或多或少会有一些固态的思想——那是他们立身立命的原则，也是他们穿越漫长人生历程的拐杖！在那些事业上真正取得大成的人士的头脑中，如江河般不息奔流着或如潮汐般不竭涌动着的——是绵延不绝或无边无际的液态的思想！

精英是人类中的极少数。我们大多数都是些平凡的人。平凡的我们不拒绝气态的思想——正如我们不拒绝人生的情趣，但我们仰慕固态的思想——如同我们仰慕书桌上的镇纸和大地上的山脉。只是比较而言，我们渴望自己的头脑中能多一些液态的思想——愿思想的“活水”能永远伴随我们跋涉着的人生和流动着的生活！

87 年 3 月 10 日于景德镇湖田山

浅论男子汉气质

男子汉气质是一个男人作为整体生命存在所具有的一种具有扩张或征服色彩并为外部世界所感受的内在气质。一个人的男子汉气质是由他生命本身散发出来的，而不是借助想象或生命之外的东西可以得到的。刻意地摹仿其外在呈现或掩饰生命本身之弱点，可以行一时之欺骗，但决不会赢得对心灵的永久征服。

男子汉气质作为一个完整的概念，是由内、中、外三个层次构成的。对人生和事业主观上的追求是它的内部层次，表现出勇敢、果断、威严、自信等刚强的性格特征是它的外部层次，对整个世界和人生分明的是非感是它作为连接内外两个层次之桥梁的中间层次。

对人生和事业主观上的追求是生命的脊骨，没有脊骨或不能直立的人哪里还有侈谈男子汉气质的资格?

表现出勇敢、果断、威严、自信等刚强的性格特征与侵犯他人之尊严的凶悍或“匪气”是不搭界的——托举起男子汉气质的手臂是生命的一股光明正气。

对整个世界和人生分明的是非感将人导向正义的一面，使人在任何时候都不至于放弃道德或丧失良知。对于一些女人或青年来说，“海盗”有“海盗”的一种特殊魅力——只是持有这种特殊魅力的人恰恰是整个现代文明社会的敌人。

现代人为什么推崇男子汉气质？因为只有在那些具备了男子汉气质的男人身上才能显现出一种令人颤栗或融化的雄性的温存或体贴。

随着现代物质文明的高度发展，人类整体的生存状况得到极大的改善，导致人类个体的爆发力极大地弱化，进而导致“男性女性化”成了人类社会一股阻挡不住的潮流——一堵“男子汉气质”的高墙扼制了这股潮流可能带来的灾难性的泛滥。

男子汉气质是工业化时代产生并于电气化时代完成的一个概念。现代人对中世纪十字军雄风和蒙古人铁蹄的一种隐约的向往或崇拜是培植男子汉气质的酵母。

站在人类发展史的角度公正地观照，“男性女性化”及“女性男性化”都是人类文明上升到一个崭新高度的标志：“男性女性化”使人类离开了战争和暴力，“女性男性化”砸碎和解放了“野蛮时代”或“英雄时代”强加在女人身上的枷锁和禁区。因此，所有对“男性女性化”和“女性男性化”的漫骂诋毁都没有意义：人类应欢迎一部分生命“刚度”过大的“女性”加盟“男性”的行列，人类应鼓励一部分生命“刚度”不足的“男性”汇入“女性”的队伍。就全体而言，今天，人类这艘航船在浩茫的宇宙中航行得比任何时候都更加高亢并平稳。

在现代“男性女性化”和“女性男性化”这两股并行潮流的凯旋声中，“男子汉气质”成了响彻于人类天空中的一声意味深长的呼唤或振阳起萎的鞭策！

面对“女性男性化”的潮流，“男子汉气质”是一道决不会失守的堤坝：就人类整体而言，女人决不能和“妻子”及“母亲”这两个舞台分离（一旦消失了“妻子”和

“母亲”，人类的历史也就翻到了最后的一页）——当然，现代世界是一个充满信心的世界：它已向撒切尔夫人一类的女人让出了一部分过去属于男人的舞台——传统中的男人的舞台向女人开放，这是人类现代文明的胜利！

面对“男性女性化”的潮流，“男子汉气质”既是晨钟也是补药：它召唤并强化男人的创造力和诞生创造力的血性——当然，现代世界是一个大度达观的世界：它将“家庭妇男”之类的现代词语看成是显示“两性平等”的象征——一部分男人步入或大部分男人涉足过去属于女人的舞台，并不等于传统中的男人的舞台就会成为“古迹”。

“男子汉气质”和“汉子气”或“大丈夫气”是有区别的概念。“汉子气”或“大丈夫气”是产生并完成于农业文明时代的概念，张扬并强调的是男子偏狭的阳刚之气和血性，里面并不包含现代文明社会对一个人格健全的男子所要求的丰富的人性内容。虽然“汉子气”和“大丈夫气”仍然是现代社会中被频繁使用的词语，但我们不能不注意到这样一种现象：越是频繁使用这两个词语的群体在社会中就越处于弱势。在受过良好教育的人群中，“汉子气”或“大丈夫气”在语言表达中已为“男子汉气质”所取代。

呼唤“男子汉气质”，这决不止是一部分女子需要抚慰或依靠的心声，而是整个现代社会的必然要求。在这个战争与暴力越来越远去而浅斟低唱的缠绵越来越奢侈的世界上，“男子汉气质”既是维护人类生态平衡的高耸的防线，也是捍卫人类整体尊严的绿色的长城！

87 年 10 月 15 日于景德镇湖田山

报纸 杂志 书籍

在大学当教师的主人回家后，把从办公室带回来的一张报纸放到桌上，把订阅的一份杂志放到抽屉中，把刚从书店购得的一本书放到书橱里。

晚饭后，主人先写了点东西，然后便打开报纸，轻松地浏览了一遍。看完报纸后主人从抽屉里取出杂志，翻了翻插画，看了看目录，接着又放回抽屉。随后主人便结束一天的活动，入睡了。

一个月后，在主人的书房里再也找不到那一天带回来的那一张报纸了，可那一份杂志还躺在主人的抽屉里。

一年后，那一份杂志在主人的书房里也不再存在了。

三年后，那一本书仍静静地站立在主人的书橱里。

三十年后，一些几十年前出版的书籍继续高傲地挺立在主人的书橱里，且被置于最高的一层——在这些书籍里，浓缩了我们整个人类文明的积累。

88 年 1 月 5 日于景德镇湖田山

人生——目的和手段

人生，既是目的，又是手段，二者是辩证统一的。

一个生活在社会（即人群）中的人，他的存在是以别人和社会的存在为前提的，即他必须依赖别人和社会才能存在——在这种关系中，他是目的，而别人和社会则是他之所以能存在的手段；但作为社会的一员，他又有责任为别人和社会提供劳动，并通过劳动产品的交换为自己的存在提供保障——在这种关系中，他又是手段，而别人和社会的存在则是他提供自己劳动的目的。

就人生而言，目的和手段二者是紧密地联系在一起的，是一个不可分割的整体——因为单个的个人并不能游离于社会之外而存在（即便偶然有过这样的存在，那也是一种没有意义的存在）。当你向别人和社会索取的时候，你是目的；当你向别人和社会奉献的时候，你是手段。

作为一个社会，只有当他的绝大多数成员奉献大于索取的时候，才能向前发展，否则便会停滞不前甚至倒退；作为一个个人，只有通过向社会做出奉献这个唯一的途径，也就是所谓的手段，才能兑现所谓的人生的价值——也就是推动社会向前发展的目的。

就宇宙统观，人生永远都是也只能是手段，只有社会存在才是目的（只要社会还存在，人类就延续着）——人生，是社会向前发展的手段；社会，是支撑起人生的目的。上一代人是下一代人的手段，下一代人是上一代人的目的——但又是下下一代人的手段；历史是现实的手段，现实是历史的目的——但又是未来的手段；低级是高级的手段，高级是低级的目的——但又是更高级的手段。人生和社会，手段和目的，在任何时候都是水乳交融的。

每一个人，当他对社会和人生做了一番哲学的或本质的思考后，主观上都应该去追求人生价值的兑现。

所谓人生的价值就是作为单个的个人的存在对群体或社会存在的作用和意义。每一个活着的个人都首先是一定的物质产品和精神产品的消费者和享受者，与此同时他理所当然应是积极的生产者或创造者。

人，要想正当地实现自己人生的价值，就应选择那些恰当而又公正的手段，才能使自己的“人”字真正大写——也即如孟子所言：“仰不愧于天，俯不怍于人。”

对于一个纯粹的人来说，当他把社会和人生都看穿了之后，他生存的精神支柱只能是事业——因为只有透过事业的棱镜人生的价值才能折射出来——不论这事业是大是小，是热闹的还是寂寞的（绝大的可能是寂寞的——因为这个世界上的事业绝大多数都是远离轰动效应的）。

88 年 1 月 8 日于景德镇湖田山

智慧与人生

智慧，是有等级的（智慧不同于智商，纯粹意义上的智商完全取决于先天——完全是一种纯粹的算术意义上的度量。智慧是以智商为酵母，经过特定的人生环境得到的一种后天的不可做算术测量的具有包容性的潜能）。小小的“聪明”之类皆属于低级的智慧，高级的智慧是那种沉静而又圆融的智慧。介于高级智慧和低级智慧之间的，是许多的层次，如用一个词予以总括那么这个词便是“才华”。一些人之所以能有出息，是因为他们能在各自真实的人生中，逐步摆脱低级的智慧，同时又逐步进入高级的智慧。

也有一些人，比如一些世家子，起步智慧便是一种凌驾于低级阶段的智慧，这些人往往都有一种天赋的优越感，但大都不会有出息——因为上帝一般不会赏赐他们既有长度又有深度的人生。低级的智慧如日出——明亮但轻浮（在低级的智慧中，智商为凸出的岗丘），高级的智慧如黄昏——模糊但静穆（在高级的智慧中，智商为沉埋在地下的础石）。只有那些从日出真实地跋涉到黄昏的人生，才可能在这个世界上有所建树——而那些始终停留在日出阶段的生命和那些从黄昏中开始的生命一样，都不可能在这个充满芳香同时又充满腥臊的世界上干出什么了不起的事业——因为前者只有恩怨而没有对恩怨的超越，而后者根本就没有恩怨故而也就谈不上什么对恩怨的超越。

在任何一个人的群体中，一般说来，“小聪明”是令人讨厌的，“才华”是要遭到排挤的——因为“小聪明”决不会给朝夕相处的人们带来真正的愉快，而“才华”总是会有锋芒的，而“锋芒”总是难免要刺戳周围的人的。知道了这一点，我们就不难理解：在一个集体中为什么有的人会受到冷落，有的人会遭到围攻——全都出于人的自我保护的本能。在人的群体中，只有沉静而又圆融的智慧——即将锋芒自觉或不自觉地深隐到棉花里的“才华”，才是有可能被接纳乃至受到拥戴的。所以，一个人，当你对自己所处的人际环境感到“洪洞县里无好人”，或在一个集体中总感到受到他人明的或暗的攻击时，你应反躬自问：自己的智慧在高中低三个等级中属于哪个等级？

“智慧”一词，即便将塔身“才华”和塔基“小聪明”都包括在内，在人群中也只是与少数人有关系的——这个“少数”大约为百分之十的比例。所以，一个人，当你在群体中能享受到别人的“嫉妒”时，你首先应该想到的是：上帝并没有亏待自己——如果你还是一个有反省能力的人，那么你就应该在欣慰一阵之后追问自己：自己的智慧是不是还在中级乃至低级阶段？如是，那么你的当务之急便是提升自己的智慧——如果你真的想能有出息的话。

“小聪明”是决不会有出息的，“才华”可能有出息，也可能不等有出息即被残酷地扼杀，沉静而又圆融的智慧中只要后天修炼的成份在一半以上那便是无所阻挡的——哺育安泰的大地上不能没有人生的丰碑！

88 年 7 月 10 日于景德镇湖田山

两 种 人

这个世界有两种人：一种人喜欢仰着头——数天上的星，一种人喜欢低着头——看脚下的路。

天上的星是数不过来的——扳着手指头翻来覆去地数，孩童的天真遣散了这个世界的冷漠。

脚下的路是坚硬的——佝偻的脊背闪烁着剪影，成人的执著给这个世界带来了慰藉。

永远长不大的孩童跳动着永远都不衰老的童心及童心的晶莹，早熟的或化肥催熟的少年很难有一双有出息的或经得起颠簸的脚。当然，这个世界大多数的人是既不仰头也不低头的——正是庞大的他们充当了稀释浓度的介质，我们这个超载的天体才保持了生态的平衡。

读了许多伟人的传记之后，我发现一个秘密：他们都是百分之百的后一种人——但他们又都曾有过一个完整的天真浪漫的童年。

90 年 3 月 5 日于景德镇湖田

回来吧，旧时的秤！

旧时的秤，是十六两制的，秤杆上的每一颗星代表一两。这些星都是有说道的：南斗六星，北斗七星，再加上福、禄、寿三星，共十六颗星，表示十六两。另外，嵌在秤杆上的星色，只能用白色或黄色，而不能用黑色——这表示做买卖要公平，不能黑了良心。

卖主如果克扣了顾客，那就更有说道了：少一两叫“损福”，少二两叫“伤禄”，若是少了三两的话，那就要“折寿”短命了。

今天的秤为十两制，比旧时的十六两制在使用上无疑要方便了许多——历史的倒车是万万开不得的。但岁月过去了一大把，关于旧时的秤的一些说道，也随时下一些商贩的心肝一起，遗失在私欲的夜路上了。

儿时，家居闹市，上学放学多从买卖人里穿过——市井之中，虽不乏讨价还价之声，但从不曾见过因短斤缺两而引发的争执。如今，买一斤茶叶，回来一称：八两！买三斤水果，回来一称：二斤！偶逛一趟农贸市场，我发现：不时有一些买主将卖主的秤拿过来，看看准星，瞧瞧秤砣，掂掂秤杆，再抖出一串不信任之类的话——这在我儿时是从不曾见过的。

如我之类平民百姓，不时遭受短斤缺两之苦，自然也就常常于人静之时怀想起旧时买卖的公平。有一句话，在我喉口堵了已有相当一段时间了：回来吧，旧时的秤！

91 年 6 月 6 日于景德镇湖田

关于寂寞的断思

治学是寂寞之道，文章是寂寞之道——人类一切含辛茹苦的事业，无一不是需要凝神守志的寂寞之道。

古今中外，所有在学问上取得大成就的人，哪一个不曾穿过淡泊明志、宁静致远的长长的隧道？

不妨设想一下：东游西荡的流云与岿然不动的礁岩，究竟谁是力量与永恒的象征？

过早得志的少年一般难为晚成的大器——因为他们缺

少一段舒缓的摒除杂念、将荣辱毁誉弃置一旁的宁静的人生。王安石的《伤仲永》从相反的方向揭示了寂寞之于不凡人生的深刻意义。

寂寞是一种境界，一种甘被冷落的心静如古潭的境界——一种涵养或哺育人生大智慧的境界。知识的精髓，科学的奥秘，艺术的真谛——只能在寂寞地阅读与漫长地思考中静默地贯通于志存高远的人生。

富贵场的诱惑与锦绣堆的勾引将人导向急功近利，而急功近利与耐得寂寞是水火不相容的。因此，能否承受急功近利的考验，便是判断一个人能否成大器的试卷。

那些生怕被这个世界遗忘的人，总是拼命地排遣着寂寞——但到头来，他们将遗憾地跌落到永恒的寂寞里。只有甘于寂寞者才能超越寂寞，而不甘寂寞者将最终归于寂寞。不寂寞的梦，总是在寂寞中精心编织出来的。

孔子曾说："工欲善其事，必先利其器。"俗话说："磨刀不误砍柴工。"范文澜说："板凳要坐十年冷，文章不写一句空。"古今中外不知有多少条闪烁着真理之光芒的名言格言是用于劝告乃至教导那些欲在短短的人生中有一番建树的人们：尽可能先从容地砥砺出建功立业的大本领——在深厚扎实的基础上构筑高楼。

名言格言是不难理解的，"要耐得住寂寞"也是一句被古今中外无数哲人论述过的老话题，但真正做起来却是并不容易的。

"路多歧而亡羊。"抵御来自生活与欲望之本身的诱惑与勾引的能力是一种素质乃至禀赋——这种素质或禀赋并不是多数人乃至所有人都具备的。特别是生活在现代，由于浅薄的影视文化的裹挟，由于大量的耗散神志的信息的纠缠，由于社会与生活的多元化而衍生出的一些着了色彩的角色的引诱，人生的空间几乎已丧尽了田园牧歌的安详与乡间小路的平静。

失去了与冰冷的时空对峙的肃穆与庄严，当然也就不能再享受那种“一夜腊寒随漏尽，十分春色破朝来”的仿佛已永远凝固在中世纪的“蓦然回首”的诗意。

一句老话题在今天有了更深刻的现实意义，成了高标在人生长途上的警示：“经纶务事者”应自觉地切割出一部分宁静的时间用于宁静地阅读——从而做到不是被繁杂的事务所淹没，而是从容地驾驭繁杂的事务；“鸢飞戾天者”则更应拿出大块宁静的时间进行宁静地思考——张开容纳天空的心空，拒绝“志大才疏”的深渊。至于为“经国之大业、不朽之盛事”的各类文章者，当然就更要戒浮除躁，履谨行慎，将于佑任的一副对联“计利当计天下利，求名应求万世名”奉为自己人生漫漫的追求。

有人用这样的话来概括一些人的人生：“二十岁的英雄，三十岁的庸人，四十岁的混子，五十岁的废物。”语言虽然尖刻了些，但又确实是绝妙的写照。于是，又有人感慨地说出这样的话：“二十岁的英雄多如牛毛，三十岁的英雄稀稀落落，四十岁的英雄凤毛麟角。”——这里的英雄是特指献身国家献身民族的热血与朝气。

不知天高地厚的少年在任何一个时代都不匮乏——而任何一个时代的强音或主旋律，都只能由为了国家与民族利益而默默爬坡或远征的一队骆驼踏响！

“要耐得住寂寞”作为一句话是简单的，将其挂在嘴上或借来貌似高深地提醒别人是没有任何意义的——这并不是语言的游戏，而是严肃不苟的人生实践。

如树的人生，掌声是树上的花朵，而寂寞则是托起花朵的树枝——花朵有开有谢，而树枝却始终是与树连体的。

朋友——不甘寂寞的朋友，我请求你将“要耐得住寂寞”这句简单的话不折不扣地贯穿到你一万里的白天与黑夜，朴实无华地成为你孜孜矻矻的人生方式。

人生，不要急于去发布什么宣言——关键是要诚实而又慷慨地抛洒汗水，特别是在他人与环境对自己尚不理解的情况下自己能不管刮风或下雨都保持住宁静的心境。

宁静的心境就是甘于寂寞的超凡脱俗的风度！

91 年 7 月 23 日于景德镇湖田

超越痛苦

没有痛苦的人生是索然无味的人生。

人生的交响乐，只有配置了痛苦的低音部，才有可能成为完整的抑扬顿挫的乐章。

对痛苦的自觉体验使心灵变得丰富——一具与痛苦无缘的心灵是苍白的感觉麻痹的心灵。

一个人的智慧越高，其痛苦就越深：因为他的所想所为往往总要逾越现存的习惯与法则，从而注定要受到客观现实更多的约束与限制——然而正因如此，他的才能才能在与客观现实的金属撞击声中迸发出火花，进而有力地推动客观现实中不合理存在的改变。

甘于接受不合理现实的庸夫，当然不会感受到现存的习惯与法则约束与限制自己的痛苦。

真正的痛苦，本身就是一种情感的力量——这种情感的力量具有极大的冲击力和爆发力。

伟人有伟人深沉的痛苦，凡人有凡人琐屑的痛苦——只有白痴才什么痛苦也没有。

伟人之所以能成为伟人，是因为他们在自觉体验人生之痛苦的同时总能每每超越人生之痛苦！

超越痛苦，就是战胜痛苦，就是将痛苦踏成登上欢乐的台阶，就是将痛苦的过程诗化为人生更高层次的享受——没有痛苦在前面伴随的欢乐是廉价的欢乐，没有欢乐在后面伴随的痛苦是无谓的痛苦（痛苦在后面伴随的欢乐与欢乐在前面伴随的痛苦都是悲哀）。贝多芬曾说过："我们这些具有无限精神的有限的人，就是为了痛苦和欢乐而生的。几乎可以这样说：最优秀的人物是穿越痛苦后才得到欢乐的。"

只有超越痛苦，人生才能有所作为。

92 年 4 月 15 日于景德镇湖田

关于成熟的断思

成熟是什么？成熟是知道天高地厚的自知之明，成熟是与他人与社会的协调相处，成熟是对人生和生活的自觉把握。

长大并不等于成熟——一个成熟的人一定是长大了的，但一个长大了的人却未必是成熟的。

长大是指生理上的，成熟是指心理上的。

成熟晚于长大的人中出产精英与伟人——因为一个已走上社会但尚不成熟的人更有机会拥抱青春岁月里的磨难与抗争。

成熟晚于长大的原因是富于幻想或心气太高。

成熟早于长大的人的成熟并不是完整意义上的成熟——那些过早成熟的果子即便不是自行落地，也不可能卖出大价钱。

成熟早于长大的原因是小聪明的遗传或继承。

每当我听到一些大人夸奖自己小孩子“懂事”或看到一些小孩子竟有一副大人神态的时候，我心里总感到悲哀。我喜欢天真烂漫同时又对这个世界充满好奇心的小孩，我也喜欢成熟干练同时又不失热情真诚的大人——这就如同我既喜欢娇羞拘谨的少女，也喜欢大方从容的女士。

成熟与长大同步的人和只长大不成熟的人加起来组成了人类社会的分母——他们为这个世界提供了丰富的物质

财富。

只长大不成熟的原因是不善思考或生性质木。

人们在发挥成熟之优势的时候，应注意克服成熟的负面。比如，就获取情感而言，成熟就是一种很可怕的障碍——一个十八岁的少女爱上一个男人，可以没有理由；而一个二十八岁的姑娘爱上一个男人，则不能没有理由。

成熟使人生之痛苦和生活之无奈的感受变得自觉——这无疑增大了生命的张力，进而拓展了生命的外延。

成熟与圆滑之间仅一步之遥。圆滑的人当然都是成熟的，但成熟的人却不一定都是圆滑的——只有那些既成熟又不圆滑的人，才有可能干出一番轰轰烈烈的事业。

圆滑既腐蚀人的正义感，又遏制人的情感冲动——结果使人格变得渺小与虚伪。

虽然急切和锋芒毕露不是成熟的象征，但却能为奔涌的热血推波助澜。

成熟仅仅是人生自觉或完善的逻辑起点，而决不是人生自觉或完善的逻辑终点。

渴望被理解，说明还幼稚——能够充分地理解他人与社会，才是成熟的标志。

克服或矫正幼稚的过程就是从不成熟到成熟的过程。任何一个伟大的人物，都有打上他独特的个性烙印的幼稚的童年——没有天真幼稚的童年，便没有风流伟大的人物。

经验和知识是走向成熟的阶梯。

成熟的最高境界是大智若愚，成熟的最佳风度是大气混沌。

92 年 5 月 12 日于景德镇湖田

读书三境界

读书有三境界：“吞”，“啃”，“品”。

“吞”乃生吞活剥，囫囵吞枣——是充满饥饿感的发奋的青春初潮的标志。虽然广收博采难免盲目，进食过速导致肚胀——但这个过程毕竟是日后学富五车、满腹经纶的必不可少的前奏。古今中外有许多人都是进入中年后凭反刍青春岁月里的泛读而成名成家的。“吞”虽为知识积累的必经之途，但毕竟是读的低级阶段。

“啃”乃咀嚼消化，强行吸收——是志存高远的人生必经的头晕脑胀、寝食不安的砥砺智慧的夜路。咬烂磨碎骨头，获取钙质，这当然谈不上享受——但却是峥嵘人生必须付出的艰辛。“为伊消得人憔悴”是任何一位学有所成的人都不能蠲免的里程。“啃”是在“吞”之基础上的知性提高——这是将死的知识化为活的血肉的过程。

“品”乃焚香沐浴，如饮醍醐——是成熟聪颖的心灵与星空的娓娓絮语。月下折枝，花前怜玉，豁然贯通的人生不胜惋惜地告别了青春光阴——庄严地踏上了奉献岁月。浮躁尽除，功利淡化，读书成了颐养灵性的乐事——“蓦然回首”，天机消溶于慧心。“品”是在“啃”之基础上的悟性升华——这是进入人生创造之园的门票。

读书人多如牛毛，但大多数都停留在第一境界，仅少数不甘人生庸碌者可进入第二境界。进入第三境界，非志强智达者不能。但能进入第三境界者，必是成功地穿越了第一与第二境界的人。“吞”至其博，“啃”至其深，“品”至灵性——若无博与深，则灵性无其根本。

举凡大家鸿儒，书读到“品”的份上后，往往将“吞”、“啃”、“品”三字当成进一步治学的相济并用的三种方法：“吞”文字，“啃”新意，“品”韵致。或者是：泛读的“吞”之，精读的“啃”之，需细细体悟的则“品”之。

对一般的读书人而言，不谈三境界，如能将“吞”、“啃”、“品”三字当做对待不同读物的不同阅读方法：无用的书“吞”，有用的书“啃”，启心益智的书不妨“品”——那么，人生同样会受惠无穷。

92 年 5 月 10 日于景德镇湖田

关于深沉的断思

一些浅薄的人往往喜欢故作深沉，而一些真正深沉的人却往往喜欢不显山水。

深沉是一种后天猎获的气质——这种气质得之于丰富的人生阅历及与之相伴的自觉的人生修炼。

气质的深沉源于思想的深刻，思想的深刻源于漫长的思考加过人的悟性。

一个故作深沉的人犹如一个腹内空空的饿汉装出一副

酒足饭饱的模样，只能令人感到恶心或可怜——故作深沉是一种比浅薄更浅薄的浅薄。

深沉不是阴沉着脸，深沉不是紧拧着眉——深沉是远大志向的四处碰壁中青春激情的积极沉淀，深沉是人生追求的漫漫长途上从容不迫的执著稳健。

既可以模仿深沉的声调，也可以模仿深沉的神色——但深沉骨子里的那份深刻，却是任何一个浅薄的演员也扮演不出来的。

一个深沉的人既不需要在大庭广众之下发布什么宣言，也不需要费心去做什么廉价的广告——他让宁静的力量与缄默的意志与这个世界说话。

逆境与不幸是通向深沉的捷径——因为在逆境与不幸中，有纯净的痛苦做思考的润滑剂，有不摧的倔强做悟性的磨刀石。

正如所有的大学生都是由小学生而来一样，所有的深沉都是由浅薄而来——由浅薄到深沉，是一条坎坷迢遥的道路，也是一段智慧淬火的过程。

每当我看到一个年龄远不及不惑的青年竟有一副貌似深沉的外表，我便会怀疑这种貌似深沉的含金量。

通常情况下，深沉只属于四十岁之后的极少一部分男人——那些既饱读了有字书也饱读了无字书的男人。

深沉的特征是渊博、庄重、果敢、坚毅。

深沉导向伟大——伟大站在深沉的背后。

92 年 9 月 8 日于景德镇湖田

金笔·钢笔·圆珠笔

一次去某地参加一个讨论会，住某宾馆里。某日晚餐毕，我去某大学某老教授的房间，与该老教授礼貌地寒暄了两句。然后彼此交换了一张名片，以便万一日后联系。

看了下老教授的名片后，我脱口问道："府上的电话号码怎么还是五位数？"老教授歉意地一笑："噢，很长时间没印名片了，这还是两年前的。现在已改成七位数了。"接着便将我手中他的名片又拿了回去，之后他从上装口袋里取出一支笔——我吃惊地发现这竟是一支极普通的一次性使用的圆珠笔。

大教授，圆珠笔？

老教授在自己的名片上按捺了半天，也没写出一个字来——他的圆珠笔干了。我连忙取出自己的英雄钢笔递给他——英雄钢笔在国内也算是名牌钢笔。

接过我的笔后，老教授顺手便将自己的笔扔到了废纸篓里——大饱眼福地观赏了老教授将一支完成了使命的笔轻松地扔到废纸篓里去的轻松动作，我仿佛顿刻对"潇洒"一词有了深一层的领悟。

老教授将我的笔在自己的名片上又按捺了半天，结果也没写出一个字——我的笔也正好没水了。这时恰好宾馆楼层服务员领班春风可掬地走了进来，弯了弯腰后开口："久仰二位大名！二位前辈大家的名片能各赐我一张吗？

我从小就热爱文学。”我和老教授相视笑了一下，之后各取出一张名片递给他。“这层楼我负责，二位如有什么吩咐可随时交待。”他弯腰双手接过两张名片。

老教授看到这位仪表堂堂的小伙子上衣口袋上挂了一支笔，便说：“请将你的笔借我用一下。”随后将英雄钢笔还给了我。小伙子欢欣地取出笔双手递给老教授。

我好奇地将笔从老教授的手中拿过来，一看：“嗬！正宗进口的派克金笔！”见我惊羡他的笔，小伙子满足地笑了笑。我若有所思。

文学青年，派克金笔?

用完了后老教授将笔还给小伙子，小伙子见我们没有挽留他交谈的意思，便礼貌地告辞了。接着我也辞别了老教授的房间。

离开老教授的房间后，三支笔久久地横亘在我的脑海中，成了一幅挥拂不去的蒙太奇组合画面：一支圆珠笔，一支钢笔，一支金笔。

这幅蒙太奇画面在我脑海里盘桓了很长的时间，唤起我许多的思考与联想。

如大教授这般饱学之士，写起文章来，行文的思路全凭深邃的思想驱遣，词汇信手拈来，大都是一些普通又普通的，但每一个平实的词汇在所在的文中又无不恰到好处，以致其文令人叹“天然去雕饰”之妙；如我这般匠里匠气的爬格子者，偶有所感，便搜肠刮肚，精镂细刻，虽也能出手一些有模有样的玩艺，无奈终非大家手笔；至于一些尚没摸到门的爱好者，每每挥汗伏案，恨不得一下子将所有进口的建筑材料全用上，怎奈搭建起来的房子就是不适用——因为连起码的力学原则都还未掌握。

肩膀上扛了整个人类智慧的大哲学家用最简单的语言解释世界，半通不通的学究能将一本又一本的典籍倒背如流，狗屁不通的书虫子能讲出许多一排大哲学家听了无不目瞪口呆的深奥的道理。

李杜的诗章今天读来仍平白如话；周邦彦、吴文英的词虽绮靡浮华、竭力铺张，怎奈读起来终不免诘屈聱牙；至于今人的诗作则比比有令学博思深之教授们不知其所然者。

又比如：白杨和舒绣文主演的《一江春水向东流》，所以惊天地泣鬼神，是因为背后站立着卓尔不群的气质与修养；时下一些影视明星所以难望其项背，决非因为眼影淡了口红浅了，而是因为内里缺了点什么；至于那些明眼人眼中一目了然的等外的星们，便只好挖空心思在大腿怎样再露一点、胸罩怎样再薄一点上找窍门了。

一支圆珠笔，一支钢笔，一支金笔——这幅蒙太奇画面给了我许多令我自己吃惊的感悟与启迪。

92 年 10 月 13 日于景德镇湖田

功·名·利

人海茫茫，成功要比成名难得多——一个名声沸沸的歌星不一定能算得上成功者，而一个硕果累累的科学家可能没有什么名气。名，包装也；功，建树也。还是古人更聪明些：在“功名”一词中将“功”放在“名”的前面，在“功成名就”的成语中“名”之花是添在“功”之锦上的。

当然，今人毕竟高明些：在“名利”一词中将“利”排在“名”的后面，在“名至利归”的说法中“名”是因“利”是果。以“名”取“利”只要脸皮厚些便成，比如模仿毛泽东腔调说几句话的特形演员也要几万元的出场费。以“利”摘“名”则多少得耗一些力气，比如那些别墅和小姘都不缺但还想弄个政协委员当当的暴发户。

市场经济使一些人趋向“功利”，争于朝争于市也日渐明目张胆。然其技其术毕竟有高低的分野。低下者偷鸡摸狗吃贿贪墨，难免一朝触上法律的电网，呜呼哀哉。高上者劳其筋骨苦其心志于惨淡夜路上追猎抵达“功利”的钢铁桥梁或不沉津渡：“名”。

硝烟场上孜孜矻矻貌似执著，黑白天地老谋深算俨然雅儒，怎奈终是名利之客宵小之徒！

对于圣者或那些真正的社会栋梁而言，“名”和“利”皆是自己生不带来死不带去的身外之物，能够不朽的只能是那些慷慨贻赠他人或人类的以血汗浇铸出的不朽的“功”绩——所谓“功”在国“功”在民是也!

93 年 11 月 19 日于景德镇湖田

关于潇洒的断思

究竟什么是潇洒?在阴盛阳衰的青春影视歌三星的少年崇拜者队伍可与去麦加朝圣的穆斯林长阵比虔诚比痴迷的时下,在人们日益热衷包装仰视封面的当今,在一片“潇洒走一回”的喧嚣至为炽烈的潮流面前,为“潇洒”一词正名也就有了特殊的意义。

潇洒,《现代汉语词典》上的解释为:神情举止自然大方,不呆板不拘束。这种释义当然将那些小家子气、委委琐琐、鬼头鬼脑连同皮笑肉不笑的人永远打入了缺少乃至不见阳光的另册。

唉声叹气挺不起脊梁骨的人自然与潇洒无缘，争名于朝争利于市的人因难免常常心事重重也不会有潇洒，披金戴银一身名牌但包裹着的人是假冒伪劣竟然也侈谈潇洒那只能是对潇洒的亵渎！

适度的服饰和美容因能反映一个人良好的心态和自信以及对自身之外的尊重，的确可视为潇洒的某种外在标志。但适度不是过度不是刻意追求，更不是坠入两极反差的泥淖。服饰和美容之于潇洒而言是毛，只能附在质地高贵的皮上——粗服乱头不掩国色，描眉画眼只会使丑八怪更显青面獠牙。

恰到好处的包装能使被包装的内容变得易于被接受——但任何包装都不能改变被包装内容的质量！对于那些过度包装自己并总是情不自禁地展览自己过度包装的人，我们除了嗤之"浅薄"一词之外还能说什么呢？——那毕竟是人家个人的自由。

潇洒与包装是有一定关系的——但那是微妙的模糊数学的关系，而决不是简单的算术比例的关系。潇洒是那些潇洒的人的影子，潇洒是一部分充满活力的成年人的专利——未成年人和失去活力的老人都不参与潇洒之舞场的门票角逐。潇洒的灵魂是随意，潇洒的大忌是做作。

一个人潇洒与否更大程度上取决于他内在的气质。空空的袋子站不起来，瘪瘪的轮胎难能轻快——没有纯净的心地和高深的修养，一个人的神情举止不可能做到严格意义上的自然大方。袒腹儒，布衣相，乃潇洒的极境也！

"铁肩担道义，妙手著文章"的李大钊从容就义一潇洒伟男也，“怒向刀丛觅小诗”的鲁迅嬉笑怒骂也一潇洒伟男也，“人的身躯怎能从狗洞子里爬出”的叶挺发誓坐穿牢底更是一潇洒伟男也！独眼将军刘伯承戴着墨镜穿上元帅服——那副墨镜使得元帅服肩章上的将星之光更增十二分的凛然之气！……在建设共和国和振兴中华的旷古伟业中，那一行行以汗水书写的长句短句和一幅幅以热血描绘的美妙图画，包含或凝聚了多少智勇男儿和飒爽巾帼的动人故事或卓荦风采？

在夜总会脱光衣服和犯罪率张开嘴的“现代文明”终于在这片古老的大陆上无法回避的今天，民工潮、炒股风、下海声、开发热……竞争的残酷和金钱的滚烫使往昔优闲的生活和平宁的心境荡然无存，许多人的目光变得呆滞心理变得拘束。于是，港姐一句“潇洒走一回”的歌词引起共鸣，旋即越过珠江，响彻华夏九州的上空。

如果“潇洒走一回”是指紧张的偶一放松或人生进行曲妙不可言的休止符，那当然应为之鼓掌。问题在于它更多展示出来的是一些自欺欺人：一掷千金买应召女郎一夜风流名曰“潇洒走一回”，罄尽十多年积蓄乃至东挪西借买一套进口衣裙穿上名曰“潇洒走一回”，拿出一沓大票请几个不三不四的人去豪华饭店海吃海吹海发泄一顿名曰“潇洒走一回”，认为自己实在已失落得相形见绌非得在国法或良知上踩一脚才感到不吃亏也可名曰“潇洒走一回”……这成了一只绝妙的空筐，任何无法交待的所做所为都可往里塞。

必须质问的是“潇洒走一回”能走到哪里去？还回不回到现实的人生中来？如果有谁真的“过把瘾就死”，也能勉强算一个三流好汉。怕只怕“借酒浇愁愁更愁”，作乐掩悲悲更悲。人去楼空，烛尽席散，重新回到自己心灵世界的将是更大的空虚或更深的无聊！任何背离法律约束或是非判断的“潇洒”，实际上都是在拿自己的人生玩火——的确太苦了太屈了太寂寞难耐了有必要松驰或解放一下也未尝不可，但一定要通过那些正当的于己身心有益的途径。

潇洒不是奇装异服，潇洒不是趾高气扬，潇洒不是搔首弄姿，潇洒不是虚情假意，潇洒不是作派招摇，潇洒不是浅薄无知，潇洒不是学佛求道，潇洒不是梦幻人生。潇洒的前提是：诚实地生活加诚实地做人。也有的人虽然也具备了潇洒的前提，但由于物质状况乃至自身缺陷的限制而注定了不可能活得潇洒——这个世界上并不是每一个人都能够活得潇洒，但却是每一个人都能够活得真诚！一个人可以少有乃至没有具有辐射力的人生综合外在呈现——潇洒，但却不能没有心灵对潇洒的超越——善良而又高尚的内心世界！一个善良而又高尚的内心世界，就是上帝馈赠这个纷争的星球的一份至为珍贵的礼物！

潇洒是多种多样、色彩斑斓的：有一表非常、风度翩翩的潇洒，有衣着高雅、端庄自重的潇洒，有标新立异、与众不同的潇洒，有秀外慧中、深沉练达的潇洒，有谈吐不俗、机智过人的潇洒，有出口成章、鹤立鸡群的潇洒，有挺身而出、打翻凶顽的潇洒，有保家卫国、跃马疆场的潇洒……林林总总的潇洒中有相当一部分是与所处的环境相对应的：乡镇潇洒的到县城不一定潇洒，县城潇洒的到省城不一定潇洒，省城潇洒的到京都不一定潇洒。雷打不动的只有：男儿不分所处的潇洒在任何时代都属于那些属于时代的英雄以及英雄的业绩！

如同女人的潇洒离不开容貌和教养，男人的潇洒离不开事业或功名。男人没有事业或功名便没有尊严的强劲支撑——而尊严没有强劲支撑的潇洒是脆弱乃至不堪一击的。

潇洒是有层次或境界的。最高境界的潇洒属于：那些活在责任中、活在义务中、活在道德中、活在情操中、活在为之献身的事业中的纯粹而又崇高的人！

94 年 3 月 1 日于景德镇湖田

三　套

清夜读史，我吃惊地发现：自古以来所有的大奸邪或大奸雄都有三套。

哪三套？心里想的是一套，嘴上说的是一套，身子行的是一套。

心里想的是自己的得失进退或梦寐以求，嘴上说的是冠冕堂皇或粉刷自身形象的言词，身子行的是窃名窃利又圆润周延的剑及屦及。

嘴上说的既是从心里想的到身子行的之桥梁，又是心里想的之烟幕与身子行的之标榜。

应该提醒手握重柄之权势者的是：自古以来所有的大奸邪或大奸雄，无一不是国之祸与民之殃。

用三套的人不一定是三套，为三套所用的人也不一定是三套——三套所以得势，是因为在得势之前得遂了欺上瞒下的权谋。

三套者多有遇之幸，天下必呈衰世之象的征兆——而大凡政通人和、百业俱举的盛世，则注定了那些三套者多有怀才不遇之悲鸣。

乱世出英雄，更出奸雄与奸邪。

治世不产成帝王之业者，但多产建国立家之栋材。

一方州郡，与其让十个建国立家之栋材受压，不如让一个三套受冷落。

皇皇今日中华，与其让一小撮三套弹冠相庆，怎能比拟万马奔腾、正气浩然之壮观？

94 年 4 月 11 日于景德镇湖田

关于成长的断思

失去一些美好乃至宝贵的东西，在成长的过程中作为成长的代价是很难避免的——任何人的成熟，都是从走出童稚的天真开始的。

我们并不能因为童年的美好而拒绝成年的召唤，如同我们并不能因为梦幻的绚烂而拒绝现实的拥抱。

你通过卓越的奋斗获得了神圣的尊严，但却失去了匍匐在地时相怜相亲的温暖——相怜相亲的温暖当然是至为宝贵的，但如果是一个男人的话，你能对神圣的尊严之诱惑无动于衷吗?

必须坦然地认识到：成长和成熟一样，都意味着部分地失去——就像上到三层楼后会部分地失去二层楼的风景一样。

关键的关键在于：虽然成长意味着部分地失去，但不论能获取什么也不能牺牲了自己的正直和善良——因为牺牲了正直和善良所换取的任何人生高度都如同酥朽了梁柱的建筑，终将重重地崩塌。

所有的人都没有理由拒绝成长，如同所有的人都不应该不择手段地竞争——“不择手段”和“卑鄙小人”这两个词组在任何时候都是不散的邻居。

成长，应该是一个自然而然的过程，就像所有走向正常的高龄一样自然而然——既没有拔苗助长的悲哀也没有妙龄永驻的欢乐。

95 年 6 月 4 日于景德镇湖田

婚姻的动力和方向

两性结合的动力来自两个方面：感情价值和婚姻价值。

结合的感情价值是指男女双方的理解、爱慕和感情融洽的程度，在特定的情况下往往具有唯一性。而结合的婚姻价值则是指共同生活的物质基础，包括对方的身体素质、仪表、经济收入、学历、家庭背景、社会地位等诸多方面。

一般说来，第一次入恋的少女往往不自觉地偏重于感情价值——由于计算能力的不足和阅世的单纯，而容易把婚姻价值忽略掉——这并不像一些人所想象的那么可怕，因为只要她的母亲还在，她的母亲就会提醒她、开导她，或是把未来生活可能会遇到的困难告诉她。这位少女将在很短的时日内发生奇异的变化，甚至能在一夜之间判若两人——跳跃式地否定了幼稚——她因此很快站到选择的路口：或是经历一番心理调整后自觉而又理智地去追求感情价值，或是洒几滴眼泪将自己的第一次感情经历埋葬——并从此步入成熟女性的行列。

兑现婚姻价值的结合是很容易的。对于大多数的人来说，只要本着对等的原则，可以结合的人总有成千上万。但感情价值的兑现，对一些人来说则可能是“前途未卜”。感情价值与婚姻价值均为顶分的结合当然是最完美的结合，但许多情况下往往是二者大相出入，或一者的指标远远低于另一者的指标。

对方只要有性功能，婚姻价值就大于零；对方即便是王子或公主，感情价值仍然可能是负数。这个极端的比较，也许能昭示人们：什么是真正值得去追求的。

单单兑现了婚姻价值的结合往往经不起生活中偶然出现的打击或不幸。忽略了物质基础，而感情又没有理智化或成熟化的结合，结合后往往会逐渐出现并扩大感情的缝隙，直至最后发展到一方首先发出“爱情经不起生活的折磨”这样的喟叹——这其实是一种不成熟的爱情，一种对现实生活估计不足的爱情。

那些在真正的意义上兑现了感情价值的结合，有一个很简单的判别原则：即这种结合能禁受得起现实生活在肉体或心灵上所能够施加的一切。

抛弃了感情价值而选择了婚姻价值的凯瑟琳在生之欢

乐与欣慰均已绝望了的残喘之际终于哭喊出自己痛不欲生之悔：“在我的生活中，他是我思想的中心。如果别的一切都毁灭了，而他还留着，我就能继续活下去；如果别的一切都留着，而他却给毁灭了，那么这个世界对于我将成为极陌生的地方……我就是希刺克厉夫！他永远永远地在我心里。他并不是作为一种乐趣，并不见得比我对我自己更有趣些，但却是作为我自己本身而存在的。”

在情爱婚恋门前徘徊的青年，读一读艾米莉·勃朗特已震撼过无数不同肤色之读者的比其姐的《简爱》写得更撕心裂肺的《呼啸山庄》，或许不无裨益。

95 年 8 月 6 日于景德镇湖田

流言与留言

这个世界上有流言和留言——流言凭嘴，留言靠笔。

因临时更改了车次又来不及告之，提前来了，只好独自先找个旅馆住下。但总得给约定接站的朋友有个交待，同时也好尽快见面。于是，车站的留言板上又多了一行字：“××：我已于××时抵达，现住××旅馆××房间。见面解释。××。”接站的朋友接约定的车次，直等到出站口人都走空了也不见斯人身影，怅然若失之际转身看到了留言板上的一行字，于是自语一句：“这老兄！”便径向指定的处所而去。

休息日技术科罗科长突然接到上级电话，要自己当天下午陪他一同出公差，任务很紧急重要。想到刚分到科里来的新大学生小王工作一时还没个头绪，罗科长便冲了包方便面胡乱充作午餐，之后便急匆匆地去了办公室，给小王的办公桌上压了张纸，先交待自己突然出差来不及打招呼了，后交待自己不在期间工作的步骤和注意的事项，再交待哪些资料和情况是必须熟悉的。星期一小王见了罗科长的字条并反反复复默读了之后，强忍着没让泪水出来，但一位蔼然师长的形象在自己的脑海里却宛然浮雕。小王将师长的字条轻轻又轻轻地折起，然后夹进了自己永远也不会丢失的笔记本里。

李副厂长觉得张厂长是越来越骄横越来越自我感觉良好了，几次欲当面指出，但碍于面子，加之早年自己当车间主任张厂长为自己的副手时两人就有些磕磕碰碰，如当面指出……李副厂长思来想去，几宿难眠，最后自己给自己打气：“大不了这副厂长不当了！”于是给张厂长写了封措词尖锐的两千言书，之后自己先脸红脖子粗地面呈了张厂长。张厂长读后先有些不悦，继而想到两年前自己即将被任命为厂长时关于自己男女关系的流言沸沸扬扬，调查组来了后是老李一马当先站出来替自己辩诬，并拿出自己的党票替自己担保……最后张厂长在李副厂长的署名处写了八个字：“白纸黑字，光明磊落！”并署上自己的名字。之后叫厂办秘书将这封两千言书复印了几十份，全厂中层以上干部每人发一份。

方老兢兢业业工作了一辈子，现退下来了，自己觉得在自己漫长的生涯中有许多教训包括经验，如能写下来对他人或许不无启迪。于是，在黄昏夕照里，方老提起了笔……

以上所述，均为留言。至于流言，无墨无迹，那不过是舌头推出的一股阴风——只是这种阴风有时竟如长了翅膀一样，会到处乱飞。

所幸的是：为流言所困扰的那些人，大都是一些不甘庸碌或拒绝无为之辈——当“乱搞男女关系”的流言弄得你焦头烂额之际，或许正是你即将提升的前夜；当“名利思想严重”的流言如影子一样咬住你不放之际，或许正是你距拿某项大奖已经不远的征兆；当“神经不太正常”的流言企图摧毁你的尊严之际，或许正是你许多年废寝忘食的刻苦钻研透光见亮——获得整个社会的承认已进入最后读秒的阶段……流言者所以流言，是因为流言者或妒火中烧，好像只有借流言掀起的风波才能平息自己胸中的起伏；或唯恐天下不乱的阴暗心理作怪，似乎不搅浑一方的清静便不足以显示自己的丑恶灵魂。只是古今中外，以流言出息了自己或名垂青史的流言者还从不曾有过。

流言，《现代汉语词典》上释义为：没有根据的话。至于因为自己行为不检点而向社会提供了新闻，事后自己企图借“流言”一词抵赖，那又是另一码子事情了。

小人流言，君子留言。一个单位或部门如流言多而留言少，则必呈人心疏离、一盘散沙之状；如流言少而留言多，则必然是人际多有温暖、共同的事业现蒸蒸日上之景观。

我虽非君子，但却不会流言。因为我不会流言，便只好把心思全用在留言上——既不留言又不流言，叫我如何耐得了寂寞?

本文即为一则留言，赠予擅长流言的人——这当然也包括那些曾犒劳过我流言的人。

95 年 9 月 3 日于景德镇湖田

人物的四种形态

人物一词，《现代汉语词典》上第一义项的释义为：在某方面有代表性或具有突出特点的人。这种释义当然就将黎民百姓和凡夫俗子挤出了该词词义的圈子之外。

从立命方式和人生行藏上考察，人物呈现四种形态：外圆内圆，外方内方，外圆内方，外方内圆。这里圆作圆通解，方作方正解。

外圆内圆的人为人处世圆滑老到，广积善缘，但在内心对自己并无约束原则，很少去追问人生真正的意义，基本上不慎独。这种人在群体中将其放到润滑人际关系的位置上是可以的，但难以独当大任——因为这种人一旦握有实权，由于缺乏自我禁律，其辖区内很难不弊端丛生。

外方内方的人秉公立世，在群体中有棱有角，不懂得搞取悦他人特别是上司的小动作，不太讨喜。但这种人表里如一，不会口是心非，且大都能克尽职守——所谓的“謇謇谔谔之士”就是这一类人。一支官员队伍的组成中如没有这种人是不堪设想的——因为在官场上这种人是空气的去污剂，丑行的绊脚石。虽然自古至今在权力的峰巅上从不曾有过这种人的身影，但那些光明磊落的楷模和至大至刚的典范则几乎尽为这类人所包揽。

外圆内方的人世事练达，聪明强干且又能严格要求自己，洁身自好。在封建时代里那些先闭门读通了书后出山权倾朝野的重臣——即所谓内圣外王的“大儒”们就属于这一类人。在任何时代任何地方的官场上都不会少了这类人的踪影，差别仅在于这类人在官员队伍中所占的比例而已——大厦将倾之际，这类人和外方内方的人共同构成支撑一座濒危建筑的梁柱；而在一个新朝代的兴盛阶段里，这类人则多为辅佐明君的股肱。

外方内圆的人张口是人民利益，闭口是党纪国法，但肚子里装的全是男盗女娼和大鬼小鬼。这种人在下级面前浑身都是道貌岸然，但在上级面前有时也敢一本正经地陈述自己不乏高深的见解，极具欺惑性。自古以来所有阴险的大奸大邪全是这种人。这种人一旦得势必为乱国贼子，也就是荀子所说的：“口言善，身行恶，国妖也！”

当然，现实中的人物绝大多数并不纯粹地呈现为本文所列的某一种形态。本文“人物的四种形态”只是一种概略的说法，且无任何依据，纯系笔者姑妄言之。

但本文的立意并不姑妄。今日举国之内，如能轻用外圆内圆的人，重用外方内方的人，大用但又限用外圆内方的人，坚决不用外方内圆的人，那么“振兴中华”又何愁不万众同心、指日可待？

本文在解说“人物的四种形态”时虽然是以官场举例阐发，但此说并不独适用于官场——而是适用于所有有名有利的领域。当然，此说之于官场比之其它领域会更贴切一些。

95 年 9 月 12 日于景德镇湖田

关于知识的断思

在工作中，知识是效率；在生活中，知识是趣味。培根在《论求知》中说：“有实际经验的人虽然能办理个别性的事务，但若要综观整体、运筹全局，却唯有掌握理论知识方能办到。”阿拉伯一则谚语说：“没有知识的生活就像没有香味的玫瑰花。”

知识渊博的人并不一定是深刻的人——深刻的人是那些在坚实的知识的基础上树立起了独立的思想的人。赫拉克利特说："博学并不能给人智慧。"智慧是深刻的前提，而智慧又必须经过充满悟性之思考的冶炼后才能得到。

知识的掌握首先在于理解，只有理解了才谈得上把握知识的意义和作用。所以蒙田说："背得滚瓜烂熟并不等于掌握了知识。"

无知的行动是盲动，无知的服从是盲从——知识带来机遇，无知带来不幸。所以赫拉克利特又说："知识是有学问的人的第二个太阳。"这"第二个太阳"是不可能去照耀无知者的。

知识和思考是人生远行的两条腿，如果缺了左右腿中的任何一条那么剩下的一条也就很难走路了。所以孔子曾曰："学而不思则罔，思而不学则殆。"日本一则谚语说："缺乏知识就无法思考，缺乏思考就得不到知识。"

有知识的人很多，但成功的人却很少。托尔斯泰说："重要的不是知识的数量，而是知识的质量。有些人知道得很多，但却不知道最有用的东西。"彼特拉克说："你知道得很多，但如果你不善于把你的知识用于你的需要，那就什么用处也没有。"

知识的灵魂在于运用。萨迪说："有了知识而不运用，如同一个农夫耕耘而不播种。"培根在《论人生》中说："知识本身并没有告诉人怎样运用它，运用的方法乃在书本之外。"

如果不善于归纳和分析，知识越多思维反而越混乱。卢瑟福有一段发人深思的话："人们的知识在不断地充实着，而人们的智慧却徘徊不前。"试想：今天的人会比一千或两千年前的人更聪明吗？人类在一千或两千年前所掌握的知识远远不可与今天相比，这是不争的事实。如对人类作整体考察，由于教育的普及，今天也许比一千或两千年前的确聪明了很多；但如以今天的最聪明者与古代的最聪明者相比，则未必就定胜一筹。今天有哪一位哲人敢站出来拍胸脯说“我比孔子或诸葛亮更聪明”？所以斯宾塞说：“作为心智脂肪储存起来的知识并无大用处，只有变成了心智肌肉的才有大用处。”今人的心智脂肪无疑比古人的厚实了许多，但今天智者的心智肌肉却未必比古代智者的更发达。

人生的成败，决不仅仅取决于书本知识掌握了多少。爱因斯坦说：“一切涉及实际的知识，都是从经验开始，又终结于经验。”人生的成败，有时更取决于经验。

对自己有用的知识大都是通过自学获得的。达尔文说：“我认为，我所获得的任何有价值的知识，都是从自学中得到的。”

浩瀚的海洋来自涓涓细流，广博的知识全凭日积月累。

知识就像沙石下面的泉水，挖掘得越深泉水就越清澈。

知识是不可能在花前月下捡拾到的，知识只能从冷板凳上坐出来或从艰辛的人生中磨砺出来——知识的根是苦的，但其果实却是甜的。

丰富的知识使人沉稳，而那些狂妄的人大多是些无知或少知的人。

对人类贡献巨大和对人类破坏巨大的人，都是些最有知识的人。培根有句众所周知的名言：“知识就是力量。”高尔基说：“一个人知道得越多，他就越有力量。”高尔基还说：“没有什么力量比知识更强大，用知识武装起来的人是不可战胜的。”阿拉伯另一则谚语说：“多则价廉，万物皆然，唯独知识例外。知识越丰富，其价值就越昂贵。”

95 年 10 月 2 日于景德镇湖田

关于孤独的断思

没有孤独的人生是平庸的人生——只有拥抱孤独才有可能得到智者的深邃和哲思。

正是通过面壁思过的洗礼和卧薪尝胆的煎熬，才成就了人类历史上许许多多的圣哲与英雄。

心灵深处的孤独是那些人类精英孑然立世的背影，摇荡在风雨兼程的走向家园的路上。

没有孤独，就没有自我或个体——或者说：就没有汪洋大海中的礁和岛。然而，真正的孤独并不是远离尘世，并不是逃避现实，并不是身心空虚，更不是对自己缺乏信心或对生活无从把握所表现出的那种苦涩的惆怅。

真正的孤独决不是一种无聊的自我标榜，也不是无可发泄的烦闷，真正的孤独是超越了喧嚣与骚动的心灵的静穆，是突破了感官磨擦后与群体之间达成的一种物我交融的默契。

孤独，有时是一种处境，有时是一种感受，有时是一种冰冷的寂寞，有时是一种残酷的考验。不曾穿过几乎令人窒息的孤独的隧道的人，很难想象他会有顽强的意志和意志力。

纯粹的孤独是一种超然的存在状态，无所谓欢乐，也不应有痛苦的感觉——那些还伴有痛苦感觉的状态，是一种尚未进入纯粹境界的非纯粹的孤独。

执著劳作或奉献的人，不论他外在呈现出的是何等的热闹或繁忙，心灵深处都必定是孤独的。任何一个伟大的人物，他之所以成为伟大的人物，那是因为：他的心灵曾跋涉了漫长的孤独的里程。茨威格说："真正的伟大是孤独。哪里没有伟大的性格，哪里就没有伟大的人物、伟大的艺术家、伟大的功业卓著的男子汉。"

如果你能潜入到自己的孤独的底层，那么你就会发现：世界上有许许多多孤独的人，是与你心心相印的——在你心灵的最深处，并没有孤独。

不能在孤独中沉浸，就不可能将那些有字或无字的真正的书读进去，就不可能进行有关宇宙和人生的深刻的思考。人的悟性或灵感，全在孤独这口深井之中。

孤独，并不一定是诗的唯一的土地，但无疑是诗的一块最有营养的土地——古今中外任何一个伟大的诗人，无论他看上去是何等的合群或豁达，但内里肯定都有一具强健而又孤独的心灵，在岁月或情感的原野上灿烂或辉煌诗的花朵与果实。

95 年 10 月 8 日于景德镇湖田

制止“据说”传播！

我们常能在街头巷口看到这种情形：两个妇女交头接耳，神秘兮兮，样子专注而又猥琐。结果某某据说之类的传闻不胫而走，一传十进而十传百，最后滚成了一个大雪球，仿佛真的成了有板有眼的事实。与此同时，某个部门或单位无风三尺浪，本来正常的工作或生产平白无故地遭到不正常的干扰或破坏。

其实，在长舌妇香火不绝的中国传播“据说”的又何止妇女？许多先生，包括一些在某些场合也能一本正经的先生，竟也十分擅长在烟雾缭绕或酒气飘荡中津津乐道地传递“据说”这根无事生非的接力棒。结果往往三人成虎，众口烁金，助长了歪风，涣散了正气。

如果说长舌妇出于无聊嚼舌头虽属低级趣味但尚可理解乃至原谅的话，那么堂堂大男人竟也拾取这种妇道人家的脏手帕抹脸擦汗就只能为正人君子所不齿了。为泄私怨或灭妒火而无中生有地编造“据说”或添油加醋地传播“据说”，轻者涉及自己的道德品质和人格自尊，重者触及法律的电网！“流言止于智者”——一个聪慧而又公正的人，在任何时候任何场合都不会去传递那些没有根据的“据说”的。

没有根据的“据说”就是谣言！

为了社会的安宁祥和，为了人际的明净友善，我们应该有力地制止“据说”传播！

95 年 12 月 9 日于景德镇湖田

关于人性的断思

在男人方面，肉体和精神可以分离得很远。而在女人方面，肉体和精神往往是交融在一起的——她的肉体完全受精神的支配，而她的精神又大都带着浓烈的肉体气息。

男人期待于女人的，并不是一位艺术家，而是一件艺术品——她会不会写诗无所谓，只要她本身就是一首充满激情的诗。

在通常情况下，女人是固体——富有弹性的固体；在荡漾着欲望的氛围里，女人是液体——水一般柔软可人的液体；在那些充满诗意的场合，女人则是气体——弥漫着温馨的气体：这种气体在我们周围飘游着，抚摩着我们的肌肤，灌溉着我们的心灵。所以莎士比亚说："女人是显示、包藏及滋养整个世界的书籍、艺术及学院。"

侵犯女人的是男人，保护女人的也是男人。女人提防的是男人，女人依赖的也是男人。所以，女人多有双重的自卑。

成熟的姑娘渴望在异性面前表现出天真，而天真的姑娘则渴望在异性面前表现出成熟。

男人以英雄气质征服女人，女人以母性情怀征服男人。

罩上面纱的是女人，撕下面纱的往往还是女人——所以，自古以来栽在女人手上的男人不计其数，未来也照样会有很多。

男人对于无关紧要的小事和细节一般不予过多的关心和考虑，而女人则常常相反。

人性上的最大弱点，在男人身上表现为懦弱和吝啬，在女人身上则表现为嫉妒和虚荣。

男人是孤独的，并在孤独中创造文化；女人是合群的，并在合群中传播文化。在这里我必须注释一下的是：一、男人并不包括所有的男性；二、富有女人气的男性也是合群的。

强者好孤独，弱者喜合群。胡适说："狮子与虎永远是独来独往，只有狐狸与狗才成群结队。"

一个男人，可以让人嫉恨，但决不能让人怜悯——因为女人瞧不起受人怜悯的男人。

任何人都拒绝不了源自于自己心灵最隐秘之深处的自觉或不自觉的诱惑。

每一个人的行为和动机都有源自于自己内心世界的推动，他人的影响和干涉在通常情况下并不起主要作用。

大多数人对诱惑的抵御力都是很脆弱的。

只有坚决拒绝最初的诱惑，才是能够永远拒绝诱惑的根本保证。

人，在开始的时候总会抗拒那些尽管正确但却不符合自己习见的观点。

这个世界上自以为聪明的人不少，尽管真正聪明的人并不多。

自以为了解自己与真正了解自己是截然不同的——前者是多数人容易犯的毛病，后者是少数人才拥有的明智。特勒斯说："自知最难。"

和你一同笑过的人或许你会忘掉，但和你一同哭过的人也许你永远也忘不了。

大凡有真本事的人，一般都不太顾忌别人超过自己；着实畏惧自己的饭碗受到威胁的，又大都是一些平庸之辈。

通常，骄傲和才华是成正比的。但正如大才朴实无华而小才却华而不实一样，大骄傲往往谦逊平和，而小骄傲却每每呈现出不可一世的得意相。优越感溶解在骨头里的人，必定是那些有包容万物、宽待众生之襟怀的人。

物以类聚，人以群分——在社会上情趣相同的人会自然地形成一个个圈子。亚里士多德说："羽毛相同的鸟，自会聚在一起。"

从善如登，从恶如崩——学好难如逐级登高，学坏易如江河日下。所以毛姆说："从好习惯逃脱总易于从坏习惯逃脱，这真是人生的一大悲哀。"

生活中有这样一种人：他见到真善美也感动，看到假恶丑也痛恨，可自己的行为总是跟态度有一段不短的距离。

人们往往一边埋怨社会弊病，一边又以自己的弱点组成社会弊病——这就难免要给社会弊病的消除带来艰巨性。

个性一旦战胜了磨难就如同钢浇铁铸，承认不承认它都是公然的存在。当然，对于大多数的人来说，个性的棱角总是无可奈何地被粗糙的生活或环境逐渐销蚀——随着年岁的增长，人总是或轻松或沉重地滑向平庸。

最具魅力的个性是：之于群体而言，既独立得彻底又联系得紧密。

有两种人：一种人是理智常常征服情感，一种人是情感常常征服理智——前者隐忍，后者暴烈。几乎所有的成大事者都兼备隐忍和暴烈两种秉赋——他们的情感如同沉默的火山，而他们的理智又如同微笑的冰川。

思想浅薄的人重于言表，思想深沉的人重于思考。

青年人相信许多假的东西，老年人怀疑许多真的东西。相信假的东西与怀疑真的东西都是偏执。乔叟说：“怀疑一切与相信一切是同样的错误，能得乎其中方为正道。”

青年人喜欢把思绪付予对未来的遐想，老年人喜欢把思绪付予对往昔的回忆——相对说来，中年人更脚踏实地一些。

人类的全部历史，从宏观上考察，都是人性不断改善的历史。

因为人性在不断地得到改善，所以这个世界总是不断地走向美好——虽然执著的步履是那样艰难蹒跚！

95 年 12 月 10 日于景德镇湖田

关于婚恋的断思

如果说爱情是一朵绚丽的鲜花，真诚就是她扎根的沃壤；如果说爱情是一座辉煌的宫殿，真诚就是她牢固的地基。真正高尚的爱情，可以没有如花似玉的容貌，可以少些娓娓动听的言辞，可以不要丰厚殷实的财产，而独独有一件至宝不能缺少——这就是：真诚！福楼拜说：“在爱情里，人们可以原谅严重的不谨慎，但不能饶恕些许的不忠实。”福楼拜还说：“真正的爱情是双方互相‘无条件投降’。”

为了约束人追新求异的本能，使爱情的排他性得到法律的保护，人类发明了婚姻。爱情是浪漫的，婚姻却是严肃的。婚姻意味着爱情的专一，意味着两个人同甘共苦、永远不离不弃，意味着对对方和后代不可推卸的与生命同在的责任。爱情，一旦在虚假中周旋，悲剧就难以避免了。毛姆说：“结婚是美事一桩，但若养成了结婚的习惯，那就令人不敢恭维了。”

培养爱情犹如栽花，不能老是拔起来审视——如那样的话，就是一朵本来长得好好的花，时间一长也会枯萎的。富兰克林说：“结婚之前要睁开你的眼睛，结婚之后要一只眼睛睁一只眼睛闭。”富兰克林还说：“爱情的视觉不是眼睛，而是心灵。”

真正的爱情应尽力排除功利目的以使其纯洁，但真正的爱情并不绝对排斥功利色彩——爱情同样是人的一种行为，而人的所有有意识的行为无不或深或浅地被笼罩在功利的红尘之中。在追求爱情的过程中人的道义责任在于：应竭力使其崇高并拒绝卑下。车尔尼雪夫斯基说：“爱情的意义在于帮助对方提高，同时也提高自己。”

虽然工业文明的红尘滚滚，但古老的爱情决不会因为黄金的万丈光芒而黯淡了自己特有的亮丽。杰弗逊说：“爱，绝不是一种感情上的消遣，而是一种精神上的鼓励。”

建立在金钱、地位或青春、美貌上的爱情，充其量不过是一根 24K 的项链，看上去虽然闪闪发亮，但只要轻轻用力一拉，也就断了。莎士比亚说：“爱情是生命的火花，友谊的升华，心灵的吻合。如果说人类的感情能划分等级的话，那么爱情便是最高的一级。”莎士比亚还说：

“仓促的婚姻很少有美满的。”

婚姻之鸟有两只翅膀：激情与逻辑。若是缺了一只翅膀，婚姻之鸟便不能飞翔——即便一对男女之间有热恋的强光暴发。但先扇动哪只翅膀婚姻之鸟飞翔的形态是迥然不同的：激情先于逻辑的婚姻浪漫，逻辑先于激情的婚姻稳固。

雷纳尔说：“女人嫁给男人，男人嫁给事业。”男人主外（挣钱养家）、女人主内（相夫教子）的婚姻，在任何时候、任何国度都是超级稳固的婚姻。

一个三十岁的姑娘，不论她自身条件多么优越，婚姻问题都会变得日见迫切；一个四十岁的未婚男子，只要事业有成，他将成为千百双眼睛聚焦的中心——因为一个男人应该具备的一切他都已具备，而他的年龄及由这种年龄所凝聚成的稳定性将给姑娘带来足够的安全感。

“婚姻是爱情的坟墓”一说显然偏颇——对于真正的爱情来说，只有婚姻才是归宿或宫殿。恋爱只是婚姻的序曲，只有婚姻才能给爱情披上法律的风衣。当然，对于那些浅薄的浪漫，婚姻或许真的是坟墓——飘拂着法律之风衣的坟墓。

整体通观，因为爱情从属于事业，所以人类社会能够向前发展——若两者颠倒过来，那么人类将在自身的消费中沉没。爱情之花只有在事业的土地上生根，经理想之光照耀后，才能灿烂地开放。此外，还应知道：爱情生活和家庭幸福是不能离开安定祥和的社会环境而超然存在的。

对事业的高远追求，能够使人更深刻地认识到爱情的真谛，更着实地感受到爱情的幸福，进而将爱情推入崇高的境界。

由于特殊的环境或因素，有的人在对事业的追求中失去了爱情，以致终身形单影只。的确，这是一种畸形的人生——然而，事业上的成功致使他超脱了这种痛苦。

在爱情生活中，甜言蜜语是有一定价值的——但它不能像盒式磁带那样反复播放。如像盒式磁带那样反复播放，它将会使接受者感到腻烦。甜言蜜语就如同味精，少许的加入也许会使爱情多几许鲜味，但若放得太多就有可能致使爱情变得难以下咽——填饱肚子的只能是食物本身而决不可能是味精。

真正的爱情并不排斥爱的生理基础。在两性之间，精神的爱不应是肉体之爱的遮羞布，恰恰相反，精神的爱要在肉体的爱中得到体现，二者应是完整的统一体——否则，精神的爱就成了宗教，而不再是真实的人生。

在中国有一类因成功或天赋而十分自信的男人往往又十分传统：对于婚姻这只苹果，他们要求绝对的完整；而对于婚姻之外的偶一浪漫乃至放荡，他们要求的则是口感也即好吃——即使一只苹果已被虫子啃烂了一半，但将烂了部分削去也即剔出好的部分——这好的部分或许非常好吃，因为虫子也知道挑好的苹果吃。这种男人，对于婚姻之外的偷吃，往往专拣既烂又没全烂的苹果，完整的并不一定敢碰——因为要承担道义上的责任。在中国，一个再婚的女人不论她是何等的倾城倾国，其后夫大都不可能是卓荦的才子或一流的剑侠——这也正是中国成语“红颜薄命”的谜底所在。

“甲板上的爱情以下一个港口为终点。”这句话告诉人们：在特定的孤寂生活中所产生的情感是不可靠的。

在爱情中搀杂些许的虚荣或许会多些有益的刺激，但漂亮的姑娘们别忘了歌德曾说过这样的话：“虚荣最适合于肤浅的美人。”歌德还说：“外貌美只能取悦一时，内心美方能经久不衰。”

富于幻想的小姑少郎，往往好用想象去美化自己心目中的异性进而有所期待。所以歌德又说：“有限度的期待，在恋人的心理上是甜蜜的。”而杜威则说：“恋爱中的每一个人都是诗人。”莫鲁瓦则指出：“处于朦胧喜悦状态中的恋人无疑是幸福的，但这样的幸福如果没有新的因素加以充实，又往往是短暂的。”

爱情既充满感化的力量又导向善与美。傅雷说：“往善与美的方向发展，正是爱情的伟大之处，也是古往今来的诗人歌颂爱情的主要原因。”莫里哀说：“爱情是一位伟大的导师，教我们重新做人。”席勒说：“爱情使伟大的灵魂变得更伟大。”

爱情可能是突然产生的，也可能是逐渐发展起来的。突然产生的爱情叫钟情——钟情的特点是对对方持毫无批评的态度。当钟情不期而至的时候我们应该慎重，应该理智地想一想这是否损害到他人？因为萧伯纳曾经提醒过我们：“恋爱不是慈善事业，所以不能随便施舍。”

对于某些人来说，一生的过错往往竟缘于一时的错过。所以恩格斯才饱含深情地说了这样一段话：“在带有个人色彩的痛苦中，还有什么样的痛苦比最高尚和最崇高的痛苦——爱情的痛苦——更有权利向美丽的大自然倾诉呢？”

纯粹的生理需要的默契并不能建成幸福的丰碑，只有心灵的结合与共鸣才能筑起爱情的大厦。

道德的性爱应是情感的升华乃至两颗心的联袂飞翔。

可以是同样的真诚与美丽，但性爱是短暂的，而情爱却是恒久的。

爱情不是纪念碑式的建筑，而是奔腾不息的生命的大河。

没有婚姻的爱情可以同样令人陶醉，而没有爱情的婚姻给现代人带来的却只能是心灵的折磨。

爱，是能够结束的——虽然她是不能忘记的！

有缘的未必有情，有情的未必有缘——这始终是人世间的一大遗憾。

在这个世界上，良母比贤妻多，忠夫比孝子少。

别人看来不般配的一对，可能很幸福；别人看来很般配的一对，可能很痛苦。

妻子的真心和慧心能帮助丈夫取得成功，妻子的恶心和毒心足以毁灭成功丈夫的一切。

许多择偶条件相当优越的人，往往迟迟选不中满意的对象；而一些择偶条件十分一般的人，往往早早就喜结了良缘。所以司汤达拐弯抹角地告诫人们："爱情创造平等，但并不追求平等。"

爱情是生命之泉的圣水，如果滋润出的是一株毒草，那么终生都会感到苦涩——结成婚恋苦涩之果的原因和果之苦涩的滋味因人而异，各有根由。所以托尔斯泰说："幸福的家庭差不多都是相似的，不幸的家庭却各有各的不幸。"

好姑娘和好看的姑娘是两个概念。

对那些不浅薄的女人来说，个性是男人最有吸引力的品质。

少年的激情就像光芒四射的朝阳，虽然浅薄单纯，但却能使受到照耀的姑娘终身难忘。

女人对幻想中的爱情比男人浪漫，对生活中的爱情则又比男人现实。

感情是意志的动力，意志是感情的闸门。在两性交往中，女人大都会受仰慕之情的支配——这也是为什么那些事业成功的男人会有优越感的原因之一。

对于未来的爱人，你可以反反复复地假想，但却不能定做。

恋人之间过量的亲昵就如同过量的雨水一样，决不会是丰收的征兆。

两性之间，相爱容易相守难——因为“爱”是热烈的，是宣泄情欲的；而“守”则是平淡的，是消磨情欲的。夫妻之间，在漫长一生的相爱相守中，彼此都能拒绝伴侣之外的所有诱惑且从不走神，进而缔造了两性之间纯洁的相爱相守一生的爱情，在人类走出了农业社会之后，难上加难！纯洁的相爱相守一生的爱情既是不容轻慢的榜样，也应是人类良知永恒的向往！

人们对于爱情的理想永远是：她像一块始终熠熠闪光的宝石，而不是一块有限的木炭——一旦短暂的燃烧完毕后便只剩下一撮灰烬。

爱情，不仅仅是心心相印，重要的还在于她能不断地激起生活的火花和生命的力量——真正的爱情，是生在骨子里活在血液中的热流，而决不是那些插在发上佩在胸前的花朵。所以雪莱说：“吻，是灵魂与灵魂相遇在一对人儿的嘴唇上。”

95 年 12 月 17 日于景德镇湖田

浅谈女性的美

如果单从容貌上考察，漂亮的女人之漂亮可以分为三个等级。

有一种女人，初次见面，给人以出众之感，但时间久了，反复看了多次之后也就平淡了。容貌经不起细看的原因在于：这种女人虽然五官的每一个部件都不存在太大缺憾，但将五官搭配在一起成为一个整体的时候，上帝有点走神或打了一个哈欠。这种女人的漂亮是三等的漂亮——这种漂亮是外露的。

另一种女人，初次见面貌不惊人，但多打了几回照面之后，便会察觉到有些韵味了。初看一般但细看却很耐看的原因在于：虽然这种女人的五官单件并不超群，但搭配在一起成为一个整体时却十分的协调。培根在《论美》一文中对这种美做了这样的论述："有许多脸型，就她的部分看并不优美，但作为整体却非常动人。"这种女人的漂亮是二等的漂亮——这种漂亮是含蓄的。

那种鼻子是鼻子，眼睛是眼睛，唇润泽齿齐白，笑靥不深不浅，且五官的搭配又如鬼斧神工般天衣无缝的脸蛋，当然就是古书上所说的"一顾倾人城，再顾倾人国"的罕见的一等美女了。一等的美貌当然应是那种乍见惊艳、常看不腻的绝色。

讨论女性容貌之美的时候不能忽视一种例外情况。即以传统的或人们惯常的审美眼光来看，一个女人决谈不上美，但她有独特的充满个性的模样——当这种充满个性的模样和某种特殊的职业恰到好处地结合起来的时候，这个女人也就获得了某种特异的魅力。比如歌星韦唯，其容貌以经典的审美眼光考察，与美女绝对挨不上边，但她在舞台上的独特歌声和独特表情，谁也不能否认其飘荡着迷人的奔放的个性乃至自信。又比如某些事业上很成功的女性，其尊容在私下的场合并不令人恭维，但每每于一些庄重的场合这个女人的一颦一笑，连那些并不浅薄的须眉也不敢敷衍。

虽然容貌之美是构成女性魅力的一个方面乃至主要方面，但决不是全部。培根说："仔细分析起来，形体之美要胜于容貌之美，而举止优雅之美又胜于形体之美——最高的美是画家所无法表现的，因为她是难于直观的。"

一个女人什么样的美才是难于直观的以致画家都无法表现的呢？这只能是由一个女人内在的品德和修养所支撑起来的气质之美！所以培根又说："尽管一些年轻人具有美貌，却由于缺乏优美的修养而不配得到赞美。"

沉鱼落雁、闭月羞花的一等美貌是不需要借助化妆品来增添光彩的——最热衷于化妆品的是那些爱美且美又确有弥补余地的女性。但爱美的女人们应该知道：对于一个女人来说，最好的化妆品乃是聪慧的头脑和良好的教养！

化妆品的美不胜收及其流行改变了这个文明世界大街上的景观：丑女不见了，美女多起来了。因为丑女也美了，小美已打扮成中美了，中美早已招展成大美了——虽然"粗服乱头不掩国色"的真正大美今天和古代一样罕见。

喜欢化妆品的女人越多我们这个世界当然也就越有活

力乃至生气。我们今天很难设想：如果生产化妆品的工厂一齐关门了，我们这个世界将会是个什么样子。

在晚会上，一般来说淡妆的女人比浓妆的女人对自己的美色更自信一些，要不就是她背后的支撑更强硬一些。而不化妆的女人不是出于极度的自卑就是出于这种极度的自信：今晚到场的女人不会有谁能盖过自己——只会把自己烘托成“天然去雕饰”的出水芙蓉！

化妆品的畅销是人类进步的一大标志——因为这起码说明“为悦己者容”的人很多，人类情爱的河流在潺潺地流淌。如今在社交场合，连一些最漂亮的女人也往往要薄施粉黛——因为这表达出你对他人的尊重或礼貌。

对美的追求本身就是美——但这也和这个世界上所有的事情一样：过犹不及。为了稍稍提醒一下少数已深陷化妆品的泥坑有点危险的女性，这里我不惮辞费地引用培根《论美》一文的最后一段结束此文：“美犹如盛夏的水果，是容易腐烂而难以长久保存的。世上有许多美人，她们曾有过放荡的青春，却迎受着愧悔的晚年。因此，把美的形貌与美的德行结合起来吧！只有这样，美才会放射出真正的不衰的光辉！”

97 年 4 月 5 日于景德镇湖田

“小坏”与“大坏”

“坏人”是指品质恶劣的人或坏分子。当我们用“坏人”一词评价某人时，便有了定性的性质。

某科研单位某课题负责人由于受到多方掣肘和阻挠，虽历经顽强拼搏和艰辛努力，但该课题最终还是流产了。于是该负责人当众说了句气话：“在这个坏人多好人少的世界上，要干点事业真难啊！”不想这句未经思考的气话没过多久便在该科研单位流传成了妇孺皆知的名言，其中很有一些人在复述这句话时是深以为然的。

显然，就整个世界而言，无疑是好人多而坏人少的，否则就不可能有人类的进步和社会的发展。但坏人还是有的，否则人类进步的路途就不会那么曲折，社会发展的进程也不会那么缓慢。如果将好人坏人之分具体到某个小群体或小单位，情况就复杂了。A 机关上下同心，正气沛然，可能一个坏人也没有；B 部门七八个人却有七八条心，剑拔弩张，可能都不是东西。

在“阶级斗争”轰轰烈烈的年代里，不分地域和群体，首先认定百分之九十五的人口为“革命群众”，剩下的百分之五人口便成了接受“专政”的“坏分子”。简直荒唐至极！在不同的地域和群体里，“坏分子”怎么可能是同样的百分比呢？于是，便出现了这种笑话：某单位实在是找不出“右派”，但在上级的严厉要求下只好通过投票选举的方式产生出百分之五的“右派”。

笔者认为：只有两类人可在严格的定义上被称为“坏人”。一、由主观原因造成的刑事犯罪分子；二、内在品质十分恶劣者。如按此定义，在群体中“坏人”无疑是当然的少数乃至极少数。

本文拟重点讨论的并不是“坏人”而是“坏”，包括口语中的“使坏”。“使坏”是指暗中或背后做手脚伤害人。笔者认为“坏”可分成两种，即：“小坏”与“大坏”。

C 副县长政绩卓然，上级准备考察提拔他。对 C 的才干平庸的 D 副县长妒火中烧，于是于关键时刻给上级和上级的上级写了许多匿名诬告 C 的信。不料这次上级对匿名信采取了严肃的态度，专门派大员下来召集县府一干人开会，核实匿名信上的内容。虽然事先并没有谁怀疑到 D，但在会上 D 的脸色红一阵白一阵，很不自然，每与 C 或上级大员的目光相遇，额角便禁不住要冒汗。虽然在会上 D 说了一些“天气太闷”、“气压太低”、“这不可能”、“全是诬告”之类的话自我掩饰，虽然上级大员并没有注意到 D 表情的失常更没有去做有关的联想，但聪明过人的受害者 C 已明白了一切。是 D 自己出卖了自己。

D 只能算是“小坏”，D 够不上“大坏”的级别。“大坏”在任何场合任何情况下都不会由自己的神色表情出卖了自己的内心世界乃至灵魂！某人的腰从来就没见直过，一副见了谁都谄笑的模样也还有几分可爱，一看就知道是个点头哈腰、阿谀奉承之辈——这最多也就是一个“小坏”；某人不知咋的竟生就一副贼眉鼠眼，那副不卸装的尊容仿佛在提醒着他周围的智者：“可得提防着一点我哦”——这撑死了也不过是一个“小坏”……在一个想干点事的人的人生历程中，“小坏”虽然很可恶，但还没有“坏”到不赦的地步。

嫉妒这个魔鬼已完全主宰了E副专员——这天上午他背地里向声誉鹊起的F副专员射了一支阴冷的毒箭，但下午在楼梯口碰见F时他一把搂住F：“F哥，我真佩服你！”见四下无人，E将嗓门压低：“F哥，弟有句话对你不知当说不当说。”F一拍E的肩膀：“老E，我们已十年同行，还见外吗？”“F哥，这个时候你可得留心小人，适当地多一点心眼……今生今世，你F哥只要用得着弟，弟一定尽忠尽诚……”F激动得不得了，一把握住E的双手：“今生能与兄弟你共事，实是我人生的一大幸运！”

E就是一个“大坏”。偷鸡摸狗之徒，耍泼放赖之辈，挨不着高层次的“大坏”的边。“大坏”藏得很深，非肉眼凡胎所能识破。由于“大坏”具有致命的颠覆性，所以是不可饶恕的！

大奸若忠，大邪若正，大贪若廉，大淫若洁。某厂长生活朴素，公私分明，连办公室茶叶筒里的低档茶叶也是自己掏腰包买的，谁能想到他已将厂里的大部分国有资产转移到了国外？公司开办在沿海口岸的某总经理不跳舞不上夜总会，享有“不近女色”的口碑，谁能想到他睡过的外国五星级饭店档次的妓女已有一打？

大奸、大邪、大贪、大淫都可归入“大坏”。“大坏”一般都有不同凡俗的身份，起码也是做“大买卖”的。某科研单位某课题负责人气话中的“坏人”与“大坏”肯定是无涉的，他所遇到的至多不过是一个或几个“小坏”也即“小人”而已——因为在当今社会他并不是置身于权、钱、名的旋涡。

“小坏”者可能算得上“坏人”，也可能还远远算不上“坏人”——算不算得上“坏人”主要取决于其内在品质“坏”的程度。“小坏”者如果是个具有二重人格的人，定性就很麻烦了——因为他可能还具有特别善良美好的另一面。其实，大多数的“小坏”所以爬不到“大坏”的高度，就是因为他们的人格具有二重性。比如：某人对比他强的人很尖刻，但对比他弱的人却又很宽容；又比如：某人对他的妻子很坏，但对他的母亲却又很好。“小坏”者很类似于我们的老祖宗们每每发怒痛骂人时所用的一个经典词语：“小人”。老祖宗们还反复地告诫他们的后人们：“亲君子，远小人。”

所有的“大坏”者都是“坏人”，但并不是所有的“坏人”都有“大坏”者的本事进而有资格去“大坏”。杀人放火者当诛，但其罪行与“四人帮”那样的窃国者相较，实是轻如鸿毛。

笔者不忌极少数读者的记恨，写就此文，其苦心在于：希望“小坏”在这个世界上能越来越少，“大坏”在这个世界上能有绝迹的一天。

98 年 6 月 12 日于景德镇湖田

守 住 自 己

随着物质文明的大踏步前进及由此带来的相应的社会进步，人所受到的自身之外的强制性约束正全面地走向弱化。今天，人们获得了比过去多得多的自由意志及其自由意志的张扬。然而，对自由意志的过度放纵和自我把握的迷失，导致一些人最终竟是以悲剧的结局合上自己人生的大幕。

一个一无所有者在商海里翻滚了三五年便成了百万富翁，一个边远地区的姑娘走到了万众瞩目的舞台上并成功地演唱了两三支歌便一夜成为明星，这在今天比比皆是。社会正处于由前工业文明向后工业文明的过渡时期，在这个过渡时期社会舞台上有许多空隙，这些空隙为一些人的自我急遽提升提供了千载难逢的机遇。

眼下的中国有三多：官员多，大款多，名人多。这些年来对“三多”的非议一直沸沸扬扬，其实，“三多”的正面或积极意义还是十分巨大的，这也是被冬烘先生们忽略了的：这是中华民族全面复兴虽显杂乱但却是必不可少的前奏曲！民不富（这里“富”不只是指物质上的占有）焉有国之强？“三多”真正的负面是带来了要命的一多：堕落多。

官员谋私落马，大款偷税嫖娼，明星放荡吸毒，这几乎是今日中国每天都在上演的节目——因为中国十二亿人口这个分母实在是太大了。中国目前的社会状态很难用农业文明时代的“乱世”或“治世”来形容概括——因为这是特殊的过渡时期。如果从整体上做一个客观的评价，那么不能不说：今日中国处于一种全面上升的阶段。

大红的人物大紫进而大黑，这对国家来说固然是损失，但对大红过的人物自己来说则无疑是百分之一百的悲剧！我们的先人们所提倡的“修身养性”、“君子慎独”等人生原则虽然在任何时代都闪烁着理性的光芒，但在今天这个特殊的过渡时期的社会状态下却具有了特殊的指导意义。

我们祖先“修身养性”的核心笔者认为是一个“守”字——贫穷时守“志”，富贵时守“节”。用今天的话说就是：守住自己。在各种欲望如乱云飞渡且自身之外的强制性约束日益宽松化的现实面前，“守住自己”便意味着拒绝了一切导向深渊的诱惑。

如果你是一位官员，那么“权力”既是你履行公务的护照，也是你可以用来换取享受的支票。但是，你一旦用它兑换了现金或美色，或提取了其它不正当的利益，那么“东窗事发”的危险从此便如影子一样跟随着你——你以前的一应成功或幸运随时都有可能化为乌有。也许你很聪明，不必担心“东窗事发”，但起码在你同事和下属的心目中你已无真正的尊严可言。“守住自己”可能是会清苦寂寞些，但却显示了你对自己已经占有的成功或幸运的珍惜，包括对尊严的看重。

如果你是一位大款，如果你的财富是用心血汗水挣来的而不是靠投机取巧聚敛的，那么在怎么花钱这一点上将反映出你的品位和层次。你既可以拿着大把的钱去吃喝嫖赌抽乃至勾结官府寻求非分的保护，也可以把有限的资金投向公益事业或“希望工程”。你既可以在物质富有的基础上进一步去追求精神的富有，也可以去做“富得除了钱外便什么也没有了”那样的富翁或富婆。但是，如果你花钱的方式超出了法律允许的范围，那么你就得机警一点——因为监狱的大门敞开着。“守住自己”也许的确委屈乃至吃亏了些，但却显示了你对自己曾经付出的心血汗水的尊重，包括对自己社会形象的爱惜。

如果你是一位名人，如果你不是靠唱两三支歌或演一两出小品而成名的名人而是惨淡经营了半生终于在科学技术领域或文学艺术方面获取了举世共认的成果的名人，那么你能不能像鸟爱惜自己的羽毛一样爱惜自己的“名”，往轻里说反映了你对自己曾经有过的千辛万苦的态度，往重里说反映出你是有还是没有当名人的骨头——也即你配不配做名人。你可以拿“名”去卖钱或换取其它东西，但从此你便成了带引号的名人。目前整个社会潮流趋实向利，“名”可能已虚得显不出重量，“守住自己”难免会有些“高处不胜寒”的悲凉，但却显示了你大写的人格乃至安贫乐道的气节。

通过不正当手段得到乌纱帽的官员，钱财来路不明的大款，名声里金属含量很低的名人，笔者吃得再饱也不会撑得和他们侈谈“守”，废话“守住自己”——社会自有一股力量会在适当的时候以适当的方式告诉他们：人生的“红线”在什么地方。

虽然你既不比他人缺心眼也不比他人缺能耐，但由于时运不济或缺少机会，乌纱帽、钱财和名这三大人生光环你一个也没挨上边——你只是一个普通公民，但你仍然有必要“守住自己”，特别是在今天这个过渡时期的社会状态下。在各种欲望如乱云飞渡的现实面前只有“守住自己”，才能“人穷志不短”，才能保持住心理上的平衡，不去与他人攀比，特别是不去与一些“暴发户”攀比，坚持做一个干干净净的普通公民——也即坚持做一个远离坏人坏事的好人。一个干干净净的普通公民就是共和国一块坚实的础石！

人们应该知道的是：在任何一个国家任何一个时代，普通公民都是绝大多数也即是构成社会存在的主体。目前整个社会犯罪率居高不下，除了触目惊心的堕落犯罪是一个方面之外，在数量上构成刑事犯罪主体的无疑还是一般公民。由于心理失衡，由于丧失了应有的是非观乃至廉耻观，加之社会对个体的强制性约束日益宽松化使得个体的自由意志得以过度放纵，导致一些公民加入了偷鸡摸狗、坑蒙拐骗的行列——毁掉了自己清白的人生。社会对个体的强制性约束虽然日益宽松化了，但与此同时限制一部分人人身自由的高墙也越砌越高了。

在今天这个特殊的过渡时期，人们高涨的拼搏激情和奋斗精神应该给予充分的肯定和鼓励，但对于任何一个不缺胳膊不少腿的公民来说，不论他身上有无光环，“守住自己”都是有意义的警示！

“守”或“守住自己”是对于有凡心的凡人而言的。对于圣人或品德绝对崇高者来说，他心中本来就没有如笔者等人所有的杂念，当然也就没有什么需要特别地去“守”——“守住自己”的警示与本来就是玉石之身的圣人或品德绝对崇高者是不相干的。

但活在这个世界上的人绝大多数可能都是些有凡心的

凡人。为了人生的清白，为了人生的善始善终，为了人生最终意义上的心灵宁静，在这个各种欲望也即诱惑如乱云飞渡的过渡时期，让我们接受“守住自己”的警示吧！

98 年 6 月 21 日于景德镇湖田

以一个旁观者的眼神审视自己

这个世界上最难认识和评价的就是我们自己——自己看不到自己脸上的灰尘——因为自己和自己没有距离。

如果你能以一个旁观者的眼神审视自己，你就会拥有更多的客观和公正。

我们对自己的过失总能找到借口，进而轻易地原谅了自己——这时候，你如能以一个旁观者的眼神审视自己，你就会感到内疚，而内疚正是提升乃至完善人格的引擎。

我们对自己的成绩总是喜欢到处夸耀，进而过分地膨胀了自己——这时候，你如能以一个旁观者的眼神审视自己，你就会少些浮躁而多些沉实，从而不至由于自满而妨碍了自己的进步。

当你飘飘然地认为自己是最优秀的时候，很可能是遮蔽的视野培植了你心理上浅薄乃至无知的满足——你已不知道“天外还有天”。站到历史与现实、社会与人生支撑起的瞭望台上去，以一个旁观者的眼神审视一下自己吧——你将会清楚地知道：不论你是多么聪明乃至才华横溢，你都不过同样是芸芸众生中的一员——你全部的责任和义务不过是：将自己有限的一生当作一件“作品”去尽可能认真地“创作”！

焦灼、虚妄、忧伤、自得，在这个越来越泡沫飞扬、蚊蝇雷鸣的世界上，我们可能在任何一种过度的情绪中沦陷，以致丧失应有的平静。如果我们能时不时以一个旁观者的眼神审视自己，进而追问自己究竟要去哪里？要的到底是什么？意义在什么地方？那么，不论身外是何等的喧嚣，我们的内心都会充满一如先哲往圣那般的宁静。

学会以一个旁观者的眼神审视自己，内省的力量将会赐予我们良知，而良知又将引导我们去尽可能客观而又公正地认识和评价自己。

当你能够客观公正地认识和评价自己时，对待他人和外界的态度你就会以豁达大气代替猜测疑忌，从而得到自己心灵上的真正轻松。

你可以没有惊心动魄的爱情和蓦然回首的幸运，但作为一个通达的人你不能没有这两个字：真实！

任何一个有所造就的人如果他想成为伟器的话，那么他必须做到这两点：首先他能常常以一个旁观者的眼神审视自己，其次他能于夜深人静时有勇气与自己的灵魂坦然地对视。

“知人者智，自知者明。”只有那些能够以一个旁观者的眼神审视自己的人才算得上是明智的人——明智的人是那些能够客观公正地认识和评价自己的人。

98 年 6 月 27 日于景德镇湖田

学会放弃

在这个充满太多诱惑的世界上，若想有所收获，就必须学会放弃——先有所弃方能后有所取。

放弃的极端是割爱，有时的确是很难舍很痛苦的——但为了专注于某项投入，有时不得不舍弃某种耗散神志的爱好乃至撩拨心尖的诱惑。

贪求太多，什么都想要，到头来很可能落得个“竹篮打水一场空”的下场。要知道：所谓的“人生选择”在某种情况下就是义无反顾地放弃。

人生，不能让浮躁的奔逐和无谓的忙碌淹没了目标。

放弃和争取一样，都需要勇气和毅力——缺乏勇气会当决不决，缺乏毅力会逡巡不前。

知难而进不失为勇，知难而退有时却不失为智——只有智勇双全的攀登者，才有可能征服人生的险峰。

人生是有限的，智者知道限制自己的人生目标，而不智者却将自己的精力和激情过多地消耗在游离目标的路途上了。

某位大科学家所以成为大科学家，在通往大科学家的路途上他很可能放弃了许多充满趣味的爱好，比如象棋、桥牌、旅游等等；某位大文豪所以成为大文豪，在通往大文豪的路途上他很可能拒绝了许多如影随形的诱惑，比如权力、金钱、美色等等。

该争取的不必犹豫，应放弃的不必惋惜。争取和放弃如同人生前进的两只轮子，二者缺一便难以在通往罗马的某条路上超越他人。

如果说勇于争取是人生不可缺少的胆略，那么敢于放弃就是人生通向成功的策略——争取，使人领略到拼搏的欢欣和生命的旋律；放弃，使人感受到简洁的愉悦和身心的轻松。

梦想“事竟成”的有志者们：请学会放弃！

98 年 6 月 28 日于景德镇湖田

关于两种利益观的断思

利益观有两种，一种是自然经济利益观，即传统利益观；一种是商品经济利益观，即在当今世界占主导地位的利益观。

自然经济利益观认为：财富就像水缸里的水，是有限的，一部分人多喝了，另一部分人必然要少喝——一部分人对财富（主要是土地等自然资源）的过多占有，必然是以另一部分人失去财富为前提的。所以，利益问题的实质就是分配问题。历代民族间的战争大多是掠夺和瓜分财富的战争，历代政治上的变革大多是财富分配的变革——即把土地等自然资源从一部分人的身上转移到另一部分人的身上。

自然经济利益观在农耕社会里是十分直观而又天然合理的。但这种利益观在人们的头脑中种植了“不患寡而患不均”的自耕农意识，这种意识在漫长的岁月里严重阻碍了社会形态的进化——正是这种意识使人类在农业文明时代里逡巡了太久的时间——虽然农业文明时代是一个充满温馨的时代。

商品经济利益观认为：财富不是水缸里的水，而是井里的水——一部分人多喝并不意味着另一部分人必然要少喝，开源者给社会增加了水源，即一部分人的富有并不是以剥夺另一部分人追求财富的积极性为前提的。所以，利益问题的实质是财富创造的问题——人们首先要关注的不应是如何“分割”蛋糕，而应是如何“做大”蛋糕。人类进入工业文明时代后，所有成功的社会变革无不是围绕着如何进一步解放和提高整个社会的生产力而进行的——社会变革或改革的目的就是如何使整个社会更多地“创造”供人们消费或享受的物质财富连同精神财富。

商品经济利益观在思想领域荡涤了“不患寡而患不均”的自耕农意识，在工业文明时代极大地推动了社会的发展。但这种利益观忽视了社会的公平——而一个缺乏或不够公平的社会必然是一个矛盾丛生的社会。比如，在商品经济利益观取得统治地位的今天，对那些劳动技能在社会竞争中处于弱者地位的人以及许许多多的破产者，社会如何向他们提供一些人身必需的保障，以不使其无家可归或流落街头，就是每一位主政者必须殚精竭虑地筹措对策的问题。

两种利益观，一种强调的是社会公平，一种追求的是社会效率。一味强调社会公平的利益观极大地抑制了人的创造性，一味追求效率的利益观不可避免地带来了两极分化。

自然经济利益观是与农业文明时代相对应的，商品经济利益观是与工业文明时代相对应的。随着计算机应用技术和电脑的普及，人类将进入后工业时代或信息时代。随着社会形态的提升，从全人类整体的和平与进步的角度考虑，人类有必要在已有的两种利益观的基础上，取利弃弊，建立一种新的利益观——即第三种利益观。这第三种利益观的核心是：公平与效率平衡并重。

98 年 8 月 16 日于景德镇湖田

常怀歉疚感激心

这几年来，每到年三十我都会在门上贴一副新对联，或纳吉迎新，或自我勉励，或述志抒怀，或提醒今后。今年我自拟的对联是：“常怀歉疚感激心，多忘不快烦恼事。”横批为：“纯洁心事。”所以拟这副对联是因为我发现自己有宽宥自己同时又苛求他人的毛病，稍遇不快之事便好耿耿于怀。所以加这幅横批是因为我感到自己的心事杂碎了一点，有纯洁的必要。

我的门庭虽然冷落，但自年初一始还是有稀稀落落的朋友同事前来串门小坐。前来串门小坐的朋友同事都说我自拟的这副对联加横批好，读了深受启发云云。朋友同事都很客气，大多都只说到“好”或“深受启发”就为止了。但也有人笑吟吟地问道：“你还有歉疚？你也能遇到不快的事？你还要纯洁心事？”我坦然地答道：“我受他人的好处和恩惠多多，怎能不心怀歉疚进而心生感激？‘人生不如意事常八九’，我难道就不是吃五谷杂粮之人？我的心中也许的确是没有那些大鬼小鬼的，但难道连一点奢求杂念都没有了——就不需要‘纯洁’或进一步‘纯洁’了吗？”提问者乃知我者，听了我的分辩后只拊掌曰：“妙！”

年节的气氛于我很快就消散了。人静下来之后，我又开始琢磨起这副自拟的对联加横批。如果这个世界上人人都能心地纯洁，人人都能只干那些干净的事——不论个人能力的大小和所干之事的多少，那么整个世界不就成了“君子国”了吗？一个人的心是不能脏的——一有“脏心”必有“脏事”。这个世界上一应不可饶恕的坏事，有哪一件不是那些心术不正者所为？我的“心”虽不至于“脏”，但我自己感到在过去的岁月里心中常有一些浊流。人生度过了一半乃至一大半之后，面对余下的岁月，我终于认识到：“心事”还是“纯洁”一点好——作为“本源”的“心事纯洁”了，人生自然也就简单了；人生简单了，各种“烦恼事”也就从根本上祛除或烟消云散了。人生首先是要从根本上杜绝各种“烦恼事”的侵扰，其次是要能够大度地从心里扔出所遇到的各种“不快”。

如能从骨子里做到“多忘不快烦恼事”，人生自然也就泊进了随遇而安、知足常乐的宁静港湾。这对于急躁乃至“虚火”尚未尽去的我来说，虽然还只是一种要求，但有必要将这一要求及时提出来，督促自己勉力恪守，以使自己早日进入高境界的人生状态。人生要想进入“无为无不为”的高境界的状态，就必须做到：看淡名利。“看淡名利”这四个字对于这么多年来一直活得很“累”很“苦”的我以及其他一些“汲汲功名”的同胞来说，可以说是一味“养心”的特效良药。

我认为自己在过去的岁月里最缺少的是一点“歉疚感激”之“心”。我同时还认识到：缺少一点“歉疚感激心”也是我所赖以依附的当下社会的一大通病。所以，本文取了这副自拟的对联的上半联“常怀歉疚感激心”做标题，拟就此做一些简约的讨论。

当今，包括我自己在内的一些人总觉得别人欠他的，社会欠他的，他只知索取而不思回报——正是这种心理和内心世界导致了冷漠面孔和铁石心肠之人与损人利己和瘦公肥私之事屡见不鲜，严重毒化了社会公共生活的空气。

作为一个人时时都不应该忘记：自己所以能活在这个世界上是因为自己享受了很多的馈赠——父母的养育之恩，兄弟的手足之情，配偶的相濡以沫，儿女的膝下承欢，师长的教诲，朋友的关爱，他人的服务，大自然的慷慨赐予……我们从出生之日起便沉浸在恩惠的海洋里！

有所得便有所欠，有所欠便有所报。蒙受恩惠却不自知，却不心怀感激，又怎么会去思报呢？我想起有这样的歌词："你也索取，我也索取，向谁索取？你不奉献，我不奉献，谁去奉献？"如果一个社会人人都只知索取而不思回报，那么这个社会又怎么能够延续得下去？这样的社会展现给人的景观除了纷争四起和事端丛生之外还能有什么？

其实，人不仅应为自己的过失而心怀歉疚，还更应为自己所受到的好处和恩惠而心怀歉疚——有了歉疚感，自生感激心。如果人与人之间、人与社会之间"歉疚感"和"感激心"多了，那么这个人人赖以依附的社会自然会呈现出祥和宁馨的怡人气象。

苛求自己同时又宽宥他人是为人处世的一种美德，倒过来则是我们大多数人最容易犯的一种过失——正是这种过失导致了人际关系的紧张，人际温情的流失。如果人人都能将"宁亏自己不亏别人"和"宁人负我我不负人"作为自己为人处世的原则，那么由"歉疚感"和"感激心"所唤起的良知将会充满我们生活的每一个角落，而那些刻薄的算计和奸诈的心术将永远见不到生活的阳光！

假如人人都能多一点自省和自咎，多一点公正和良知，那么自然人人都会对一切给自己带来了哪怕是一点点的快乐和幸福、好处和恩惠的人和事也心怀歉疚并感激，进而思欠图报——报答他人与社会。这样，社会生活自然也就进入了良性循环的健康状态——冷漠的面孔将会写满热情，铁石的心肠也将鼓满温暖。

在人与人之间疑忌乃至敌意增多的时下，如果人人都能多少怀有一些歉疚感激之心，那么恶浊的社会空气将会得到淳化，进而使人间真正地变得美好起来。为了使人间真正地变得美好起来，让我们人人都“常怀歉疚感激心”吧！

作为本文的笔者，在回顾了前半生之后面对余生，我自然将奉“常怀歉疚感激心”为自己安身立命的圭臬。

99 年 2 月 27 日于景德镇湖田

关于中年的断思

当童年已成为遥远的记忆，青春的岁月也恋恋揖别——人生，便进入了中年，如日行中天。

中年，从孩子身上可以看到自己的过去，从老人身上可以看到自己的未来——自己终于长大了，同时也将渐渐地老去。

中年，是最不可推卸责任的人生阶段——对家庭，对事业，都有一份沉重的负荷。

进入中年后，对待世事开始显现出游刃有余的成熟——既不会轻信任何人，也不会强求任何人，但却能设身处地地站在别人的角度上去想问题——终于从骨子里学会了理解和宽容。

进入中年后，曾经骚动的心悄然归于宁静——不再到处去张扬自己的宣言，只想默默地干自己认为有价值或愿意干或力所能及的事。

幻想属于少年，淡漠属于老年，实干属于中年——中年，是人生金色的秋天。

西方人有句格言："人生从四十岁开始。"这就是说四十岁之前的人生只能算作是人生的序曲。的确，对于一个有事业的男人来说，四十岁之前所从事的一切都可称之为"草创"，只有到了四十岁之后人生才算有了基础，才得以从容地进入了"角色"或"状态"。而对于一个才貌双全的女人来说，也只有经历了绵绵岁月的风风雨雨，到了四十岁之后，她才能够散发出内在气质的幽远魅力——这正如炖一只老母鸡一样，不"炖"上一定的时候，那奇异的香味是飘散不出来的。如果说一个二十岁的女人诱惑男人的是肉体，那么一个四十岁的女人对男人如果还有诱惑力的话，她诱惑的便是男人的灵魂。

孔子曾曰："四十而不惑。""不惑"应被视为人生步入了中年的标志。所谓的"不惑"，就是指人生度过了四十年之后终于明白了自己能做什么与不能做什么，该做什么与不该做什么——即知道了什么是自己该追求的什么是自己该放弃的，知道了自己人生的限制，知道了自己在剩下的人生里应怎样去驾驭"限制中的自由"——将人生剩下的路走好。

对于碌碌无为者而言，也许是“人到中年万事休”；对于大有作为者来说，也许直到进入中年才“潮平两岸阔，风正一帆悬”。

一个人随着年龄和阅历的增长，习惯性思维将逐渐强化，而创造性思维则逐渐弱化。少年知识量有限，难成大事；老年为已接收的知识所囿，标新立异无望。因此，中年是人生的鼎盛阶段——既有丰富的知识积累，又有活跃的创造性思维。人生如果有所建树的话，那么，功业的大厦大都是在这个阶段崛起的。

进入中年后，一些事业有成或已见曙光的人个性终于变得饱满坚挺，不再介意别人对自己一时一事的评价，同时也懂得了顺其自然是人生最宝贵的法则。

中年，如果前面一段还只是一个台阶——一个十分坚实且充满托举力和爆发力的台阶，那么，距离大器晚成的辉煌人生就不是很遥远的了。

如果说青春期是人生中充满诗意的阶段，那么步入中年后，一般说来生活就散文化了——即不再像青少年时代那样充满天真的梦幻和跌荡的激情。中年人很实际——很实际的中年人唯一或最大的苦恼是：时间总是不够用。

中年的岁月远比青春漫长，中年的脚步远比晚年匆促。

中年，是人生的山峰——人生山峰的峰巅矗立在中年这段漫长的岁月内。人生山峰的这面坡是从童年攀向中年的岁月，那面坡是从中年迈向晚年的岁月。人与人之间的某种区别在于：人生山峰的峰巅海拔是不一样的，峰巅上的风景是不一样的——有的峰巅上有一片宽广的高原，有的峰巅上只有一块巴掌大的平地。上山的坡虽各不相同，但抵达相同的年龄所需的时间却是相等的——人与人之间的某种区别还在于：下山的坡是迥然相异的——有的人是一面平缓的长坡，有的人是一面急速下降的短坡，对于极个别的旷世英雄或伟人而言，山峰的另一面很可能只是一面峭壁或悬崖。成大业者一般都有一段充分的峰巅上的岁月。

进入中年后，在情感上虽然少了些冲动，但却多了些深沉——只有中年人的情感才是既有热度又有力量的情感。成熟的中年人的情感能够自觉地接受责任的约束。

中年，是人生凝聚并放射魅力的黄金岁月！

99年3月11日于景德镇湖田

做人并不难

在当今中国，一句“做人难”成了最流行的话。女人说“做女人难”，一些男人也说“做男人难”，一些名人则不无得意地说“做名人难”，名女人则更有资格说“做名女人更难”。言和行的总和——也即“做人”对于一个人来说虽然是极其重要的，但并不像一些人说的那么“难”。

一个人若能舍弃私心，做人并不难。然而人生在世，谁又能不或多或少有点私心？无论旷代英雄或千古圣贤。

“有点私心”正是人与神的区别所在。

短短人生，难免要为名利进退而烦恼，为人际关系而费神。在瞻前顾后和患得患失之间徘徊，一个人往往也就每每身不由己了——私心重的，有时难免会做出一些与那个大写的“人”字背道而驰的事。这些“事”在做的过程中所受到的阻力和做完了之后所受到的抨击，也被一些人归纳到“做人难”的“难”字里面去了。

一个人的私心可分解为两部分：一部分是“损人利己”的，一部分是虽“利己”但又不“损人”乃至“主观为自己客观为他人”的。高尚的人之所以高尚就在于：在自己真实的人生中能最大限度地摒除“损人利己”的私心。说一个人“私心重”，就是指这个人心灵上背负了太多只顾“利己”而不管是否“损人”的私心；说一个人“无私”，并不是指这个人就是少吃少喝乃至可以不吃不喝的神，而是指这个人不会干“损人利己”的事。

如果能摒除“损人利己”的私心，不计较个人的名利得失，人生的烦恼和费神事还能剩多少？更多的大概将是“月白风清”和“天高云淡”。

如果能摒除“损人利己”的私心，让心灵的天平上只有正直、善良和真诚的砝码，那么“做人”肯定是会很轻松的。古人不是说过“心轻万事如鸿毛”吗？

“人在江湖，身不由己。”这句话中的“江湖”大概不是指青山绿水之江湖乃至草泽吧？这句话中的“江湖”不过是“名利场”乃至“官场”的一种婉称而已。

不为区区名利而狗苟蝇营，不为点点得失而谨小慎微，贫贱时不垂头丧气，富贵时不趾高气扬，不为他人一时的幸运而牢骚满腹，不为自己一时的受屈而愤世嫉俗——

远离斤斤计较，看淡身外之物，敞开坦荡胸怀，做人又有何难?

如果能摒除“损人利己”的私心，也就放逐了心灵中嫉妒和猜疑的魔鬼——放逐了嫉妒和猜疑的魔鬼，心灵的天空里自然也就会高挂起一轮爱的太阳！能把他人真正的成功当作自己的胜利，你就不会有悲哀；能把他人实在的欢乐当作自己的幸福，你就不会有痛苦。包容万物的缺陷，你就会发现更多的美好；欣赏他人的个性，你就会赢得更多的友谊。

心，总是因为有了宽容才有了平和，有了关爱才有了生气——一个人如果能用乐善好施的爱心取代损人利己的私心，做人并不难。

损人利己的私心既是对正直、善良和真诚的原始背叛，也是心灵可以卸去的负担——心灵一旦卸去损人利己之私心的负担，人生自然就不再会活得叫“累”，感叹“做人难”了。

当你遇人遇事时，如果能一概变“利己原则”为“利他原则”，那么你就是一个“无私”的人。有人说过：“心底无私天地宽。”一个“无私”的人，在他无私的人生中是决不会感叹“做人难”的——之所以会感叹“做人难”，是因为“有私”。

有一种特殊情况，就是有很强事业心的你与“小人”共事或周围少“君子”。即便在这种特殊情况下，只要你自己光明磊落、与人为善，就是受到一些委屈和伤害，只要施害者没有触犯法律，你就肚量大一点，不要以怨报怨——你完全不必成天一副小媳妇相，逢人便诉“做人难”。只要你自己是个“君子”，且是个一以贯之的只看重事业本身而淡泊个人名利的“君子”，你周围的“小人”也是人，“人非草木”，怎么就不能“感而化之”呢？至于极个别品质恶劣的坏人，毕竟还有法律的电网以及社会舆论的铁拳！

人生很短，还是活得轻松一些，尽量摒除损人利己的私心，不要叫“累”喊“难”。要特别指出的是，对于少数献身科教文卫或公益事业的工作狂而言，由于他们的工作是由伟大的献身精神驱动乃至鼓舞的，虽然“累”但他们决不会叫“累”，即便“难”但他们决不会喊“难”——因为一个工作狂一旦“叫累喊难”，他便自己将自己的“献身精神”打了折扣。对于一个真正的工作狂而言，工作着便是最大的幸福，又怎么会“叫累喊难”呢？虽然这些人类的精英们也会有他们工作乃至生活上的苦恼，事业乃至人际上的不顺——然而令人感动的是：这些大写的“人”字背后的阴影，全被崇高的献身精神遮蔽了。

如果没有无数先人的献身精神，又怎么会有我们人类今天的进步发达？当一个人在“叫累喊难”的同时，是不是还应该反躬自问：自己究竟为社会为大众做出了多少贡献？

大海缄默，小溪喧嚷——这是我们人类普遍而又有趣的现象。

随着社会文明程度的提升，人际间直接的利益冲突将逐渐减少，人生所受到的自身之外的约束也会变得宽松——社会进步的结果必然导向：做人并不难！

愿这篇拙文对“做人难”这句话在当今中国的流行，能起到一点消解的作用。

00 年 1 月 9 日于景德镇湖田

浅谈气质

一个相貌中等的女人，别人可以在背后以赞赏的口吻说："她很有气质。"一个外观平常的男人，喜欢他的女人私下里会这样对人说："他挺有气质的。"

在现代社会，"气质"一词成了一顶人人都希望能戴到自己头上的闪光的帽子，同时也成了人际交往中最廉价又最友好的馈赠。

"气质"是一个模糊的概念，很难对其做出简洁明了的定义。我们既可以狭义地说"气质"是指一个人的性格在积极方面的特征，也可以广义地说"气质"是指人正面的内世界在外世界的综合呈现。

"气质"虽是一个模糊的概念，但却是现代年轻人们清晰而又热衷的追求。所有年青的男女，谁不渴望自己能从别人嘴里得到"有气质"的评价呢？然而，一个人怎样才能"有气质"呢？

一个人之所以"有气质"，是因为他有丰富积极的"内世界"；一个人之所以有丰富积极的"内世界"，是因为他既有较渊博的知识或阅读涉猎又有良好的教养或人格训练。"气质"，特指人丰富积极的"内世界"。斯当达尔曾说过："做一个杰出的人，光有一个聪明的头脑是不够的，还要有一种强烈的气质。"

知道了什么是一个人的"气质"，也就知道了自己努力的方向。对于那些天生的“帅哥”或“帅姐”来说，他们有这种义务：拒绝自己的外表与自己的“气质”成反比。

光彩照人的仪表和大方整洁的服饰可以给一个人的“气质”镶上美丽的花边。但是，若没有内在的支撑，再美丽的花边也是站立不起来的。

在日常生活中，能够迅速唤起人们美感的是容貌美、形体美和服饰美等，而能够长久保持其魅力的则是总括一个人言谈举止的气质和教养。

在一所大学或一场人气炎热的舞会上，最“有气质”的人肯定不会是最漂亮的人。倔强的内心的不服，导致一些人付出了倍于他人的修炼自己的努力。

任何时候都不要指望上帝会慷慨到这种程度：这个世界上每一个花样年华的男女都是“帅哥”或“帅姐”。但随着人类精神文明的提升，上帝也无力阻止：有一天，这个世界上每一个花样年华的男女都是“有气质”的男女。

02 年 4 月 7 日于景德镇湖田

烧开人生之水

人生是一大壶水，要想烧开，必须先备足足够的燃料。燃料不足时千万不要点火，否则烧个半开火就灭了，一大壶水便白烧了一次——既不能喝，停一会后水就凉了。

如因条件所限你备不足足够的燃料，那么你要烧开人生之水只有一途：倒掉壶里的一部分水——根据你可用燃料的多少决定壶里留多少水。然后，将壶里留下的一部分水烧开！

虽然你烧开的只是人生大壶里的一部分水，但这部分水也即你的生命毕竟抵达了沸腾！只有沸腾过的水才能喝，才能被自己和他人享用。

人生千万不要干这种蠢事：将一大壶水反复烧了多次，但一次也没烧开过。

有人心急，刚备了一些燃料便迫不及待地点火，且恨不得盛水的壶越大越好，结果不等水开便因燃料难以为继而熄了火。只好重新筹备燃料，再点火，再从凉水烧起。也有少数心急的人真的将一大壶水烧响了，但响了一会之后就不响了——不是因为沸腾而不响了，而是因为火灭了而不响了。多可惜！

有许多人的生命，就是在一次又一次反复烧一大壶水的过程中消耗尽了。这种人临终前无论怎样渲染“人生过程”的美丽，但终难掩饰自己人生失败或徒劳的悲哀！

也有极少数人能凭借惊天地的恒心与泣鬼神的智慧，

将人生一巨壶水烧开！他是在已备了充分的燃料后才生火，生火后他是一边不断地往火膛里添加燃料一边不断地继续筹集燃料——巨壶里的水被缓慢地加热，温度一度一度地往上有效地积累，直至出现巨大的蒸汽蓬勃腾起的壮观！这极少数人是这个世界上像星星一样散布在各个领域里的大成者。

这个世界上能取得大成功的人极少极少，但真正聪明的人还是不少的。只有真正聪明的人才知道：他能烧开人生多大的一壶水，恰到好处，几乎不浪费什么燃料。

在这个人烟稠密的世界上，只有真正聪明的人才知道设定自己恰到好处的人生目标。

05 年 3 月 10 日于汉口育才一村

窗户纸

窗户纸有时只是薄薄的一层，但却维护了一些人的颜面。特别是麒麟皮下的马脚，那是最忌讳暴露的。中国自古以来的读书人大都比较中庸平和，只要不触及自己的切身利益，大都不会去犯“捅破窗户纸”的忌讳——置他人于难看的境地，同时也给自己招来怨恨乃至是非。

古时候，新婚的喜宴散后，新郎新娘羞羞答答走进洞房：新娘蹑手蹑脚凑到窗前，假装移动一下红烛或稍整一下头饰，其实是为了把窗户纸仔细查看一遍；新郎一进屋便会轻轻地把门合上，并闩上门闩。如有一二痞子或瘪三，顺村沿转了一圈后便偷偷摸到新房垣下，或贴耳于壁，或神不知鬼不觉地用针头把窗户纸捅个芝麻大的孔——这若不被撞见，当然从此便有了消食的话头；但万一这要是被族长或大人碰上了，即便为了避免声张而没有当场就来一大巴掌，也会耳朵一提就给拎走的。“小两口之间的事情”在农业社会里是天大的隐私，能随便偷听或窥觑么？

遮挡纯属个人隐私的窗户纸，有道德有知识的人都不会轻率地去捅破——因为被别人洞穿隐私是件很尴尬的事情。但对那些违禁的贪墨行为乃至已触犯法律的污吏，知情者决没有为其藏掖或保密的义务！俗话说：“纸包不住火。”对于任何损害社会或公众的丑行，包括侵犯他人或无辜者的罪恶来说，在这个世界上从不曾有过可以包裹得住的窗户纸——更不曾有过由窗户纸包裹出的庇护所！

05 年 7 月 22 日于汉口育才一村

成熟了的果子

果子自己成熟了，若始终没有人采摘，有一天便会自动离开枝头——等待是有限度的。若超过了等待所能允许的限度，成熟了的果子便会自行默默地扑入大地的怀抱，将自己由成熟的生命浓缩成的希望化作如泣如诉的在秋风中孕育新生命的耳语——成熟的生命将平静地由种子所代表的新生命默默无声地取代。我们人类许多公民的生命，就是这样一代又一代延续下来的。

所有甘愿平静地回到大地怀抱中去的果子，所有甘愿将自己的生命化作培育新生命的泥土的果子，都不应受到任何的责难，因为它们同样实现了生命的价值——尽管这并不是在高级层次上实现价值——因为它们把在高级层次上实现价值的有限的概率出让了。注定了只能是一部分的在高级层次上实现价值的生命，是幸运的——它们理应对阳光和大地奉上更多的感激与赞歌！所以说，献身，是理所当然的——而在高级层次上实现的“献身”，在生命充满青春之幻想的季节里，则应尽可能理智地去追求——因为是理智的，故而价值的重心便倾向于“追求”之本身，辉煌或暗淡将不再是生命价值判断的唯一尺度。

所有长大成人的合格的公民，都是面向社会的成熟了的果子。

05 年 7 月 13 日于汉口育才一村

为 人 处 世

为人处世是指人在社会中与他人的交往及在与他人交往中所持的态度。所有社会中的人都在自己的生存或生活中以自己的所做所为为人处世着，都面对着如何去为人处世的或被动或主动的选择。为人正直，处世宽厚，正直宽厚应是为人处世的至高境界。

为人诚实，处世守信，诚实守信是为人处世的较高层次。为人老实，处世本分，老实本分是社会对每一个公民为人处世的基本要求。正直宽厚的人肯定是诚实守信的，诚实守信的人当然是老实本分的。老实本分是为人处世的被动方式，将其提升为主动方式就是诚实守信了。“正直”一词是个带有感情色彩的词汇——当人们说一个人“正直”时，这个人在人们心目中肯定是个有是非感乃至正义感的人；当人们说一个男人“正直”时，这个男人肯定是个光明磊落的人。在性格中注入一些阳刚或往心灵里泼洒一些阳光，同时再大度一点，诚实守信便升华为正直宽厚了。

为人算小，处世患失，算小患失是为人处世的非君子。为人尖酸，处世刻薄，尖酸刻薄是为人处世的大忌讳。为人虚假，处世谎骗，虚假谎骗是为人处世的低级下流。为人狡猾，处世奸诈，狡猾奸诈是为人处世的最坏歧途。

《红楼梦》里说：“世事洞明皆学问，人情练达即文章。”一些人为人处世十分圆熟或周延，只是雕琢或人为的痕迹重了些。其实，为人处世就是人生的影子，还是自自然然最好，既不要太随便，连起码的礼仪和必要的包装也不要了，也不必太斧凿，为取悦他人和环境而耗费了太多的精力。所以说为人处世是人生的影子，是因为为人处世是个人融入社会的媒介——所有社会中的人都必须为人处世着，只有与世隔绝的人才能逃避为人处世——人与人之间的摩擦与润滑。

为人处世有失败者，比如那些在集体或社区中遭到唾弃或驱逐的人。为人处世本身并不能带来人生的成功——因为为人处世不属于人生中产生财富的劳动或创造。但为人处世作为人生的一根拐杖可以有效地支持人生的成功——有时候，为人处世这根拐杖恰恰是人生取得成功的必要条件！

在世俗人生或红尘亲朋的交往中，同时具有“大方”和“实在”这两种品性的人，肯定是会受到欢迎的——这种人的为人处世别人是无话可说的。“大方”和“实在”这两种品性具有其中一种的人，大都能够被别人接受——这类人的为人处世通常是能站得住脚的——因为不完美的人在世界上毕竟占多数。

那种既“小气”又“虚假”的人，在任何地方都是讨人厌的。那种“说大话，使小钱”的人，在生活中是决不可能交出真朋友或好兄弟好姐妹的。在人情交往中，“手面”不大的人要尽量少说或不说漂亮话，否则过后必遭人怨恨。在礼尚往来中，喜欢咋咋唬唬的人“出手”要尽量重点或不能太轻，否则背后必遭人耻笑。“施舍”或真正意义上的“慷慨”当然是人生的一种美德——但是人们并不赞美那些无缘无故的“施舍”与带有目的的“慷慨”。

为人处世有“做人”的意思，但二者的词意并不完全相同——“做人”更强调对人道德品质方面的要求。为人处世包含有“社交”的意思，但所指要比“社交”宽泛得多——“社交”仅指在功利目的驱动下的人际交往，不包括人的主观态度及超越功利的人间往来。与家庭成员及血缘亲属的相处，与同事及朋友的交往，在公共场所或陌生环境与人的接触和沟通，均属于为人处世的范畴。

为人处世算得上是人生一门应知应会的学问，但又决不是一门有多么深奥的人生大学问。人生的大学问在任何时候都应该是劳动的本领和创造的才能。知道一点为人处世的原则主要是“做人原则”，掌握一些为人处世的技巧主要是“社交技巧”，其目的无非是为了方便我们能够更好地向社会提供自己的劳动和创造。

05 年 10 月 14 日于汉口育才一村

做 个 好 人

“人之初，性本善。”天生的坏人也许有，但肯定很少。

衣食无忧的学童和健康成长的少年，内心世界充满了美好的阳光，是这个世界庞大的好人预备队伍。那些家庭环境不好或成长条件恶劣的孩子长大后能成为心地善良的好人，是这个世界上家庭教育或学校教育或社会教育最值得称赞的成功！

人生顺遂的人一般都会是心无恶念的好人。那些人生坎坷的人在历经坎坷后仍能胸怀一颗热心，为这个世界的更加美好尽一己之力之责，是这个世界上自我高尚人格追求的最值得赞美的胜利！

如果因遭人忌妒而频受打击乃至迫害的人能不仇视社会乃至整个世界，如果无辜被人欺骗或伤害过的人能不去欺骗或伤害善良，如果屡遭窃贼偷盗之害的人仍能拾金不昧，如果阅尽了人世间的不美好乃至丑恶的人仍能有一颗鲜红明亮的心，那么这个世界就是挤满了君子的天堂，同时也是极少数坏人的末日！

在抵达共产主义前，社会总会有这样那样的缺陷，一帆风顺的人生是极少的——绝大部分人都得在自己的人生中走一段或长或短的坑坑洼洼的路。所以，始终都能做个好人，一辈子都能做个以善为本的好人，是一个人对这个世界最宝贵的回报。这个世界上最感人的崇高莫过于：历经人生苦难的人能以助人为乐，受尽人生委屈的人能以笑脸迎人。

好人，就是只做好事不做坏事的人。人天分有高低，能力有大小，机遇有好坏，收入有多少，但只要活在这个世界上就有一个共同的义务：做个好人！

体力劳动者大都无过高的奢望，很容易满足，所以少有愤世嫉俗者。一官半职者或名利场中人时有残酷竞争，人生如登山，越往上攀空气越稀薄，自己的腿也越软。登山队伍中不乏这样的势利者：对登到自己前面或上面的人心怀愤恨，对落在自己后面或下面的人一脸鄙夷，对与自己不分前后上下的人充满敌意。

渔夫樵子中少有铁石心肠者，白面书生里不无两面三刀人。名利场外人做好人易，名利场内人做好人难。那些中途被踢出名利场或因厌倦了看透了而自行淡出名利场的人，能无怨天尤人之愤恨而怀感天念人之善心者是这个世界上的仁义者或大好人。

没有理由不做好人的人几乎都做了与世与人为善的好人，似乎做不成好人的人做了大好人，做好人难的人也都一个个做成了好人，这个世界当然也就充满了压邪的正气与向上的动力，成为所有心灵和平分享的温馨家园！

人类的科技在日新月异，人类的财富在与日俱增。为了全人类的幸福生活与美好未来，有一个来自太空深处的呼唤在这个世界上四处奔走着：所有在名利场中拼搏奋斗的人，摸爬滚打的人，辛勤捕捞的人，沉浮挣扎的人，都做个好人！

在全面建设小康社会与和谐中国的今天，做个好人，从名利场中人做起，从吃国俸国禄者做起！

05 年 10 月 23 日于汉口育才一村

诚信是金

孔子说："人而无信，不知其可也。"俗话说："人无信则不立。"一个没有诚信的人，在这个世界上肯定会寸步难行。

如果没有诚信，市场将无法交易，生活将无法继续，社会将一片混乱。

如果这个世界上没有诚信，那么所有的人都将挣扎在既没有真心朋友也没有合作伙伴的充满猜疑与陷阱的黑暗中。

如果这个世界上没有诚信，人只是一群有技能的动物——一群自相残杀最残忍的动物。

诚信是金，诚信是市场、生活、社会赖以存在的基础；诚信是金，诚信是公平竞争、必要合作、光明人生得以进行的前提。

诚信是一个人行走于天地之间的自我依恃，也是一个人在不得而已时可以适度透支的如金信用。

诚信来自于一个人在日常生活中对守时守信的一点一滴的积累，也来自于一个人对每一个即便是最轻便的承诺的忠实的履行。

诚信是支撑生命大树的主干，诚信是托起事业高楼的地基——没有诚信，所有成功的愿望都只能是海市蜃楼。杰弗逊说："诚信是智慧之书的第一章。"

如果你从小家教不好，没有养成诚信的习惯，那么长大成人后，为了人生的顺畅光明，你得尽最大的努力：将诚信奉为人世间至高的美德！千万不能鄙视诚信——鄙视诚信是无可救药的灵魂堕落！

正是因为有诚信，背叛、欺骗、毁约等恶行在这个世界上才不能肆无忌惮地横行。

诚信是金！林肯有句镌刻在人类天空上的名言：“你能在所有的时候欺瞒某些人，也能在某些时候欺瞒所有的人，但你不能在所有的时候欺瞒所有的人。”这句众所周知的名言从相反的方向告诫我们：即便你没有把诚信当成自己为人时的内在的道德需要，那你也应该把诚信当成自己处世时的唯一的明智选择。

11年1月1日于汉口育才一村

关于人生的断思

勤奋可以弥补天资的不足，而天资却永远弥补不了懒惰的缺陷。有天资而不勤奋，天资将会被懒惰吞没。所以，与其赞美一个人的天资，不如三倍地去赞美一个人的勤奋。只有辛勤的汗水能够将人生之舟送到成功的彼岸。爱迪生说：“天才是百分之二的灵感加上百分之九十八的汗水。”

懒惰是人生的业障，勤劳是人生的依托。达芬奇说：“劳动一日，可得一夜的安眠；勤劳一生，可得幸福的长眠。”富兰克林说：“懒惰，像生锈一样，比操劳更消耗身体。”颜之推曾说：“天下事，以难而废者十之一，以惰而废者十之九。”

今天的事不要等到明天去做，明天的事可以今天先想一下。俗话说：“今日事，今日毕，留到明天更着急。”古训说：“凡事预则立，不预则废。”

人生中距离最短的是从手到口，距离最长的是从口到手。人生中有许多事情都是说起来容易做起来难。陆贽曾说：“知过非难，改之难；言善非难，行之难。”王安石曾说：“看似寻常最奇崛，成如容易却艰辛。”

有闲白了头的人，决没有单纯因工作忙碌而累死的人。对许多人来说，工作着是最大的人生快乐，而没有工作则是最大的人生烦恼。

养花养鸟养宠物，除了怡情养性外，是因为有生命的空虚需要填补——虽然只有吃饱了肚子的人，才会有生命的空虚。社会文明的程度越高，越是会呈现出普遍的生命的空虚——人生的意义，更大程度上并不体现于对终极目标的过早占领或永久占有，而是体现于行走在抵达目标的路上。为了不过早抵达生命的空虚，人生的路途可以遥远或漫长一些——少年时，要敢于并善于踮起脚设置自己整个一生的目标。

空虚总是伴随着无所事事的人，孜孜劳作的人没有时间无聊。人生可以闲适自得，但决不能闲得无聊。周国平说：“闲是福气，无聊却是痛苦。”

不要浪费了自己的鼎盛年华，不要等到力不从心时才知道珍惜光阴。歌德说：“创造一切非凡事物的那种神圣的爽朗精神，总是同青年时代和创造力联系在一起的。”鲁迅说：“生命是以时间为单位的，浪费别人的时间等于谋财害命，浪费自己的时间等于慢性自杀。”鲁迅还说：“节省时间，也就是使一个人的有限生命更加有效，也等于延长人的生命。”

谁对时间越吝啬，时间就对谁越慷慨。要时间不辜负你，首先你要不辜负时间——与其暮年礼赞人生，何如奋斗推迟暮年？赫胥黎说：“时间最不偏私，给谁都是每天二十四小时；时间最偏私，给谁都不是每天二十四小时。”

没有什么比时光的流逝更令人无奈了。高尔基说：“世界上最快而又最慢、最长而又最短、最平凡而又最珍贵、最易被忽视而又最令人后悔的就是时间。”孔子曾站在河边说：“逝者如斯夫，不舍昼夜！”庄子曾说：“人生天地之间，若白驹之过隙，忽然而已。”

人生中能够让你立即践行、补救遗憾、他日无悔的是这四个字：抓住现在。莎士比亚说：“在时间的大钟上，只有两个字：现在。”

命运可以不公正，但意志不可以软弱——否则，你就会被不公正的命运所主宰。

对待人生的态度有三种：一种是“安命”，即听从命运的安排，不争不抗；一种是“怨命”，即总认为命运对自己不公，怨天尤人；一种是“造命”，即积极改变现状，奋起与命运抗争。“安命”使人平庸，“怨命”使人沉沦，“造命”不论成败都会使人生放射出光芒。荀子曾说：“怨人者穷，怨天者无志。”爱默生说：“伟人从不哀叹生不逢时。”

人生中，那些相信自己能够成为命运主人的人最有希望成为命运的主人。爱默生还说：“自信是成功的第一秘诀。”爱默生又说：“自信是英雄的本质。”

顺境中不能忘乎所以，逆境中不能放弃进取。培根说：“顺境中的美德是节制，逆境中的美德是坚韧。”培根还说：“顺境最易见败行，逆境最易见美德。”

人生必须有目标，否则将无所适从。塞涅卡说：“如果一个人不知道他要驶向哪个码头，那么任何风都不会是顺风。”康德说：“没有目标而生活，恰如没有罗盘而航行。”狄德罗说：“没有目标，就做不成任何事情；目标渺小，就做不成任何大事。”

人生有限，如果什么事都想做那么就可能什么事也做不成——要知道聚焦人生的目标。黑格尔说：“一个志在有大成就的人，他必须如歌德所说，知道限制自己。”

选择目标是人生最重大的自我设计，必须切实了解自己的长短和环境的利弊。目标可以定得高一点，但必须切合自己的实际——否则，便决无实现的可能。志存高远的人生不能离开了脚踏实地的前提——凌空蹈虚是极少数大科学家与大艺术家的专利或特权，绝大多数的人是效仿不得的。柳青说：“人生的道路虽然漫长，但紧要处常常只有几步，特别是当人年轻的时候。”

应将高远追求置于既得利益之上。歌德说：“尚未实现的崇高目标，要比已经达到的渺小目的更加珍贵。”

不能等爬到了梯子的顶端才发现梯子架错了墙——职业生涯的设计与选择必须考虑到自己的兴趣与特长。不同的行业需要不同的人材，特殊的职业造就特殊的本领。

选择职业如同选择配偶，婚前挑挑拣拣是允许的，一旦结了婚还是应尽量从一而终。罗曼罗兰说：“与其花许多的时间和精力去凿许多浅井，不如花同样的时间和精力去凿一口深井。”

进入职业生涯后，只有把对环境的抱怨心情化为向上的牵引力量，人生才有成功的希望。敬业乐群、诚信守法是职业生涯得以展开的前提。

一个人，只要他有一个坚定正确的目标，并为之不懈地努力——那么，无论是人还是魔鬼，都无法阻止他的前进。

目标与起点之间，隔着许许多多的坎坷和荆棘——理想与现实的矛盾，只能用奋斗去统一。

奋斗有可能会失败，但不去奋斗，则永远也不会成功——成功寓于奋斗之中。

挫折在人生中是难以避免的——要禁得起挫折的打击。毛姆说：“一经打击就灰心丧气的人，是注定的失败者。”贝多芬说：“卓越的人有一大优点：在不利与艰难的遭遇里能百折不挠。”毕达哥拉斯说：“短时间的挫折比短时间的成功好。”

真正的奋斗者是不喜张扬乃至低调的。斯特里马特说：“谁有人生理想和实现它的计划，谁便善于沉默；谁没有这些，谁便只好夸夸其谈。”

一个人只要做事业，就应在道德的范围内尽力地去谋取成功。成功高于一切——因为只有成功了，你的追求、抱负、奋斗、牺牲才能显示出意义。

一个成功者之所以成功，是因为他首先将自己凝聚着智慧与心血的劳动奉献给了社会。

小成功需要朋友，大成功需要敌人，而真正的令人尊敬的成功则需要战胜自我。

成功者四十岁之前比拼的主要是天资与勤奋，四十岁之后比拼的主要是道德与品质。十亿人海，业绩卓越者众多，流芳后世者稀少——人生终极比拼的是人格。

对成功人士而言，谦虚是最可贵的品质。高尔基说：“智慧是宝石，如果用谦虚镶边，就会更加灿烂夺目。”老子曾说：“江海所以能成百谷之王者，以其善下。”

黎明前的一刻最黑暗，成功前的一刻最艰难——最艰难的时刻，最容易动摇的时刻，正是最需要坚持的时刻，也往往是胜利在望的时刻。人生中最有意义的时刻并不是功成名就花团锦簇之际，而是那些从挫折与失败中决然奋起并将其彻底战胜的日子。

要学会等待，在困难和挫折面前要有耐心——在时间的河流里，智慧与耐心同在。柏拉图说：“耐心是一切聪明才智的基础。”麦金尼斯说：“没有耐心的人将等待加倍的时间。”

烦躁和急躁，很容易使人的精力枯竭。一件并不太难的事，急躁的人可能需要做几次才能做成。

人生不应被当成是一次短暂的冲刺，而应被看成是一场持续的马拉松。拉封丹说：“耐心和持久胜过激烈和狂热。”

马拉松长跑，开始会很热闹，但道路渐渐地就不拥挤了，而你将觉得路是越跑越长，脚是越跑越软——能抵达终点并赢得名次，其艰辛及漫漫长途上的寂寞，只有你自己心里明白。拿破仑说：“胜利将由最有耐力的人获得。”

坚持或守望人生目标远比选择或确定人生目标艰难

——因为当人生目标实现的时候，你可能已经或即将走到人生尽头。从满头青丝的少年开始扬帆起航，坚持或守望几十年的岁月，这场人生马拉松需要多大的毅力？

上帝只赋予人一半的气质，另一半的气质只有通过求知和体验才能得到（气质是一个人先天的禀赋灵性和后天的教养熏陶在行为心理上的综合反映，具有相当稳定的个性特点）。

内外兼修的人是令人尊敬的，但就选择的次序而言，修内比修外更为重要。容貌可以打扮，而魅力却无法妆饰。莱辛说："美丽的灵魂可以赋予一个并不优美的身躯以美感，正如丑恶的灵魂会在一个漂亮的躯体上打下某种特殊的使人厌恶的烙印一样。"泰戈尔说："我宁愿要那种看不见的但却表现出内在品质的美。"托尔斯泰说："人并不是因为美才可爱的，而是因为可爱才美的。"柏拉图说："应该学会把心灵美看得比形体美更珍贵。"雨果说："假如没有内在的美来加以充实，任何外貌的美都不可能是完备的。"

节俭是人生至高的美德。在今天这个竞相以高消费为荣乃至以消费奢侈品为奇荣的世界上，节俭的品行受到冷落乃至歧视——这是社会认知的迷失，决不是美德本身的错误！在迷失的社会认知面前，对节俭美德的坚守将更加显现出人类良知的光芒！承载整个人类的这颗星球其物质资源和承载能力都是有限的，况且有些资源是不可再生的，有些毁损是难以修复的。朱伯庐曾说："一粥一饭，当思来处不易；半丝半缕，恒念物力维艰！"塞涅卡说："节俭本身就是最大的收入。"陆游曾说："天下事常成于勤俭而败于奢靡。"

节俭不同于吝啬。节俭表现为爱惜物质资料，是生活方式，更多向内；吝啬表现为过分看重财物，是行为方式，更多向外。对己节俭的人在人际交往中或许会很大方，对人吝啬的人在自己生活中或许会很奢侈。

培养好习惯，克服坏习惯，这是人生向上的前提。请记住萨克雷的这段广为人知的名言："播种行为，可以收获习惯；播种习惯，可以收获性格；播种性格，可以收获命运。"

习惯的培养与克服都需要一个过程。马克吐温说："习惯就是习惯，没有人可以把习惯扔出窗外，但可以从楼上把他一步步地哄下来。"

一个人如能养成谦逊、礼让、克己、利他等优良习惯，那么他一定会是一位在社会上受到欢迎的人——一位在社会上受到欢迎的人，他人生快乐的源泉是永远不会干涸的。培根说："由智慧养成的习惯能成为第二天性。"

再锋利的钻头在软体上也是钻不出火花来的——人生也一样，只有在攻坚克难时才会迸发出耀眼的火花。

在险峻的大山脚下踌躇满志、跃跃欲试者众多，锲而不舍、永不自弃，最终能够登上山顶者极少。

平庸的人可能一生安宁，但这种安宁是平庸者的安宁；创业的人可能一生坎坷，但这种坎坷是创业者的坎坷。

没有梦的人生是枯燥的，梦太缥缈的人生是病态的；没有秘密的人生是苍白的，秘密太多的人生是沉重的。

登山进行曲伴随着的并不一定都是往上爬，有时也许是往下走——因为登上一个高峰后，若对站在高峰上见到的另一座更高的高峰感兴趣，那就必须穿越一个深谷。

泄了气的皮球，别人拍得再用力，也弹不起来；受了潮的火柴，别人擦得再用力，也燃不起来。自卑的人，就是泄了气的皮球、受了潮的火柴。

总怕别人看不起自己，总是时刻关注着自己的自尊，这其实是一种自卑，是一种骨子里缺乏自信的表现。自信在骨子里的人，在重大的场合总能表现出一股凛然不可侵犯的尊严，而对一些小小的委屈或在一些无需看重的场合所受到的轻慢，却又总能泰然处之。

松弛的弦上，弹不出动听的乐曲；散漫的生活，奏不响人生的强音。

强者的可贵在于挫折后的奋起，弱者的可悲在于挫折后的颓废。

真正的强者，并不是压倒一切，而是不被一切所压倒。真正的强者，是那些不只是能战胜对手，而且同时还能战胜自己的人。

在成长的过程中，会丢失掉许多东西，但千万不能丢失尽人生的热情——没有了人生的热情，也就没有了人生的活力。莎士比亚说："超乎一切之上的一件事，就是保持青春的朝气。"

没有对人生的热爱，就没有对人生的追求。理想与热情，是人生航行的舵与帆。狄德罗说："情感淡泊使人平庸，情感衰退使杰出的人失色。"

没有钢筋加混凝土的支撑，巍峨的大厦是站立不住的——没有信念加意志力的支撑，峥嵘的人生也是站立不起来的。

不是所有的梦想都能开花，甚至绝大多数的梦想都不会开花，但是，没有梦想的人生决不会开花！人生中，常常会有一个偶然的机遇，成为你命运的转折点。

在现实中，人生可以有最好的结果，但却不会有十全十美。

理想和现实的区别在于：理想可以不考虑面包和房子，而现实却不能没有三餐和一宿——在人海中沉浮，在世俗中跌撞，将多少少年的心事消磨殆尽？

在精神生活的旁边站着物质生活——只有精神生活的超人在这个世界上并不存在。管仲曾说：“仓廪实而后知礼义，衣食足而后知荣辱。”

必须面对现实，然而人生又不能没有理想。苏格拉底说：“世界上最快乐的事，莫过于为理想而奋斗。”罗宾斯说：“远大的理想造就伟大的人物。”德莱塞说：“理想是人生的太阳。”

才气和志气是人生的两只翅膀。没有翅膀的人生当然是只能在地上爬行的人生。福楼拜说：“最贫的是无才，最贱的是无志。”歌德说：“人生最重要的是胸怀大志和实践志向的决心。”苏东坡曾说：“古之立大事者，不唯有超世之才，亦必有坚韧不拔之志。”

无大志者无大智。几乎所有的大政治家少年时都有“指点江山，激扬文字”的豪情。周恩来所以能一生波澜壮阔，或许正是因为他年少时曾有此豪言：“浮舟沧海，立马昆仑！”

人生中，不重亲情缺少关爱的坚强，卑躬屈膝谨小慎微的成就，是不值得尊敬的。

人生不能不择手段。莎士比亚说：“用恶劣的手段得来的东西，必然会带来恶劣的报应。”

一个人的名誉是由他自己的品质、言行、功过等因素融合铸成的，是社会对一个人的综合评价。名誉是人的第二生命。千万不要让他人在背后对自己有“人品不好”、“人格低下”之类的负面评价。孟德斯鸠说：“品德，应该高尚些；处世，应该坦率些；举止，应该礼貌些。”

事业是生命的盐——如果一生无所作为，那么一生就淡而无味。

一个人的人生价值，体现在他为社会所创造的真实财富或提供的有效劳动上。

人生价值的大小并不取决于其寿命的长短。塞涅卡说：“生命如同寓言，其价值并不在于长短，而在于内容。”歌德说：“白活等于早死。”老子曾说：“死而不亡者寿。”

有一种人，人生最大的需要就是被需要——被需要是人生充满张力的精神支柱。

期待是复杂的，有时复杂得千头万绪；期待又是简单的，有时简单得只有一个。有所期待的人生是富有活力的。

凡事均有“度”，一旦超过了“应有的限度”，性质就会起变化。自信过头就变成自负，谦虚过分就变成谦卑，果断过甚就变成武断，慎重过度就变成慎微——优点如果超过“应有的限度”，就转化成了缺点。人生要把握好“应有的限度”，千万不能让优点变成了缺点——如果由于把握失当而使优点变成了缺点，那么将是人生最大的遗憾！

虚荣心是人与生俱来的一大弱点，需在成长的过程中自觉地加以克服——人生中有一些错误的抉择，正是在虚荣心的驱使下做出的。培根说：“虚荣的人为智者所轻蔑，为愚者所叹服，为阿谀者所奉承，又为自己的虚荣心所奴役。”

精采的故事可以虚构，精采的人生不能虚构。

不夸口的人并不一定就没有气魄，或许是因为他更懂得：这个世界上所有人生的精采几乎都是干出来的——说出来的人生的精采是极其罕见的。只干不说的人或许更令人尊敬——虽然又干又说的人最不吃亏。

花朵虽然娇艳，但总不如果实对人更有价值——就奋斗且有成的人生而言，中年时代肯定会比青少年时代更精采。如果一个人的中年时代远不如他的青少年时代精采，那么小小的失落乃至悲哀，肯定是难免的。

虽然上帝给了人无穷的欲望，但上帝并没有给人无穷的力量——所以，失望总是像影子一样伴随着人生。

有泪的悲哀只是小悲哀，无泪的悲哀才是大悲哀。但丁说："生活于愿望之中而又没有希望，是人生最大的悲哀。"

人生的悲哀很多，但大悲哀只有两类："红颜薄命"与"英雄末路"。

友谊是人生的甘泉，黑夜的星光。培根说："友谊使欢乐倍增，使痛苦减半。"培根还说："除了一个知心的朋友外，没有任何药可以通心。"克罗韦尔说："友谊之光如同萤光，周围越黑就显得越亮。"

友谊是相互的，不存在单向的友谊。爱默生说："只有当一个朋友，才能得到一个朋友。"

也许异性间真的有纯真的友谊，但异性间的友谊犹如一座挺拔的山，还是不要爬得太高为妙。

被你收买的朋友同样也会被别人收买——金钱是买不到真朋友的。苏格拉底说："不要靠馈赠来获得一个朋友。"

虽然真正的友谊不是靠馈赠能够获得的，但是，自私、小气、忌妒、傲慢等恶劣品行，也会使一个成绩斐然的人显得暗淡无光。

珍贵的一般都难得，但难得的却不一定都珍贵。

友好相处乃至合作的前提是各自都能尽可能放低自己的姿态——若各自都想突出自己的山峰，彼此间就免不了会出现深沟大壑。

在这个世界上，不知道有多少朋友之间的亲密是虚假的。德谟克里特说："很多显得像朋友的人，其实不是朋友，而很多是朋友的人倒并不显得像朋友。"格林斯说："在欢乐时，朋友会认识我们；在患难时，我们会认识朋友。"

判断一个人要看他关键时刻的行为，而不能依据他平时挂在嘴上的信条——这个世界上从不缺少道貌岸然的伪君子或见利忘义的真小人。

人生中，一些朋友交得早散得也早，一些朋友交得晚但情谊却绵延到了生命的最后。

人生中有三种朋友不会被遗忘：患难之交、贫贱之交、童年之交。富兰克林说："兄弟可能不是朋友，但朋友常常如兄弟。"莎士比亚说："衣服新的好，朋友旧的好。"

人生和国家一样，真正恒久追求并坚持的，唯有利益。丘吉尔说："没有永远的朋友，只有永远的利益。"

虽然利益永恒，但人生还是要有处世原则。见风使舵可以让你在某段时间内讨巧，但决不会让你在整个一生里都讨巧——最先抵达大洋彼岸的，并不是那些见风使舵的船！

背叛友情和忘恩负义从来都不是阳光下的选择！

金钱犹如木炭，聪明人取暖，愚蠢者挨烫。布豪斯说："金钱是得力的仆人，却是蹩脚的主人。"菲尔丁说："把金钱当上帝，金钱就会像魔鬼一样来整治你。"但毛姆却说："金钱如同人的第六感官，没有它就无法充分发挥其它五种感官的作用。"大哲学家叔本华也说过与毛姆类似的话。

健康的身体和善良的心灵是人生之本。爱默生说："健康是人生的第一财富。"夸美纽斯说："一颗善良的心就是一桌永恒的筵席。"

虽然人生的爆发力更依赖于心智，但健全的身体毕竟是人生健全的载体。洛克说："健全的精神寓于健全的身体。"

火山是在瞬间爆发的，但它曾有过长时间的沉默。

巨大的爆发是一种力量，巨大的忍耐更是一种力量——因为忍耐是爆发的前提。

人所以为万物之灵，不仅因为人有一副聪明的头脑，还因为人有一根能够直立的脊梁骨——这是任何脊椎动物都不可企及的，至于软体动物则更不可同日而语。头脑和脊梁骨比较起来，后者更为重要，因为后者是前者有价值的前提。昂然挺身，顶天立地，肩膀上扛的是自己的脑袋，这才是"人"啊！

有两种尊严：一种显现在貌似静穆的脸上，一种熔铸于真正站立的脊梁里。

做人的最高境界是不去"做"——即无内无外，至真至诚。洪自诚曾说："文章做到极处无有他奇，只是恰好；人品做到极处无有他异，只是本然。"

点破真理，有时一句话就够了；而圆一个谎言，有时用上一百句话也遮不严破绽。

一旦踏上谎言的道路，迟早便会抵达悔恨的沼泽。

有羞耻感是人与动物的根本分野。人是在自我反省中提高道德并走向纯粹的。孟子曾说："人不可以无耻。"德谟克里特说："对可耻行为的追悔是对生命的拯救。"

一个好的开头，就是通向成功的捷径。普兰顿说："做一件事，开头至关重要。"

做成夹生饭，即使回锅再煮，熟透了后也不如一次做成的饭香——不论做什么事，都应尽量争取一次成功。

人生的进程伴随着人生的岁月，是逐级而上的阶梯——生命旅程中的每一站都有它特定的无可替代的意义。

人生要心胸开阔、大度乐观，不要鼠肚鸡肠、自寻烦恼。莎士比亚说："旷达者长寿。"迈克皮斯说："心情愉快是最好的打扮。"

人生最难得的是善始善终，人生很遗憾的是虎头蛇尾，人生应拒绝的是有始无终、前功尽弃。《诗经》有言："靡不有初，鲜克有终。"老子曾说："慎终如始，则无败事。"

晚年所收获的美好果实，是在青年时期播种的。易卜生说："青年时种下什么，老年时就收获什么。"

叔本华说："人一生中的前四十年，写的是本文；而后四十年，则不过是在本文中添加一些注释。"人到中年之后，应节制人际交往，简化社会关系，逐渐学会享受宁静的内心生活。诸葛亮曾说："非淡泊无以明志，非宁静无以致远。"这句话中的"志"可理解为清心寡欲，"远"可理解为高洁人格。

先苦后甜的人生是喜剧，先甜后苦的人生是悲剧。萨迪说："与其先享福后受苦，不如先受苦后享福。"

无事不要胆大，有事不可胆小——无事胆大是妄为，有事胆小是怕事——妄为带来恶果，怕事容易“出鬼”。

“认真”二字是应该时常想起、终身不忘的。童弟周说：“认真是成功的秘诀，粗心是失败的伴侣。”

小心干出大事，细节成就完美。古训说：“始于放胆，终于小心。”

巴里说：“你不能奢望既是伟大的，同时又是舒适的。”古往今来，之所以有许多大人物感到自己还不如平民百姓自由幸福，是因为他们在自己的日常生活中不能随便地说和随便地笑。这正如古训所言：“成人不自在，自在不成人。”

一个人不论他的事业是何等辉煌，最终总要归宿于家庭或亲情——只要他没有早逝，即便他是一个延搁到了晚年的大浪子。家庭和亲情是人生的大后方——没有家庭和亲情，就没有灵魂的葬身之地！有占整个人类比例极小的一种人——他们既是大才子，又是大浪子——他们中的大部分进入中年后或在临死之前，同样世俗地选择了家庭或亲情。

所有的不平凡最终都要回归平凡，所有不平凡的超世俗的价值最终都要溶解于平凡的世俗的生活中——所有的伟大都是以平凡和日常为背景的。

父母与子女是生命的继承关系，而不是投入与产出、投资与回报的工商运营。为了子女的当下与明天，父母无偿付出、死而后已，可以废寝忘食、呕心沥血，什么苦都能吃，什么罪都愿受。于子女，父母是人生的起点，也是生命的源泉与来历；于父母，子女是人生的寄托，也是生命的希望与未来——起点有高有低，寄托不分贵贱。

生育是人生最大的根本性责任，一定要担负得起——

没有抚养条件或抚养能力很弱的生育是人生最大的不负责任，这种不负责任是人生悲剧的最大根源。

人生，可以白手起家，但决不能手无寸铁。家庭荫庇或学历背景，经济基础或一技之长，勤奋执著或天资坚韧，即是人生之“铁”。

高尚的人生，并不是由追逐名利的活动所构成的，或并不主要是由追逐名利的活动所构成的——尽管人是应该去奋斗并争取成功的。于内道德修养的完善过程，于外智慧体力的奉献过程，才应该被看成是构成人生的承重框架。

举手之劳就可以自我实现的方便决不用别人的不方便去换取，自己的方便决不隐含着对他人的侮辱，这涉及到一个人骨子里的道德修养，以及一个人对他人最内在的人本的尊重。

自己所不愿做或厌恶的事，不要勉强别人去做或喜欢。孔子有句至诚至恳的八字良言：“己所不欲，勿施于人。”能做到这八字良言的人就是高尚的人。

孟子曾说：“老吾老以及人之老，幼吾幼以及人之幼。”“推己及人”既是嘉言懿行的认知源头，也是善待或尊重他人的逻辑起点。

尊重他人于内是道德必须，于外是自己被他人尊重的前提。孟子还说：“爱人者，人恒爱之；敬人者，人恒敬之。”

“孔孟之道”的基本概念是这四个字：仁、义、慈、爱。建立在这些基本概念上的“孔孟之道”的要旨是这四个字：与人为善。与人为善的意思是：怀着善意对待他人。“与人为善”这四个字在任何时候都是人类社会的道德础石，也是带来人间美好的春风雨露。

“与人为善”的极境是能换位思考，设身处地为他人着想。吕坤曾说：“替别人着想，乃第一等学问。”“与人为善”内化于己便是这八个字：问心无愧，吃亏是福。

“孔孟之道”一分支“中庸之道”也是阐发“做人”准则的，其中心思想可以用这十六个字来概括：不要吃了子孙的饭，不要走了子孙的路。孔子曾说：“过犹不及。”人生要适可而止。

心灵是最肥沃的土地，不但要播种，还必须耕耘、灌溉、除虫——若是荒芜了心灵的土地，也许并不过分妨碍行尸走肉的猎获，但决不可能有真正意义上的人生的秋天！

助人行善的行为是善良，助人行善的习惯是高尚。善良、高尚与正义支撑起人类良知的天空！

献身公共利益的人是崇高的，对公共利益贡献巨大的人是伟大的——人类不能没有崇高与伟大，正如人类不能没有母亲与大地！高尔基说：“没有母亲，便没有诗人与英雄。”

如果说岁月给了人长度，阅读给了人宽度，那么是沉思给了人深度——是沉思使人获得三维度量，是沉思使人的存在呈现为立体。笛卡尔说：“我思考，所以我存在。”

有的人像多级火箭一样，靠甩掉别人来取得自己人生的高度。只是这种人对尚未到来的巨大成功应持克制态度：以防备太空最终不接纳自己的情况出现。

不论什么坏事，假如你想找到做坏事的人，那么你就得先弄清楚一个事实：谁从那件坏事中得到了好处或利益——或者，虽然没有直接的好处或利益，但却使阴暗或不良的个人情绪得到了宣泄。

为了使自己阴暗或不良的个人情绪得到宣泄而在背后

伤害他人的人，词典里有个贴切的称谓：小人。在人生的特殊阶段或关键岁月，人生最需要的忠告是这四个字：提防小人。

嫉贤妒能者要想得到他天赋以外的东西是不可能的。德莱敦说："嫉妒是灵魂的黄疸病。"列宁说："鹰有时可能比鸡飞得低，但鸡却永远飞不到鹰那么高。"

阴谋和暴力是两头尖的矛，使用它的人也会被刺伤。

最清楚灵魂丑恶或性格古怪之人底细的是其配偶——因为在长期的朝夕相处的家庭生活中，一个人是很难隐瞒自己的真相的。

一个心怀不满的人，要他不埋怨别人，特别是和他最亲近的人，几乎是不可能的。

不能无原则地宽恕，但人间又不能没有宽恕。阿萨古奥利说："若无宽恕，生命将被永无休止的仇恨和报复所控制。"

文盲是流氓的伙伴，无知是缺德的近邻。知识、悟性、是非感是道德品质的三大支撑。

在人的所有感知中，对是非的感知是灵魂与支点——没有对是非的感知就没有正义（一个社会如果缺少正义，邪恶与暴力就会横行，人民生活将陷入黑暗与苦难中）。

霍尔说："一两的遗传胜过一吨的教育。"这话太过偏激。如果做客观的考察，我们不难发现：对成功人士而言，后天教育或修炼的影响大于乃至远远大于遗传；而对那些社会渣滓而言，遗传的影响则明显大于后天教育。人生是有来源的——绝大部分的人生，都是受其源远流长的血缘或遗传基因暗中控制的。

一些人与其手不释卷，还不如放下书去找一点其它事做做或许更有意义。彼特拉克说："书籍使一些人博学多才，但也使一些食而不化的人疯疯癫癫。"孟子曾说："尽信书，则不如无书。"

人生不能只死读有字书，还要会读并活读无字书。周恩来有言："与有肝胆人共事，从无字句处读书。"廖燕曾说："无字书者，天地万物是也。"

在电脑普及的时代，要知道限制自己的知识总量和阅读范围。德谟克里特说："不要企图无所不知，否则你将一无所知。"

只有适时摘取的果实才会是香甜的——早则苦涩，晚则过熟。

任何积极性都禁不起长久的漠视。

没有人能够阻止一支射向天空的箭在到达顶点后将开始的坠落——且先到达的先坠落，后到达的后坠落。人生也是一支射向天空的箭。

因为没有草稿，所以没有誊写的人生；因为没有誊写的人生，所以回首过去时总免不了会有遗憾。契可夫说："要是已经活过来的那一段人生只是个草稿，另有一段誊写的人生，那该有多好？"

人生，可以在格言中思维，但却不能在格言中生活——否则，就太无生趣了。

所有的哲学探讨或回答的根本都是人生，所有的宗教抚慰或麻醉的对象也都是人生。

高兴的时候，不要忘记自己应该做的事情；悲伤的时候，要首先想到保重自己的身体。

再高明的能工巧匠，也难把人生的锦缎织得毫无瑕疵。

傅玄曾说："近朱者赤，近墨者黑。"环境对人的影响是潜移默化、无形熏染的。米南德说：“和聪明人在一起，自己也会变得聪明起来。”

你身后脚印的深浅，表述着你人生的负荷。

如果拉开了弓，就必须射出有力的箭。

人生如喝茶，总是从浓到淡。

有的人以前半生拖累后半生，有的人以后半生毁弃前半生。

在人生的舞台上，并不需要什么高超的演技——在人生的舞台上，需要的是一颗诚实磊落的心。

人生不是演习，人生是真刀真枪的实战——决不能延误乃至浪费了人生中有限的“战机”。司马迁曾说：“时难得而易逝。”

人生中，机遇少，诱惑多——稍纵即逝或可遇不可求的是机遇。巴蒂斯塔说：“不同于机遇，诱惑总是会给你许多第二次机会。”

干事能吃苦、做人能吃亏且具有自律慎独、遵时守信等美德的人，最有可能幸获机遇的青睐。

查理尼科尔说：“机遇只垂青那些懂得怎样追求她的人。”培根说：“智者善于寻找机会，更善于创造机会。”有些天才或英雄往往能从夹缝中创造机遇，进而改变命运，再造人生。有些英雄或天才因逃不脱诱惑的罗网，往往功败垂成，令人扼腕长叹。

只有知道并善于拒绝诱惑，人生才有可能功德圆满。

人生，有时还真需要有一点外在的压力乃至逼迫。王阳明曾说：“天下事或激或逼而成者，居其半。”

一个人可以很稳地推着独轮车前行，却不一定能很稳地把握住自己——在生存的外界压力消失了之后，一个人最需要的就是自己推着自己前行的本领。

那些生活在社会底层的人，也有自己特定的生活小天地——这块小天地里的优胜者或为首者，有时也会有那种类似于帝王的满足感。

人生中，有的玩笑能开，有的玩笑不能开——开了，就得付出代价。有时，在事后，当你做梦都不曾想到的“代价”降临的时候，你目瞪口呆了——然而，已经晚了。

不显眼的小石子，常常会绊倒大意的行人——“阴沟里翻船”的事在人生中并不罕见。

咬人的狗往往不叫，叫的狗往往不咬人。人生应提防的是：出其不意的袭击。

人生如行船，最难防但又不得不防的就是暗礁。巴尔扎克说：“自满、狂妄和轻信是人生的三大暗礁。”

在人生的道路上，你若栽下荆棘的种子，就会收获刺人的苦果。李嘉诚谆谆有言：“多栽花，少种刺；多铺路，少拆桥。”

“许愿”一旦不能实现，往往就变成了“许怨”——“愿”，最好不要轻易地“许”。

任何不准备对后果负责的选择都是轻率的，而轻率往往就是悲剧的先导。

向人求助或索要回报时要有分寸。史考特说：“不要把手伸到缩不回来的地步。”

为别人开路的人一定是走在最前面的人。左顾右盼、东张西望的人肯定是落在后面的人。

最应该明白的道理往往最容易糊涂，最应该注意的警示往往最容易疏忽，最应该牢记的教训往往最容易遗忘。

有些事情往往是越说不清楚就越想说得清楚，而越想说得清楚又往往就越说不清楚。

人生如棋，落子容易悔子难，一步走错满盘输。

学坏容易学好难，染黑容易洗白难。俗话说："学好千日不足，学坏一日有余。"

人与人之间的摩擦和人与人之间的距离成反比。因利益的冲突，有时候，同行是冤家，同事是仇人。培根说："人可以允许一个陌生人的发迹，却决不能原谅一个身边人的上升。"

傻瓜和聪明人都不难相处，也好打交道；半聪明不聪明的人很难相处，得用心周旋。歌德说："傻瓜和聪明人都是同样无害的。最危险的是半傻不傻和半聪明不聪明的人。"爱默生说："机智主要的用处是教我们与没有它的人相处得很好。"

喜欢在小事情上露锋芒的人，在大事情上往往无能为力。

人生，不要因为一次偶然的成功就预定明天的宴席——未来，并不一定接受这种邀请。

竞技场上或职场上，开始的赢家不一定是赢家，只有最后的赢家才是赢家。

在职场上或社交中，虽不必太过拘束，但适度地谨言慎行还是必要的。苏格拉底说："老天给人两耳两眼一张嘴，就是要人多听多看少说话。"培根说："交谈时的含蓄和得体比口若悬河更可贵。"

在社交圈中，靠零售风言风语所赚取的肤浅人缘，其价值远不及具有能为他人保密的声誉。

没有规则就没有游戏。生活不是游戏，虽然生活中也有规则，但生活并不是主要由规则组成，更不是全部由规则组成。只有游戏而没有生活不是有血有肉的人生。

生活要有娱乐性的情趣，人生要有非不良的爱好。一个什么爱好都没有的人，人生肯定是很乏味的。这个世界上最幸福的是那些爱好与职业同一的人，次幸福的是那些爱好与职业是朋友的人。朱光潜说："情趣愈丰富，生活也愈美满。所谓人生的艺术化，就是人生的情趣化。"

适当的娱乐消除疲劳，过度的娱乐产生疲劳——产生疲劳的娱乐是愚乐。

运用才能的才能比才能重要。罗伯逊说："在世界的进步中起作用的不是我们的才能，而是我们如何运用才能。"

智慧是人生的无价之宝。学习或掌握知识的目的是为了培养或提升人生智慧。离开了智慧，知识便毫无用处——智慧是统率知识的灵魂。托尔斯泰说："没有智慧的头脑，就像没有蜡烛的灯笼。"爱尔维修说："世界上没有比智慧更令人敬仰的东西了。"拉布吕耶尔说："所有人的智慧加在一起也不能帮助一个没有自己智慧的人，正如失去自己视力的人不能用周围人的视力来弥补自己的缺陷一样。"智慧，《现代汉语词典》上有很到位的解释：辨析判断、发明创造的能力。

能一句话说清楚的事情不要用两句话去表述。莎士比亚说："简洁，是智慧的灵魂。"

在人生的海洋里，懦弱是懦弱者最大的敌人，勇敢是勇敢者最大的朋友。勇敢不是胆大鲁莽，更非粗暴恃强，勇敢是不容退缩时义无反顾的担当！歌德说："你若失掉了勇敢，你就失掉了一切。"

朽木涂上油彩也不能充当栋梁，懦夫穿上盔甲也只能冒充勇士。

任何才干，如果离开了勇气，就决不会上升到创造性的水平。对公认的东西表示怀疑，需要勇气；不怕自己的见解和“权威”相冲突，更需要勇气！史蒂文森说：“勇气是一切美德的基础。”富兰克林说：“有非常之胆识，始可做非常之事业。”

一个心里没有阳光的人，在这个世界上是不会有真正的快乐的。一个人最可贵的是心里有一股滋养刚正的浩然正气。苏东坡曾说：“一点浩然气，千里快哉风！”

人生中，应该有选择正面与阳光的自觉。沙士比亚说：“人的一生是短暂的，但如卑劣地过这短暂的一生，那就太长了。”罗素说：“幸福的生活是一种由爱鼓舞、由知识指导的生活。”

快乐的人大都是知足的，知足的人必定是快乐的。老子曾说：“知足不辱，知止不殆。”俗话说：“笑口常开，青春常在。”伊壁鸠鲁说：“快乐是幸福生活的起点和目标。”

诚实是品德之树的根，正直是美好心灵的核心。诚实和正直，应被视为人生站立的两条腿。

没有正直，就不会有光明的人生，更不会有超凡的功业。塞万提斯说：“正直是人生最好的航标。”歌德说：“天才所要求的最初和最后的东西都是对真理的热爱。”

11 年 2 月一稿于汉口育才一村
13 年 2 月二稿于汉口育才一村

文学及字词随笔

文 学 札 记

一、形象与概念

文学包括形象和概念两个方面。形象是现实生活的感官反映，是具体的，作家可以直观地把握。概念则是生活的本质，是从具体的、个别的现象中抽绎出来的理念，只有经过抽象思维后才能把握。文学独立于哲学的根本特征在于：它是通过个别的感性形象来反映生活，而不是通过一般的概念来推演生活。

在文学创作上，由“形象”和“概念”这一对相辅相成的概念衍生出形象思维和抽象思维这一对相反相成的概念——形象思维是“物以貌求”，抽象思维是“心以理应”。形象思维所致力的是作品题材内容的生动与丰富，抽象思维所致力的是作品主题思想的鲜明与深刻。

任何一个成功的文学形象都是思想与艺术的合二为一——但作家对于作品在思想性方面所作的追求总是表现在文学形象的刻画与描写上。

如何把握好思想与形象的关系，是文学艺术所面对的永恒的挑战——在这个“挑战”里几乎潜伏了所有文学艺术技巧的种子。

孔子曾曰：“圣人立象以尽意。”没有形象就没有文学，没有形象的生动就没有文学的生动。

概念是隐藏在形象的后面的。

二、艺术与典型

文学典型是个别与一般相统一的艺术形象，是通过个别的艺术形象来反映生活的本质和规律的必要的文学手段。

文学是创造，充满作者的想象和虚构。按照门牌号码去找文学典型是永远找不到的。塑造典型的关键在于怎样把生活的真实性和艺术的浪漫性辩证地统一起来。但在生活的真实性和艺术的浪漫性这两者中，生活的真实性是根本，是艺术之浪漫性的基础。失去了生活的真实性必然导致文学的失真，而文学一旦失真了也就失去了生命。

别林斯基说：“艺术可以是某种思想和倾向的传播，但艺术首先必须是艺术。”必须按照艺术本身的规律来塑造典型。这就要扣住个性：从个性开始，到个性结束。离开个性化就没有艺术更没有典型。但个性并不代表典型，只是构成典型的必要的基础。个性是“自我”的一种顽强外露或作家能抓得住的内在性格。

典型是个性与共性的统一，但这是共性融于个性中的统一——而决不是二者的机械相加。个性与共性在艺术中是不可分割的，是水乳交融的——只不过共性是抽象的，而个性则是具体的而已。鲍姆嘉说：“个别的事物是完全确定的，所以个别事物的观念最能见出诗的性质。”歌德说：“理会个别，描写个别是艺术的真正生命。”但是，单纯的个别并不能构成典型，典型是经过概括了的个别。

黑格尔说："艺术所应该做的事不是把她的内容刨平磨光，成为一种平滑的概念化的东西；而是把她的内容加以独特化，成为一种有生命的个性的东西。"现实生活中的人物都是个别的具体的存在，因此文学典型应当以"鲜明的个性描写"作为前提。

文学典型不同于一般的艺术形象，首先是她比一般的艺术形象具有更高的艺术成就，更能满足读者的审美要求；其次是她能把现实生活中某些方面的本质和规律集中地概括到艺术形象中去，从而能够启发读者更深刻地认识生活中的真理。

每一个文学典型，本身都是一个世界——它是一定的生活的高度浓缩与凝聚。在一部大型叙事作品中，如果人物立不起来，作品便不会有生命——只要人类和人类的生活还确确实实地存在着，文学就不能不去描写人和人的命运，就不能不去追求对典型环境中的典型人物的塑造。从中外文学史上看，凡传世巨制，都是成功地塑造了人物典型的，概莫能外。

文学大师在塑造典型时总是把她放到生活的整个发展过程中去，让她和社会发生千丝万缕的联系——这样，生活发展的历史潮流和广阔背景就会给典型的艺术形象注射进丰富的时代内容。

所有的文学典型都有自己特定的时代胎记！

三、真实与细节

细节是指一个个独立的构成情节的环节。细节的真实是文学之真实的前提。细节的真实要求作家按照生活本来的真实面貌来描绘生活，进而揭示人物。

细节之真实的核心是：在文学创作中必须按照生活本身的逻辑过程来观照生活本身——所谓生活本身的逻辑过程是指生活过程中相互间的联系和生活的运动规律。

任何成功的形象，感人的故事，都必须借助鲜活的细节描写来支撑。秦牧说：“如果不能把事物的细微不同处描绘出来，就不可能有栩栩传神的魔力。”

作家主观上的真诚和对自认为的真实所具有的自信，是作品之真实性必不可少的前提——但主观上的真诚加自信并不是任何时候都等于作品的真实性。

文学的真实是作家创造出来的，而不是从生活中抄袭来的。文学的真实是从生活的真实中提炼出来的思想和情感的结晶——没有这个“提炼”就没有艺术的力量，也不会有思想的光芒。因为文学决不是生活的“纯客观”的琐碎记录和平铺直叙，而是作家以自己所喜欢的方式叩开生活的门扉后所发出的心灵的火光。

生活的真实是现象和本质的统一。抱着不负责任的态度对待客观世界和现实人生，就不可能正确地把握并展现生活的真实。现实主义的创作原则促使乃至迫使有社会责任感的作家在主观方面真实起来，认真地观察并表现生活的真实——在现实主义的文学作品中，真实是主观和客观的统一。

没有内心世界的真实就没有文学作品的真实，而不真实的文学作品是决不可能打动读者的——只有真实而又自然的作品，才可能具有感人至深的艺术魅力。黑格尔说：“艺术家之所以成为艺术家，全在于他认识到了真实，并把真实放到恰当的形式里，供我们关照，进而打动我们的感情。”托尔斯泰说：“艺术家的真挚的程度对艺术感染力之大小的影响比什么都大。”别林斯基说：“只有真挚流露出来的东西才可能是有机的，只有有机的东西才可能是生动的。”

四、人物与语言

人物的性格是由他的出身、教养、职业、地位等多种因素揉合而成的。

人物性格即个性的开掘和提炼是小说创作的轴心。情节是性格的历史，人物又是情节的主人。人物性格写得越深刻就越有典型意义，因为性格是支撑起人物的骨骼。一滴水在阳光下是五光十色的，一个人的性格和行为在社会中也是极其复杂的。

人物语言的性格化是文学创作的制高点。

贫乏的语言是绝对孕育不出语言的大师的——要想创造出人物性格的大千世界，就必须掌握丰富多彩的文学语言。而学习语言的过程必须先从掌握一定数量的词汇开始——要知道：没有相当数量的词汇储备，就没有从容自如的语言表达。

锻造语言的练习应当从剔除文中可有可无的浮词做起。马克吐温说：“多余的形容词，删去！”

形象具体、表意畅达、条理清楚、修辞准确是构成语言生动规范、通顺严谨的前提。刘熙载曾曰：“辞之患，不外过与不及。”

语言的大师不一定都能跻身文学大师的行列，但严格意义上的文学大师之所以成为文学大师却是因为他首先是语言的大师！伊林说："就是最有趣的内容和见解，要是用贫乏的、没有表现力的语言来描述，也会是枯燥乏味的。"老舍说："没有高度的语言艺术，表达不出高深的思想。"

五、个性与风格

大凡杰出的作家都有独特的创作个性和艺术风格——这种个性和风格愈鲜明突出，其艺术成就就可能愈出类拔萃。

因为作家的创作个性是以其独特的心理结构为前提的，所以大凡有惊人成就的作家在常人看来其性格总是有些怪异的——只不过在有些大作家那里，其强烈的个性或独特的性格被人生的智慧包裹着，以致使常人感受不到其更为锋利的棱角。

文贵与众不同，标新立异——与众不同的个性，标新立异的风格。姜夔曾曰："人所易言，我寡言之；人所难言，我易言之，自不俗。"

切斯特顿说："文风是思想的衣裳。"歌德说："一个作家的风格是他内心生活的准确的标志。"正是文学风格的殊异构成了文学世界的万紫千红——很难设想：没有文学表达个性的各不相同和文学内蕴风格的迥然异趣，会有阅读的快感和不朽的经典！

风格是在创作实践的过程中逐渐形成的——一个作家的创作风格在其形成的过程中将受到他自身的思想、感情、气质、修养等诸多因素的左右。一个优秀的作家最初可能模仿别人的风格，但最终总要形成自己的风格。如果说作家的魅力来自于作家不同寻常的个性，那么也可以说风格的显现是一个作家成熟的标志。

六、内容与形式

所有的文学都是为了表达和倾诉或寄寓一点什么——表达和倾诉或寄寓的什么就是文学的内容。文学的形式就是指表达和倾诉或寄寓的方式。换一种更简洁的说法，文学无非是“说什么”和“怎么说”两者的总和——“说什么”就是文学的内容，“怎么说”则是文学的形式。显然，形式是附丽于内容的，没有内容的形式再花哨也不过是没有米的袋子。

一个漂亮的姑娘却穿了身不合身的衣裳，这当然是令人扼腕的，但这毕竟不同于将超级时装套在一个丑八怪身上所令人感到的恶心。粗服乱头不掩国色——能够拿出一等内容的作家决不至于窘困得拿不出女儿的嫁衣。姑娘是倾城倾国的，淡妆素裹可能会更显得“清水出芙蓉”。倒是那些披金戴银打扮得花枝招展的嫁娘，红头盖下藏着的很可能是令人不敢恭维的嘴脸。

刘勰曾曰：“翠纶桂饵，反所以失鱼。”形式不顾内容而哗众取宠是喧宾夺主，形式不顾内容而搔首弄姿是密叶遮花，形式不顾内容而自作多情是浮云蔽月。

因为拿不出像样的内容，一些三流四流的作家便在形式上挖空心思，并总想把内容和形式的关系颠倒过来。

我发现：自古以来，对文学形式做出较大贡献的大多是一些二流三流的作家，而一流的作家们对文学形式的贡献却并不是主要的。这是一个值得深思的现象。

一流的作家有总结形式的，但却极少有开创形式的。

比如，唐诗是由李白和杜甫完成总结的，但唐诗作为文学形式却是由“唐初四杰”等人开创的——显然，“唐初四杰”等人的文学成就远不能与李杜相较。在形式的真诚探索中耗散尽了精力的作家是同样值得尊敬的，遗憾的是这些作家几乎都与文学的顶峰无缘。

叔本华说：“从根本上说，不外存在着两种作家：一种是为了他们一吐为快的东西不得不写的作家，一种是为了写作本身而写作的作家。”前一种作家的写作由内容驱动，如果同时也能注意到对形式的恰当把握，那么便走上了通往第一流作家的道路；后一种作家的写作由形式驱动，但由于缺少“一吐为快的东西”支撑，即便也顾及到了尽可能丰富的内容，爬到顶点也不过是个第二流作家——他们中的绝大多数都只能抵达到四流三流的高度。

优秀的文学作品具有三种伟大的效果：情的感染、理的启迪和美的享受。前两种效果基本来自于作品的内容，后一种效果主要来自于作品的形式。优秀的作家必须两者兼顾才能使作品获得强健的生命力。张载曾曰：“充内形外之谓美。”既有充实的内容，又有完美的形式，那当然就会有一流的好作品。

在形式面前，作家不应有宗教徒的虔诚——因为所有的形式都是由人创造的。但作家同时又不能忘记：没有形式的继承就没有形式的出新。鲁迅说：“新的艺术，没有一种是无根无蒂的，突然发生的，总承着先前的遗产。”

七、灵感与想象

想象是创作的翅膀——没有想象闪烁的文学作品，决不可能在心灵的天空里飞翔。正是想象的力量使作家从平凡的生活中发现了不平凡的意义，并从平凡的生活中提炼出了不平凡的艺术形象。高尔基说：“想象和推测可以补充事实链条中不足的和还没有发现的环节。”卑拆说：“没有想象力的头脑是没有望远镜的天文台。”“没有望远镜的天文台”也有资格诉说人生或生活之太空的星云图像吗？

一个作家如果没有灵感，他的作品定然是笔无锋刃，墨无烟云——灵感是引发创作冲动的火花乃至炸药。深厚的生活基础和广阔的知识背景是产生创作灵感的酵母。

对生活素材和人生问题进行长时间的思考，思想达到饱和状态——这是创作灵感产生的前提。列宾说：“灵感是顽强的劳动获得的奖赏。”

如果把灵感比喻为潜意识和显意识这一对分离的情人如闪电般于刹那间拥抱的渡口，那么想象就是“思接千载，视通万里”的心灵的感应与接收。

如果说想象力是作家的身份证，那么灵感便是作品问世的准生证——没有准生证的作品是很难被这个拥挤的世界接纳的。

谁能抓住横渡广漠太空的光芒和击穿厚重时间的闪电？只有那些罕见的天才在自己的灵感与想象最活跃的短暂岁月里才有可能幸获上帝的眷顾与赐予。

正是灵感与想象的汹涌澎湃，成就了那些文学大师无与伦比的辉煌！

八、阅历与悟性

在一部成功的文学作品的背后，往往隐藏着作家独特的人生阅历和善察敏思的悟性。

作品的深度依赖于作家的阅历——这里的“阅历”包括生活和书本两个方面，作品的灵气来自于作家的悟性——这里的“悟性”包括省心和格物两个方面。

由于缺少生活阅历，一些人有一天终于发现：研究或评论他人的创作比自己亲自创作更适合于自己。由于缺少书本阅历，一些人有一天终于知道：再往前走自己已经没有力量或干粮了。

有的作家很努力，也很诚实，其作品可能既有内容又有分量，但由于缺乏悟性，人们从他的作品中总读不出“飘逸”的感觉和愉悦——光凭努力加诚实也许能够成为一个令人尊敬的作家，但决不会成为一个杰出的作家。“杰出作家”的桂冠只有那些才华横溢的人才有可能摘取！

厚实的阅历和非凡的悟性，再加上雍容的文笔和瑰异的情思，“四美具”之后才能出手倾倒天下的不朽作品。

九、自由与限制

创作的自由与作家的责任是统一的，放纵不负责任的创作自由是有害的——作家是要对社会负责，对历史负责，同时也对自己负责的。作家应负的责任就是创作的限制。

作家创作的题材和体裁自由应该得到尊重，但作家创作的社会效果则存在着一个自我把握的问题——即“边界限制”。

限制在某些时候也许是可恶的，但没有边际的自由在任何时候都是烫手的。

任何形式都是限制，不是这种限制就是那种限制，没有限制的艺术形式是不存在的。作家可以选择、发展乃至创造形式，但不能不受其约束。歌德说：“巨匠在限制中才能表现自己。”作家只有熟悉艺术形式并运用自如，才能得到真正的创作自由。

章学诚曾曰：“古人文无定格，意之所至而文以至焉。”王若虚曾曰：“或问文章有体乎？曰：无。又问：无体乎？曰：有。然则果如何？曰：定体则无，大体则有。”这里“格”和“体”都是指形式。形式是弹性的乃至是流动的，作家在受其约束的同时应尽可能地张扬其自由——充分地显示自己的创造性。

自由是“不逾矩”的纵横驰骋，限制是“成方圆”的表现空间。

创作的自由应将其理解为驱遣想象和舒展良知的心灵的飞翔。

十、歌颂与暴露

在文学作品中，并不一定非要塑造正面人物的形象，以达到表现时代精神风貌的目的——反面人物的命运同样能射出时代精神的折光。

歌颂和暴露、肯定和否定是辩证统一、相辅相成的，否定假恶丑也就是肯定真善美。只要充分表现反面东西的腐朽和丑恶，揭示出它们必然要消亡的命运——使人们在伦理上唾弃它们，在感情上嫌弃它们，在行动上抛弃它们，这就是对美好的呼唤和对理想的追求！我们今天的作品只要充满着社会主义必胜的信念，忠实于现实生活本身，那么不论从哪个侧面或哪个角度去反映丰富多彩的社会内容，只要是艺术的都是会有生命力的。

生活本身既包含着本质的东西，也包含着非本质的东西，有主流也有支流，它们互相联系着，构成共生共存的整体。只有反映这种联系，综合生活的各个方面，才能全面地展现生活的本质。当然，各种生活对于文学反映并非具有同等的价值，但决不能因此就说文学只能反映一些现象，而另一些现象就应被舍弃到文学反映的领域之外去。

有必要警惕的是：局部的暴露不能滑向整体的谴责——因为这将给读者带来极其有害的误导。通观整个人类文学史，不能不看到：歌颂是文学的主流。神圣的文学有神圣的义务：歌颂那些与天地日月同存不朽的拼搏创造的丰功伟绩和人格精神的浩然正气！

不论在任何时候，都有许许多多美好的友谊和爱情维系着人类的存在和继续——歌颂美好的友谊和爱情理所当然应是文学永不衰竭的咏叹和吟唱！

十一、主题与思想

作家有可能在对即将产生的作品的主题和它实际所包含的思想意义还没有什么认识或者只有一种朦胧的认识的情况下就进入他的创作过程——引起他创作冲动的仅仅是某些具体的生活场景和人物形象以及由此激发的作家内在的创作激情。作家有了创作激情和对形象的感受后便直接进入创作过程，这并不妨碍他写出优秀的甚至伟大的作品来。杜勃罗留波夫说："在形象中，诗人可能在还没有用理性分析它们以前便已不自觉地表现了它们内在的意义。"

曹禺谈《雷雨》创作时曾说："我最初有了《雷雨》

一个模糊的影像的时候，逗起我兴趣的只是一两段情节，几个人物，一种复杂而又原始的情绪。”这就是说这一剧本的主题他开始并没有明确意识到，是后来人家点明他追认的。此外，有些作家的世界观比较复杂，积极的与消极的因素相互交错——但因为他们是忠实于生活本身的真正的文学大师，在创作中能以生活原来的真实纠正自己世界观中的某些偏见，从而真实地反映出特定社会生活的本质内容，以致使他们的作品具有较高的认识价值和启迪意义。托尔斯泰写《安娜·卡列琳娜》时原想把她写成一个道德堕落的女人予以谴责，但结果却对她寄予了深切的同情。再则，有些作家主观上想通过作品表现出的思想与作品实际上表现出的思想两者之间有不同程度的偏离。有些作品所表现的客观思想是作家当时主观上不可能提供的，只是因为生活的画面一旦真实地描写到作品中就具有了相对于作者的独立性。曹雪芹写《红楼梦》时决不会明确认识到封建社会的衰败是一种历史的必然，但由于作品生动而深刻地描写了封建旧家族的败落过程，从而展现了中国封建社会末期的真实面貌，以致在客观上就使人们看到了这样一种历史发展的必然趋势。

思想是作品的灵魂。但作家是“用艺术形象说话的”，如果形象不准确或不典型，那么无论作者思想多么正确或先进，也无论作者自己或笔下的人物为其思想做了多少直接或间接的议论或阐述，在艺术上都是站不住脚的。

如果思想和主题来自生活，光芒闪烁，作家就要充分运用生活经验或以生活为基础的想象力为它创造出富有典型性和表现力的人物与情节，同时高超地驾驭艺术的形式和技巧。

正确的创作思想并不等于作品的成功，但成功的作品一定是以丰富的创作思想为前提的。别林斯基说："如果艺术作品只是为了描写生活而描写生活，没有任何发自时代的主导思想和强有力的主观冲动，如果它不是苦难的哀歌或热情的赞美，如果它不提出问题或回答问题，那么，这样的艺术作品就是僵死的。"

十二、情感与哲理

哲理，是关于宇宙和人生的道理。文学作品中的哲理性是作家通过对生活的感受和思考，在尽可能高的水准上把握社会和人生，提出或回答了生活中的问题。古今中外许多经得起历史检验或时间淘汰的作品，都具有深刻的哲理性。

刘勰曾曰："情者文之经，辞者理之纬，经正而后纬成。"情感和作家情感的投入，使文学作品显得血肉丰满。别林斯基说："有理而无情，便成不了好作品，起不到征服人心的作用。"如果说文学作品给人启迪的是丰富的哲理，那么撩拨人心的只能是隐藏在文字背后的搏动的情感！王尔德说："倾注了情感的肖像画，画出来的全部是那位艺术家的精神内涵，而不是坐在那里的模特儿的内涵。"

情感寡淡的人成不了作家——因为任何感人的作品都是伴随着作家的情感呱呱坠地的，缺乏思考的人成不了大作家——因为任何伟大的作品无不具有超越时空的穿透性。但作家的情感不一定非得是外露的，作家的思考更不必是强迫性的——作家的情感和思考体现在其作品的丰富性和深刻性上。

正是强烈的情感——激情和深刻的哲理——思想，造就了那些伟大的作家和作品！

贯注于经典作品中的情感和哲理全都是自然而然的——既没有装模作样的，更没有画蛇添足的。

十三、作家论

魏禧曾曰：“为文之道，欲卓然自立于天下，在于积理而炼识。”虽然有“理”有“识”的思想家并不一定是作家，但优秀的作家都是善于“积理而炼识”的思想家。只有当作家以思想家的眼光来观察生活、反映生活时，他的作品才会闪光，才会具有震慑人心的艺术力量。当然，作家的思想不同于单纯思想家的思想，他不是用纯理性的议论而是用艺术形象来揭示生活、触动读者的。

文学作品是作者思想水平、认识能力、美学情趣和人格力量的融汇结晶——因为一个作家的主观意识和内在品质将决定他对生活的认识、评价和表现。要想创造出优秀的作品，作者首先得具备很高的较全面的素养——因为任何一部伟大的作品无不是作者本人的综合呈现，缺少优秀的品质和人格的力量是难以想象会有伟大的作品的。狄德罗说：“如果道德败坏了，趣味也必然会堕落。真理和美德是艺术的两个密友。你要当作家，当批评家吗？请首先做一个有德行的人。”

一个人如果在对人生和生活的理解上不比一般人深刻一些，那么他就没有资格去从事创作——追猎作家的桂冠！

伟大的作家之所以伟大是因为他具有崇高的情操。一个真正的作家的情操是一种净化了的向上的力量，既表现在向时代和社会献身的使命感上，也表现在对国家和民族的责任感上——但它并不是天生的心理状态，而是人生实践和道德修养的结果。浅薄轻佻、见利忘义的人，是决无情操可言的——他们的文章，无论怎样煞费苦心地修饰妆扮，最终都只能是手纸一堆。罗曼罗兰说："要把阳光播洒到别人心中去，总得自己心里有。"

一个作家如果没有什么内在的东西可以自恃，那么他必然要去寻求一些自身以外的东西，用以支撑自己的存在，乃至托举自己的作品。

真正的第一流作家是不可能由人为的培养而产生的——他们是以一定的先天素质为必要条件，在自己的社会环境和生活环境的哺育下自然出现的。"创作"可以由人引导入门，但"成家"则只能全靠自己的悟性和努力——摘取"作家"的桂冠从来都没有捷径可走，即便老子是世界级的作家也不能保证儿子就一定能写出像样的作品。鲁迅说："从'小说作法'学出来的作者，我们至今还没有听到过。"

作家作为职业理所当然应是一种竞争性强、淘汰率高的职业——文学创作这一职业对人才是有相当严格的选择性的。没有将胸中丘壑化为笔底山河的本事，就别去端作家的饭碗。

文学事业是项高尚的事业，这项事业只能由那些高尚的人们去从事——那些有精神品格的作品的背后，都站立着有精神品格的人。为名利而写作作为走向作家职业的原始动机无可厚非——但其后若没有对这在先的原始动机的超越，那便注定他将与文学的山峰无缘！

巴金说："培养作家的是生活，养活作家的是读者。"

契可夫说：“文学家不是糖果贩子，不是化妆专家，不是给人消愁解闷的，他是个负有责任的人。”作家在创作的时候心中必须有自己的衣食父母——读者，因为对于读者来说作为卖方“他是个负有责任的人”。

诚实的作家是决不会去故弄玄虚的——不愿认真观察并分析社会、厌烦生活细节的作者，是很难想象他的作品会有艺术生命力的。

希望得到历史承认的作家，必须具备两种诚实：对读者的诚实和对自己的诚实。文学的史册告诉人们：它所接纳的都是些坦诚而又灼热的生命。

成功的作家大致可分为两类：一类是写经历和世态的，一类是写心灵和自我的。前一类作家还可以依靠自己的阅历，后一类作家却只能仰仗自己的品格。

作家在生活中决不能像一个这样的人走在马路上：迎面走来的都是一个个陌生的面孔——看了半天，仍然是一个都不认识，一个都不理解——活生生的个性都从眼睛和鼻子底下溜走了。

作家应像猎人搜捕猎物一样，去发现那些能够引起自己创作冲动的个别的人物和事件。那些敏感的作家总是善于捕捉人们瞬息万变的眼神和因人而异的语言——因为离开了这两样宝贝，形象思维就没有了生气。

迷恋一时的成功是成不了大作家的。文学需要耐心和坚韧，需要不懈的努力和独立的创造。一个有出息的作家应该突破他个人有限的生活范围的狭隘性，站到一个比较超脱的高度上去鸟瞰整个社会生活的新陈代谢。

没有毫无政治倾向的作品，因为没有毫无政治倾向的作家；没有毫无道德倾向的作品，因为没有毫无道德倾向的作家——只不过对于那些优秀的作家而言，其倾向性是深深地隐蔽在艺术形象之中的。

一流的作家一般都有这种禀赋：对他人的作品之优劣具备非凡的鉴赏力，对自己的作品之价值具备精确的判断力。

孙犁说："文人宜散不宜聚。一集中，一结为团体，就必然分去很多精力，影响写作。散兵作战，深山野处，反倒容易出成果，这是历史充分证明过的。"这段话太正确了！我们一些作者之所以没有出息，正是因为他们向往热闹并追求热闹，害怕孤独并排斥孤独。海明威说："一个在稠人广众中成长起来的作家，自然可以免除孤苦寂寞之虑，但他的作品往往流于平庸。"

所谓的文坛，是建筑在社会之上的。社会有多么大，文坛也就有多么复杂——有各色人等，有各类作品。然文学之途正如人生之途，过早的金榜骏马、高位厚禄，过多的花红灯绿、鼓噪喧腾，并不一定美妙。一个真正的作家的一生，是要禁得起清苦和寂寞，乃至顶得起污蔑和凌辱——因为在历史的长河里，那些消声敛迹得没有一丝踪影的大都不是兢兢业业的播种者，而是跳梁的小丑之类——或谓营营苟苟的苍蝇。

对文字的敬畏，对深度的追求，对经典的向往，应该是任何一个真正的作家的心灵起点。孙犁还说："文绝一体，天才孤诣；参天者多独木，称岳者无双峰。"

十四、文学论

文学的价值和魅力，文学的骄傲和光荣是通过极少极少数大作家体现出来的。别林斯基说："文学的本质并不是表现在它的全部作品中，而是仅仅表现在出类拔萃的作品中。"

一应伟大的作品都是无国界的，但一应伟大的作家都是有自己生命之根所属的祖国的。别林斯基还说："在任何意义上，文学都是民族意识、民族精神生活的花朵和果实。"

文学是这样的殿堂：它慷慨地给那些写出了优秀作品（哪怕就一部）的作家留下一个个显赫的位置，对那些制造平庸作品（不论何其多）的作家则关闭着冰冷的铁门。

一个作家，如果对平庸落套和粗制滥造无憎恶之情和抵抗之力，是注定不会有出息的。文学在任何时候都是以质取胜而不是以量取胜的——粗劣的制作肯定逃不脱速朽的命运！

关于文学，高尔基有如是精湛的论述："文学的第一要素是语言。语言是文学的主要工具，它和其它各种事实、生活现象一起，构成了文学的材料。文学的第二要素是主题。主题是从作者的经验中产生、由生活暗示给他的一种思想，但它聚集在他的想象里还未形成。当它要求用形象来体现时，它会在作者心中唤起一种欲望——赋予它一个形式。文学的第三要素是情节，即人物之间的联系、矛盾、同情、反感和一般的相互关系——某种性格、典型的成长和构成的历史。"高尔基还说："我主张文学高于现实，能够居高临下地去看现实，因为文学的任务不仅在于反映现实。光描写现存的事物还不够，还必须记住我们所希望的和可能产生的事物。"所有有志于文学创作的人都必须先弄通文学的要素和"高于现实"的要求。

文学是生活的儿子，没有生活就没有文学。一个辛勤的农夫，一个培育花卉的园丁，如果离开了土地，无论他有多么高超的耕耘技艺，也将一无所获。巴金说：“我不是为了做作家才写小说，是过去的生活逼着我拿起笔来。”

真正的文学是一种溶解剂，能溶解人的愚昧和忧愁；真正的文学是一种强化剂，能强化人的意志和力量。

在文学史上，浪漫主义思潮逐渐被现实主义思潮所取代的根本原因，不只是仅仅在于它胡编乱造，更主要的是因为它对社会的抽象抗议和对未来的空洞理想对越来越具备独立思考能力的读者逐渐失去了吸引力。

文学行为并不一定都能构成文学本身，只有那些能够沉淀的文学本身才具有价值意义。一个看重不朽的人不应该去羡慕那些面上的热闹和虚荣——文学作为一项事业，总会有许多浮在面上的人和事，但这些人和事都只能是过眼云烟。

岁月如筛，无情地遗弃了大量残花枯叶般的印刷品，而真正天才的思想表达却琥珀结晶一般，凝成不朽的文学经典永久流传。文学经典的根本特征在于其魅力的永恒——那永不衰竭的可欣赏性及可阐释性和可评论性拒绝了被人类记忆遗忘的命运！

文学作为一项崇高的事业，它不属于任何个人，它永远都是一场没有尽头的接力赛——有幸拿到接力棒的人应该具有崇高的献身精神。

真正的文学是那些真诚的倾诉和忘我的创造，而不是那些虚妄的编造以及对热闹的向往。

文学的前方永远是：由虚伪走向真实，由矫饰走向自然。简言之：返朴归真。

十五、创作论

文学创作一是发现，二是表现。一个优秀的作家任何时候都应该懂得：他对生活的发现最终必须上升为审美的发现，在表现生活时则应以获取审美价值为首要目的。

袁枚曾曰："蚕食桑而所吐者丝，非桑也；蜂采花而所酿者蜜，非花也。"文学创作是作家将素材和感受经过文学加工转变成文学作品的过程——这一过程类似于"蚕吐丝"和"蜂酿蜜"，是一种充满创造的过程。文学创作源于素材和感受，但无疑应高于素材和感受——否则，就不能称之为"创作"。

小说是艺术虚构，人物是作家的艺术创造，作家是他笔下人物的上帝。但另一方面则刚好相反，人物一旦结胎成形就要向其创作者要求独立，且人物愈是有生气有性格则其独立性也就愈强。艺术形象是要受到社会现实、他本身的性格和环境条件的制约，说话和做事要有一定的规律，作家是不可随心所欲地编排和摆布的。托尔斯泰说："我的男女主角们有时跟我开那种玩笑，我简直不太喜欢！他们做些在现实生活中应该做的或在现实生活中常有的，而不是我愿意的。"

作家要想写出鲜活的有生命力的人物，就必须细细体会其心理过程、社会关系、言谈举止，也就是所谓的"进入角色"——虽然这种"进入角色"可以是自觉的，也可以是不自觉的——即完全凭借直接的生活感受及由此引起的创作冲动。

尊重艺术形象的独立性是创作的一项原则，违背这项原则作品就不会有生命力。尊重人物独立性的核心是尊重客观生活。中外许多文学大师曾借助这个原则克服了自己世界观中的某些错误，乃至违反了自己的政治偏见，写出了一个个打上自己时代烙印的充满艺术魅力的栩栩如生的人物。

作家要相信自己，但更要尊重生活，要根据生活的真实去创造人物，要按照人物自身的性格要求去营构作品的情节和冲突，以形象本身的逻辑力量来校正自己认识上可能会有的偏差和不足。

不能将人物作为体现意图的工具而任意摆布并不是说创作可以不要意图，或者说意图不重要。写小说“没有预先想好的意图”在契可夫看来无异于“疯子”。关键在于如何将两者通过“个性典型化”的桥梁连接起来的技巧——这也是许多渴求成为作家但终究得不到真正的作家桂冠的准作家们始终把握不了的手段。这些人总是天真地以为：人物和意图之间有着类似机械上公差一定的配合。

在创作上思想或主题与形象的契合或统一的过程大致有如下三种情况：可能主题和形象联袂而来，同时形成；也可能形象酝酿了很久才形成明确的主题；还可能是由于生活现象的激发而爆发出璀璨的火花，产生了强烈的创作欲望，而明晰的人物形象则是经过一段时间的构思而逐渐成形的。

在艺术典型化的过程中，作家选择最有利于自己去表现事物本质的生活素材，而舍弃其它的生活现象，经过加工提炼，集中地概括某一类事物的本质于特定的人物形象身上，达到典型化的高度，这就是现实主义区别于自然主义的那种“煮鸡不煺毛”式的堆砌生活现象的表现艺术。

一个作家对素材的选择提炼取决于他的艺术个性，而这种艺术个性又是由他的生活经历、思想感情、艺术素养等诸多方面综合形成的。某一个作家舍弃的生活现象可能被另一个作家选用，结果同样也揭示了生活的本质。能否揭示生活的本质，写什么固然很重要，但最终却取决于以什么态度去写——即取决于作家的世界观。

小说中的某些议论，是作家尚未来得及将思考的结果溶铸入艺术形象之中，就情不自禁地由自己直接说出来了——这当然省力，但毕竟有些生硬。

一些当代小说呈现出一种值得注意的审美特征：在淡化情节的同时加强了氛围——这氛围是一种渗透了感情色彩的气氛，或是一种有着主观情调的环境渲染。

创作不应赶时髦，不应去追求那种类似时装展览的短暂轰动效应——因为昙花一现的东西很快就会被冰冷的时间所淹没。

创作贵在独创，而要独创就必须首先有自己独到的发现。鲁迅说：“依傍和模仿，决不能产生真艺术。”罗丹说：“拙劣的艺术家永远戴着别人的眼镜。”

临摹生活并不难，凭空臆造也不难，创作之难仅在于从细节的真实中抒发出独到的见解。

写景不难于绚丽，而难于显出生命的活泼；写人不难于形象，而难于透出神情的毕肖。

作家应力求使自己的作品长短合度，详略适当，繁简得体，浓淡相宜，既顺乎情，又合于理，既给人留有思索回味的余地，又给人以充分的艺术享受。

在创作上还应力求做到“实”中有“虚”，“虚”中有“实”。唐彪曾曰：“文章非实不足以阐发义理，非虚不足以摇曳精神，故虚实常宜相济也。”这里的“虚”可理解为“空灵”或“飘逸”。

如果对创作怀有敬畏之情或不轻慢创作的神圣性，那么创作的动力只能源自于自我内心的召唤或驱遣。托尔斯泰曾严肃地指出：“只有当你感觉到心中有一种全新的、重要的、自己明白而人们还不理解的内容的时候，当必须表现这些内容的要求使你不能安静的时候，那时才好创作。”

我们今天的作家们难道都是在满足了老托尔斯泰提出的这一创作前提之后才开始动笔的吗？当然不是——起码有“三个九”都不是。所以，充斥于我们视野之内的，几乎都是一些文字的垃圾。毛姆说：“为艺术而艺术，不会比为喝酒而喝酒更有意义。”

创作，居高临下的创作，应该是阅读的灵性与智性的升华。

十六、作品论

大凡传世的作品，或具思想性，或具艺术性，或两者兼备。既无思想性又无艺术性，既无开掘深刻的闪光内容又无别具一格的新颖形成，但却能传世的作品，至今大概还没有诞生。只有那些准确地表现了人性、细腻地揭示了人们内心世界的文学作品，才会具有动人的艺术魅力和不朽的艺术生命。

任何叙事文学作品，既然要“问世”，那么都应以深厚的社会生活和无尽的人世悲欢为母腹，以求在人类共同的生活经验和情感方式中得到共振效应——舍此，“问世”便毫无意义。

文学作品的内容属于现实和人生，文学批评的依据同样也应是现实和人生——我们今天的许多文学批评所以给人隔靴搔痒之感，正是因为其游离了现实和人生。

文学作品应该有助于人类的思想进步和道德提升，满足人们的审美需要。任何一位受到后人尊重、纪念的作家，无不是由于他以自己不朽的作品丰富了人类文学的宝库——垫高了人类文明的殿堂！所以济慈说："天才的作品是世界上最重要的东西。"

一应有价值的文学作品，越是作者自己的便越是社会大众的。

唯一性和不可重复性是文学作品有存在价值的必要条件——唯一性指作品总体上不重复别人，不可重复性指作家创作特定作品时的特定状态。

文字的不负责任的倾倒与排泄早已使这个世界垃圾成灾。当你诚惶诚恐地拿起一册文学刊物或作品集子，即便认真地寻找半天，有时也难见一篇像样的作品。在今天这个文字垃圾成灾的世界上，即便是有一些能够传世的好作品也将受到掩埋或不同程度的遮挡——虽然"只要是金子总会有闪光的一天。"

凡珍惜自己的作品如珍惜自己的生命一样的人，他必须自觉接受这样三条原则：一、自己所以写作或还在写作是因为自己有话要说或还有话要说；二、要说或想说的话尽量说得简洁些；三、同样内容的话不要说重复了或重复着说。

只有学识诚于中而才情形于外，才能使作品无枯燥晦涩之弊而具典雅飘逸之美。

一部完美的作品有时竟像一尊慈爱博大的女神，将那些灵魂漂泊者的灵魂慈爱地揽在她博大的怀抱里。

十七、文学的功能

文学的社会价值由三者构成：认识功能，审美功能，愉悦功能。雅文学侧重审美功能，俗文学侧重愉悦功能——而文学的社会价值的脊骨恰恰是认识功能。摈除了认识功能，也就没有了文学的最终功利目的。

如果说造型艺术的核心功能是审美功能，表演艺术的核心功能是愉悦功能，那么文学艺术的核心功能无疑是认识功能——因为只有文字才能够容纳并储藏人类最深刻的思想和最精湛的智慧。

优秀的文学作品的社会功能在于丰富和提高人们的精神境界和情操，培养和健全人们鉴别正邪、功过、是非、荣辱、真假、善恶和美丑的能力。特罗洛普说：“一部小说的目的应该是寓道德教育于趣味之中。”

文学作品作为一种精神产品其功效是在被阅读的过程中潜移默化地作用于读者，逐步地释放出其内在的精神能量的——它不可能像物质产品那样具备什么直接的实用意义，同时也不存在任何行政意义上的必要性。

文学不能只给人以青春之热情的呼唤，还应该给人一些沧桑人生的苦涩感。对青年人来说，后者重要得多——因为它不鼓励人去夸夸其谈或自我膨胀，而是提醒人去冷静地做好承受生活的准备——以便在吃重的承受中脚踏实地地去创造。

古往今来，一切优秀的作家，大都非常注意对人的命运遭际和人的内心世界进行深入的挖掘和细致的表现，以便其作品能更有力地影响读者：或激励他们奋发向上，为社会的进步和美好的理想而拼搏；或教育他们憎恶黑暗和丑陋，树立正确的价值观念和道德标准；或引导他们对人生的意义进行严肃的思考，从迷惘或消沉中醒悟或振作；或给予他们健康高雅的审美享受，滋润高尚的人格趣味。

“文以载道。”文学的大路就是人生的大路，文学的足迹或触角所能抵达的地方就是人类的精神生活所能抵达的地方。

十八、作家的职责

虽然作家不能单独承包建设人类灵魂的全部工程，但他在塑造人类灵魂的工程中毕竟负有独特的不可推卸和代替的重要使命：通过文学创作来参与并推进人类精神的完善过程。作家不是建设人类灵魂的唯一工程师，但无疑是塑造人类灵魂的主要工程师之一。

作家的创作如果是为了给读者看的，那么作家就不可能不考虑到自己的创作可能带给读者的影响——即作品的社会效果。厨师做饭要顾及是否能适口，裁缝做衣要顾及是否能合体，作家创作的时候当然也应该想一想自己的作品可能会有的社会效果。

不论是谁，他都没有诲淫诲盗或唆使人堕落的特权！

踮起脚去追求自己的作品尽可能好的社会效果——这既是作家义不容辞的职责，也是作家责无旁贷的义务！

作家——“人类灵魂的工程师”的称号之所以是崇高的，是因为作家——“人类灵魂的工程师”的职责是神圣的！福克纳说：“作家的天职在于使人的心灵变得高尚，使人的勇气、荣誉感、希望、尊严、同情心、怜悯心和牺牲精神复活起来。”

88 年 7 月一稿于景德镇湖田山
96 年 4 月二稿于景德镇湖田
98 年 8 月三稿于景德镇湖田
99 年 4 月四稿于景德镇湖田

话 字 说 词

说“衣”

“衣食住行”是人们生活的四大要素，现今人们常用“衣食住行”来泛指自己日常生活的基本需要。在这一肯定会被后人收进成语词典中去的今人的惯用语中，为什么人们将“衣”排在第一，连“民以食为天”的“食”字都被其挤到第二位去了呢?

这是因为这四个字在汉字的大家族里唯“衣”的地位最为显要：富饶曰“裕”，没落称“衰”；抱负为“襟怀”，表扬叫“褒奖”；“製”字起源于成衣，“裁”字原指下衣料。至于“联袂”、“裙带”、“襁褓”、“纨袴”……等等无一不是由“衣”字衍义而来。

在同一支军队里当兵古时称“同袍”，那时的“袍”相当于今天的斗篷，即披在肩上的没有袖子的外衣——从军时白天当衣穿，晚上做被盖。能“同袍”而眠自然是生死与共了——即虽非同日生，但却有可能于同一日同一战一同死去的。《诗经》上的一首诗中就有“与子同袍”和“与子同泽”的句子，其中的“泽”那时也是指一种衣服。由此我们就不难想见为什么词组“袍泽之谊”和“袍泽故旧”在一些同胞的心目中有那么沉甸甸的分量了。

“衣”的领子和袖口都是提挈之处，二字合起来所成的“领袖”一词在人的世界里意味着什么——或在人的世界里有谁才能顶得起“领袖”一词，大概就用不着进一步诠释了。

这个世界上独一无二的方块文字由字组成词和由词组成语言时都是很奥妙的，有时甚至奥妙得“只可会心”。如若不信，不妨品一品“衣食住行”这一词组的字序。

再就“衣”从另一个角度说，国人特爱面子，加之国人中以“衣”取人的势利眼又比比皆是，以致一些生活并未达到小康水平的人宁可在家里虐待肚子，出门也要穿戴得漂漂亮亮的。在这种社会心态下，“衣”当然是比“食”更重要了。

国民心态很可能是“衣”之所以在“衣食住行”中排第一的真正原因，而“衣”之所以排第一是由于它在汉字大家族里地位最为显要云云，不过是笔者的一种臆测，或至多是笔者一家的姑妄之言。

98年8月21日于景德镇湖田

漫话“监狱”

“监狱”作为拘束人身自由的设施，其演进的起源可追溯到远古。原始社会后期，生产力的发展使狩猎旺季的猎物有剩余，人们为了能慢慢受用一时吃不了的猎物，便将其圈养起来。一些圈养猎物的岩洞和槛圈，后来在原始部落之间的战争中逐渐转变成囚禁战俘的场所。这些囚禁战俘的岩洞和槛圈即是“监狱”出现的最早形式。

“监狱”在商朝叫“圉”（“圉”本意是指养马的圈），在周朝叫“圜土”（“圜”同“圆”），在秦朝叫“囹圄”（“圄”同“圉”），直到汉朝才开始叫“狱”。古人这样解释“囹圄”：“囹圄，令人幽闭思愆，改恶从善之地。”这个阐释已赋予“监狱”以强行改造思想的职能。

明朝开始独立使用“监”字，义同后来的“监狱”。到了清朝“监”和“狱”连起来用，合称“监狱”，指监禁犯人的处所。至晚清，又有把“监狱”称作“班房”的。其实，“班房”和“监狱”是有区别的：“班房”本义是指羁押候审的未决犯的拘留所，而“监狱”则是指关押已决犯的地方，两者接收的对象和设施的性质显然不同。另外，“牢”也有“监狱”义（“牢”的本义是指养猪、牛、羊的圈），人们常说的“牢房”、“监牢”、“牢狱”等，都是“监狱”的意思，但其中“牢房”兼特指监狱里监禁犯人的房间。

今人常用“身陷囹圄”这个带有惋惜意思的词组表示人不幸触犯了法律从而失去了人身的自由，以致不得不暂时乃至永远中断自己所热爱的工作或事业。今人又常用“牢狱之灾”这个带有警觉意思的词组表示自己或他人将要受到法律的制裁乃至大祸临头，因过失已经铸就故而大都在劫难逃。这两个词组提醒着人们：即便什么事都能做，但违法的事还是不能做——否则便有疏而不漏的恢恢天网等候着你。

考察“监狱”一词的来历及其演进过程，笔者深感方块汉字渊深如海——在汉字的海里畅泳，笔者还从不曾有过疲倦的感觉。

98 年 8 月 22 日于景德镇湖田

“两袒”的来历

成语“齐女两袒，东食西宿”是什么意思？欲知这个成语的意思得先知道有这么一个令人忍俊不禁的小故事。

古时，齐国有一个颇有姿色的姑娘，她的东邻很富裕，可惜其子相貌丑陋；西邻家境贫寒，但小伙子却长得仪表堂堂。当她到了女大当嫁的年龄，东西两家均登门为子求婚。取谁舍谁，很令姑娘的母亲为难。一天. 母亲只好对其女说：“两家各有长短，妈也拿不定主意。这样吧——主意你自己拿：你如愿去东家，就向妈露出左手；你如愿往西家，就向妈露出右手。”不料姑娘一下子把两只手都露了出来，当妈的也不禁为之愕然：“你这是啥意思？”姑娘倒也爽快：“啥意思？东家有钱，我就去东家吃饭；西家小伙子漂亮，我就到西家睡觉呗！”

这个小故事就是成语“齐女两袒，东食西宿”也即现今缩略词语“两袒”的来历。人们每引用这个成语或缩略词语时都是旨在讽刺那些贪求两全到了不知羞耻之程度的人。如果有人问这个姑娘一句：“你究竟长了几个鼻子？”不知这个姑娘将如何作答。

汉语中有许多词汇所以历经千百年的使用而不朽而成了经典词汇，就是因为这些词汇各自都包含有一个妙趣横生的小典故或历久弥新的小传说。

在使用诸如“矛盾”、“狼狈”、“折桂”、“问鼎”等常见词语时，如果我们能知道这些词语的来历背景，那么在一些特别需要表达的时候我们就能够恰当乃至精采地使用这些具有奇妙表达功能的词语。

98 年 8 月 23 日于景德镇湖田

黎民·庶民·百姓

“黎民”、“庶民”、“百姓”这三个词在今天是同一个意思，都是指普通的公民或民众。但这三个词出现之初的意思却是迥然相异的。

远古时代，居住在祖国中部地区的炎帝族和西北部地区的黄帝族，联合东部地区的夷族，打败了由南方入侵中部地区的九黎族，抓获了大批俘虏。这些俘虏除了被杀掉的活下来的就成了炎黄族人的奴隶，被称为“黎民”。由此可知“黎民”最早是指没有人身自由的奴隶。

炎黄族联盟最初是由大约一百个氏族组合起来的，每个氏族都有一个区别于别的氏族的姓。在全面战胜了九黎族之后，这约一百个氏族的人就统称为“百姓”，是统治“黎民”的。由此还可知，“黎民”和“百姓”这两个词的出现，标志着中国原始社会的分化瓦解和奴隶社会的诞生。

进入商王朝后，“百姓”逐渐发生分化，部分或全部失去生产资料而破落或破产的那部分人即沦为所谓的“庶民”。但“庶民”与“黎民”是不同的，“庶民”是享有人身自由的自由民。此外，“百姓”和“黎民”通婚的后代在宗法制度下大都不能享有继承权——这些不能享有继承权的人也被称为“庶民”。

随着战国时代的结束，中国完全进入了封建社会，“黎民”一词也就失去了在奴隶社会时的本意。与此同时，“百姓”也终于降级成了仅与“官吏”——即统治阶级相对应的一般民众。直至演变到今天，这三个词之间已完全没有了区别，都是指称普通公民。

透过这三个词的流变史，我们不难想见沧海桑田之迁，以及汉语一些词的词义在漫长的使用过程中的演化之大。

98 年 8 月 28 日于景德镇湖田

浅说“从新”与“重新”

副词“重新”和“从新”常被人们误认为是同义词

（在《现代汉语词典》上，两者就被当成了同义词）。其实，“重新”和“从新”是近义词而非同义词，在使用上是有不容忽视的区别的。

“重新”中的“重”是“重复”和“再次”的意思，“重新”一词有两个义项：A、表示“再次”，即表示同类动作或行为的“重复”；B、表示另行开始，即表示改变原来的方式或内容。“从新”中的“从”是“顺从”的意思，“从新”一词只有一个义项：表示另行开始并有“图新”的含义，即表示追求新的方式或内容。“重新”的第一项词义“从新”没有，“重新”的第二项词义和“从新”近似，但并不完全等同。例如：“重新部署”中的“重”就不能写成“从”，“弃旧从新”中的“从”就更不能写成“重”。

由于“重新”和“从新”都有“另行开始”的意思，故在一定的范围内二者可以通用。如“重新做人”也可以说成“从新做人”（从严格意义上说，这两者也有微小的差别。“重新做人”一般只是对刑满释放人员而言；而“从新做人”则无此限，通常情况下只表示“弃恶从善”的愿望）。

“重新”和“从新”两者之间主要的区别在于：前者后面一定要跟动词，不能例外；而后者后面一般也带动词，但可以例外（后面不带动词时，“从新”就不再是副词了）。试演一例：有一对过去的“狱友”，因一次偶然的机会再次见面了，甲问乙：“还干钳工（扒手）吗？”乙回答说：“我早从新了。”——在这特定的语言环境中，是决不能用副词“重新”来代替动词“从新”的。

在已大大发展了的现代汉语中，完全可以互相替换的同义词并不很多（在古汉语中同义词是大量存在的——这主要是人们把假借字包括在同义字及词中了），而近义词却比比皆是。丰富的、充满内在活力的汉语无疑会随着中华文明的日新月异而继续发展并更新（新词汇会接连出现，而一些陈旧的词汇则会进一步地淘汰或合并），并在发展和更新的过程中表现出这样一种趋向：同义词将进一步减少，而近义词却进一步增多（近义词之丰富程度正是语言之丰富程度的标志）。故此，掌握像“重新”和“从新”这样常用的一些近义词间的区别和联系，对准确地使用我们的母语——汉语来说，是十分必要的。

当你需要表达某个具有一定的深度和广度的意思时，在许多个可供选择的近义词中你取用哪一个，这最能反映出你的“语言功夫”——在这许多个近义词中，肯定只有唯一的一个词是吻合无缝的，而其它的词与这个词之间则存在着远近不等的距离。只有那些“语言的大师”知道哪个词是唯一的一个，一般情况下都能选出与唯一的一个词距离很近的词的人可称得上是“语言的高手”——而那些总是选择与唯一的一个词距离很远的词的人我们只好将其称为“语言的半吊子”。

古老而又神奇的汉语实在是太深奥了，以致这种语言的“半吊子”肯定比其它任何一种语言的“半吊子”都要多得多。

98 年 8 月 29 日于景德镇湖田

话说“东西”

在现代汉语中，“东西”无疑是使用频率最高的词之一。如若追究“东西”一词的出处或典故，也是不乏趣味的。

为什么人们将购货称为“买东西”而不将其说成“买南北”？这个问题早在明末时，崇祯皇帝就曾提了出来。这个看起来貌似简单的问题，当时却一下子问得翰林院内诸位博学巨子张口结舌、面面相觑。其时周延儒任首席大学士，见众人面对皇上突然的一个提问皆哑口，他款款环顾了一周，确信无人敢贸然作答，便暗自庆幸自己又得到了一次当众显示自己学问高深的绝佳机会——他先咳嗽了一声，接着就当仁不让地在崇祯皇帝及众翰林面前信口作了如下议论：南方主火，北方主水，昏夜叩门求水火，没有不施舍的，用不着付钱——缘此，人们只说“买东西”，而不说“买南北”。周延儒言毕，众翰林皆附和，有的赞其渊博无涯，有的称其见解独到。崇祯皇帝对周的机敏与深沉也欣赏非常，对周延儒此说也深以为然。其时无人敢对周的这番议论生疑窦。

直到清朝康乾年间，方有学者龚炜对周说提出异议。龚炜认为周说穿凿附会，纯系临场发挥。龚指出：“买东西”之说源远流长，可上溯到东汉时期。其时大商巨贾多集中在东京洛阳和西京长安，缘此俗语有“买东”和“买西”之说——即指到东京或西京去购物。久而久之，人们逐渐以“东西”代指货物，“买东西”之说遂出现了。张衡在其名作《两京赋》中，曾虚虚实实地极言过东西两京的繁华。

后人大多认为龚说比周说合情理些，但对周说同时也取保留态度。在现代汉语中作为指代名词的“东西”有三个义项：A、泛指各种具体的或抽象的事物，如：语言这“东西”，不是随便就能摸得到边的。B、特指货物（这正是“东西”的最初本意），如：他上街买“东西”去了。C、借指人（大多含厌恶的感情且感情色彩十分丰富），如：老东西，蠢东西，笨东西，狗东西，什么东西，小东西（注意：在和善的气氛或语言环境中，“小东西”之称含有亲昵的感情，如：这“小东西”挺活泼可爱的）。

虽然“东西”一词用来指代人时在不同的语境里有千变万化的感情色彩，但一般都带有骂人的意思。请看这一段对话：“你真不是个东西！”“我是不是个东西，但你是个东西！”——在这里“是个东西”和“不是个东西”完全是同一个意思：不是个人！这是因为在前者的话中“东西”是指代人，而在后者的话中“东西”则是指代非人的物！方块汉字真是奥妙无穷，有时短短的一两句话便足够我们咀嚼玩味再三。

98 年 8 月 30 日于景德镇湖田

就当前诗歌提出的六条观点

一、一个诗人首先应是个哲学家或思想家，否则，其诗作不可能有深邃的意境；

二、作为一个写诗的人，他首先应能写出一手优美的散文或随笔——如他不能写出一手优美的散文或随笔，那么，他分行的文字还能不能称之为诗，是需要打一个大大的问号的。作为一个诗人，他应该也必须是语言的大师；

三、真正的好诗应该是深入浅出、雅俗共赏的——李白、杜甫、白居易的诗妇孺皆可吟，但任何一个学问家都可以对其作无止境的研究。所谓“诗无达诂”，应该理解为是指由凝练、蕴藉、流畅、优美的语言所支撑起的意境的空间是无限的，而决不是指其本身的含混不清或晦涩艰深。所谓“诗的含蓄”，不应理解为语言的模糊乃至错乱，而应理解为语言本身富有艺术张力，从而导致不同的联想或会意——在清晰的台词的背后闪烁着隐隐约约的潜台词的火花；

四、文以载道。诗作为文学的体裁之一，应和散文及小说一样，即便不直接负载教育的功能，起码也应有益于世道人心。作为一首诗，总要给读者一点什么——或一点审美的享受，或一点情操的陶冶，或一点向上的力量，或一点人生的鼓舞，或一点哲理的启迪，或一点警醒的震撼，或一点深沉的思考，或一点切肤的感悟，或一点会心的微笑——如什么都没有乃至竟坏人心术，那它还有什么存在的必要乃至理由呢?

五、和其它体裁的文学作品比较，诗更依赖于感觉。有人强调“诗是感觉的”，这故然不错，但感觉本身并不是诗——诗同样也是功力的。人类自诗诞生以来，所有天才的不朽的诗作，无一不是起初源于感觉而最终成于功力的。排斥功力，是一些人在现代影视文化的挤压下排泄出的一种具有传染性的浅薄;

六、诗和其它体裁的文学作品一样，在指导创作的原则上，只有一个主义——这就是现实主义。现实主义决不应被理解为某种僵化的或程式化的创作方法——现实主义决不是某种创作方法，现实主义是人类文学诞生以来经千百年的创作实践升华总结出的指导文学创作的原则。仅仅作为某种创作方法的现实主义是狭隘的现实主义或旧现实主义，曾经被称之为写实主义——文学创作的方法多种多样，但原则只有一个。现实主义作为指导文学创作的原则，一个诗人或作家既可以自觉地接受，也可以不自觉地遵循——背离现实主义原则，文学作品决不可能经得起时间的汰洗。作为原则的现实主义，是指文学家在投入创作之前即已具备的对人类命运或人生遭际或现实世界或时代风云的至诚关切——文学创作活动只是文学家积极介入而决不是逃离现实人生的特殊方式。当前诗坛乃至文坛的极度混乱，一些治学不严谨的所谓文学评论家或诗歌批评家，是负有不可推卸的责任的。

91 年第一稿
92 年第二稿
93 年第三稿

我与诗歌

我遭受囚禁的叛逆精神渴望宣泄——在我诗歌河流的上游，是我雷霆万钧的激情与冲决障碍的咆哮。

终于幸运终于无奈终于悲哀地抵达河流的中游——追上了不可改写不可回头不可虚构的上帝只恩赐一次的生命。

展望已在天地尽头缓缓站立起来的河流的下游，我想说的是：预言镌刻在那充满血泪与辛酸的象征命运的来路上。

我不敢说我已进入了诗歌的腹地——但我坚信自己向诗歌腹地挺进的执着顽强并对一座依山傍水的别墅充满信心。

我并不是为了一顶诗人的桂冠而写诗的——如那样，我想我的诗决不会有生命力，更不会有震撼人心的力量。我写诗是因为我心里有话要说，不说生命就会窒息——并且，我自信我说出的这些话对于这个世界决不会是毫无意义的废话。

我的思想是我诗歌的骨骼，我的情爱是我诗歌的血肉——我每一首诗的创作冲动与灵感强度决定了这首诗的身材与容貌。

我宁肯欺骗自己也决不欺骗诗歌——因为那是对自己双倍的欺骗！

故弄玄虚或无病呻吟均与我的诗歌无缘——在遣词造

句上，我殚精竭虑的是为走向更多的读者尽可能地排除障碍，而不是通过设置障碍来显示带引号的高妙。

当有一天我的冲动已经衰竭灵感已经枯萎，但我还活在这个世界上乃至活得还十分健康，我想自己还有许多有益社会的事可做——决不至那么愚蠢：去亵渎乃至玷污自己曾经那般顶礼膜拜的神圣的殿堂！

我的诗歌不可能每一首都是才华横溢的，甚至绝大多数都是一些平庸的工艺品——但我的每一首诗都是真诚的：她们全是由灵感与冲动带到这个世界来的孩子。

我日益感到：诗歌或许会给我带来一点什么——在我还活着的时候。但这并不是我心灵成熟了之后的梦寐——尽管我无权反对任何一个我之外的人这么去看。

如果要拣砖头，只有那些天真的孩子或无知的青年，才会瞄准诗歌：一只不可捉摸地飞翔着的鸟。这并不是世俗的乃至职业的选择！

简单的事实是：这是一场投入了整个生命的生死恋——故事或情节均不需要任何画蛇添足的编造。我整个青春的喜怒哀乐完全沉浸在慷慨创造的极度幸福之中。

我活着，为了诗歌与艺术的尊严，抒发心灵世界对真善美不屈不挠、如泣如歌的追求！

92 年 10 月 15 日于景德镇湖田

诗的四种形态及其它

诗呈现的形态有四种：深入浅出，深入深出，浅入浅出，浅入深出。当然，这只是一种概略的说法——绝大多数的诗作并不纯粹地呈现为所列的某一种形态。

诗唯深入浅出方可进入雅俗共赏的境界，非巨匠实难为之——白居易的诗看似平白如话，然才力不逮者实难登其与李杜比肩的堂奥。深入深出乃笨重地进笨重地出，虽不乏高格乃至阳春白雪，然终非巨匠手笔——李商隐的诗虽令一些人五体投地，但与更大多数的读者毕竟隔了一层。浅入浅出乃轻灵地进轻灵地出，虽也能偶出一些男女悱恻的小令，然终为瓦釜之响，无涉横亘千古的奇崛阳刚。

深入深出和浅入浅出均不伤及创作的真诚，乃诗人凭自身天性见识为之，他人不可对诗人人身予以鄙薄。而浅入深出则是浅薄之徒的故作高深，时下所谓的“玩文学”或大学文学系教授也读不明白的“谜语诗”均属浅入深出一类。其实，要读明白干嘛？里面并没有什么宝藏乃至“谜底”。

“狂草藏拙”。连文通字顺的起码要求也达不到的文学青年以“先锋”自我标榜，空前大量的浅入深出诗作对文学报刊的泛滥占领，怎能不将一代诗歌读者丧失殆尽？如没有顾城及一大批步其后尘者的“先锋运动”，汪国真的诗决不可能引起轰动——汪的一度轰动是因为汪清浅切近的短章填补了一代诗歌读者无诗可读的真空。

汪国真比李白还知名，这当然是一种悲哀——“矫枉过正”的悲哀。但矫枉过正的责任并不在“矫”而在“枉”——这就是说：对汪国真的人身攻击是毫无道理的。相反，倒是汪国真对中国诗歌现状给予了这样醍醐灌顶的启示：有一条路是死路。对汪国真或嫉妒或不服都是无聊的——时间会让汪国真回到他应有的位置上去。

“画鬼容易画人难”——因为“鬼”有意逃避了人们客观鉴别的标准。顾城画的是“鬼”，汪国真画的是“人”——虽然汪的诗作类似充斥街坊的画师“仕女”而非高悬庙堂的大家“山水”。

深入浅出出苏东坡类的巨匠，深入深出出北岛类的名家，浅入浅出出汪国真类的风月才子，浅入深出出倒人胃口的顾城及步其后尘者。顾城的自戕是他自食极端个人主义其果——一个诗人竟然舍得脱离他的祖国和人民，这便注定了他自我人生逻辑发展的悲剧结局。

汪国真的诗所以能够“浅出”，实是赖于他较一般人扎实得多的语言功力——否认汪是才子是不公正的。虽然汪诗的思想性不可与北岛同日而语，但北岛的语言功力差汪国真却不下八九千公里。

“浅出”说白了乃语言表达的才华。

要想写出流传千秋的诗，得跨过两道门槛：第一道门槛是“深入”，会将百分之九十九的写诗者堵住——因为“深入”除了需以“万卷书”和“万里路”垫底之外，还需透彻感悟社会与人生；第二道门槛是“浅出”，又会将百分之一中的百分之九十九堵住——因为“浅出”需一分的语言天赋加九分的寂寞孤独的刻苦训练。

为了进一步说清本文的立论，这里假设有A、B、C、D四位教授。A 教授给一群各种学历都有的省部级领导开讲座，就当今世界某项前沿尖端科技给领导干部们扫盲。斜风细雨，举重若轻，极少深奥的术语和冷僻的名词——两个小时过去了，一群各种学历都有的领导们全明白了该项前沿尖端科技的过去和未来、现状与进展。B 教授就该项前沿尖端科技给研究生们上课很受欢迎，但大多数旁听的本科生则腾云驾雾、似懂非懂。C 教授给大学生上课时被轰了出来，学生们在他背后议论："他也是教授？"但 C 去中学开科普讲座时却因口若悬河的演讲和亲切生动的表达而大受青睐——每当上课铃声一响，总有许多漂亮的女学生毕恭毕敬地环坐在前排的座位上：在那些纯真的眼睛里 C 仿佛是这个世界上最有学问的人。

D教授从中学生到博士后的课都不开，他宣称他只能给各名牌大学的著名教授们开课。这天，各名牌大学就该项前沿尖端科技的著名教授们都来了，济济一堂领受 D 的春风。崭新的术语和名词黑鸦鸦一片，深涩的公式推导莫明其妙——两个小时过去了，D 朝台下深深一鞠躬，然后问："各位都听明白了吗？"事实上都没听明白。但不懂装懂地点点头者却大有人在。当然，许多生性忠实者面对这一问及一些同仁深领其妙的神色只好低下羞愧的头，一任汗气在自己的额上直冒。一丝微笑从 D 的嘴角飘过——突然，站起一人振臂一吼："骗子！"霎时举坐哗然。

A、B、C、D 代表的正是诗的四种形态。我大学时是学航空的，知道飞机有三类：一类高低空性能都好，一类高空性能好，一类低空性能好——第四类不是飞机，是对银河系作友好访问的宇宙飞船。

曹禺的《雷雨》也可看成是深入浅出的一个极好的例子。台上任何人物之间的对话，台下即便是不识几个字的工人或农民观众也决不会有谁说台上的台词我在台下听不懂；但任何一位大学教授坐在台下，也会对台上繁漪、周萍、四凤、鲁贵、侍萍之间揭示人物关系的微妙而又警策的对话听得津津有味。因深入浅出而雅俗共赏，致使《雷雨》历经几十年而盛演不衰，造就了一批又一批脱颖而出的话剧演员。话剧如只雅不俗便不会有上座率，如只俗不雅又不会有恒久的生命力（话剧的雅和俗可分别理解为观赏性、愉悦性与思想性、艺术性）——而雅俗共赏的剧本只能出自曹禺这样的天才之手。

虽然“浅白”是诗家的大忌，但“大白”却仰仗诗家炉火纯青的艺术功力——我们不妨把“浅白”和“大白”分别看成是浅入浅出和深入浅出。诗歌艺术上的“大白”是闪电击穿乌云之后的静物写生。“大白”决不是“大白话”——“大白话”是没有深刻内含的非诗语言。一段“大白话”分行排列可以是说唱台词或顺口溜，但决不能成为严格意义上的诗。

最好的诗是从中学生到博士后都可读的诗——能各取所需，各取适合自己吸收的精神营养。当然，这只能是那些“横看成岭侧成峰，远近高低各不同”的大家手笔。因为不同层次的读者在数量上呈金字塔结构，所以小圈子里一片喝彩的集子出版商不一定买账，而出版商欣赏的集子却可能为小圈所不屑。

有种现象特别有趣：中学生中学毕业后会将所读过的书籍几乎都送给废品收购站，而大学生挑来拣去所购的一些书籍却可能永远驻守在书架上。这就是说：一本出版十万册的书和一本出版一千册的书一同经历了几十年的岁月后，出版十万册的书民间存在可能已不足十本，而出版一千册的书消失掉的竟不多于十本。当然，最令文字匠们醋劲大发的是那些世界名著：每隔三五年都能再版数量不小的一批，但却很难在废品收购站里找到一本。

本文提出“诗的四种形态”一说并举例阐发，会有助于对当前一些诗作的认识同时也廓清一些混乱。

93 年 12 月 17 日于景德镇湖田

诗人的档次

诗人分四个档次：大诗人，著名诗人，有名诗人，无名诗人。

李白和杜甫属大诗人，孟郊和贾岛属著名诗人，刨去大诗人和著名诗人不算《唐诗三百首》上余下的人名再剔去五分之一弱些的剩下的便属有名诗人，《全唐诗》上有名而《唐诗三百首》上无名的全属无名诗人。

可以想见：今天我们许多诗人头上的一顶不匹配的帽

子被风吹落只是一个时间问题——因为这太残酷了：《唐诗三百首》的时间跨度乃三百年也！

别林斯基说：“任何伟大的诗人之所以伟大，是因为他的痛苦和欢乐深深地根植于社会和历史的土壤里，从而使他成为社会、时代、人类的感官和代表。”大诗人是那些大时代罕见的标志——就个人人生而言，他应能够从一己的痛苦走向历史的痛苦，从一己的不被理解的孤独走向对民族和人类的深刻理解与思索。

朗费罗说：“各国的伟大诗人，并不是国家性的，而是世界性的。”著名诗人应是那些能够得上“伟大的世界性的”等级的诗人——就创作本身而言，他应能够以自己独特的视角来观察自然和社会，进而以自己独特的感受对世界和人生做出自己独特的认识和评价。

当然，本文所定义的“大诗人”和“著名诗人”都不是指诗人生前所能获得的封号——这样的帽子只能等诗人百年之后由文学史客观公正地加冕。

一个人要想成为有名有姓的诗人，他就应在漫长的岁月里刻意训练自己的艺术感觉，丰富自己的文化积淀，砥砺自己的语言锋刃，陶冶自己的审美情趣——进而张开自己捕捉灵感的怀抱和一颗受缪斯垂青的头脑。

95 年 10 月 11 日于景德镇湖田

关于诗的断思

最纯粹、最严谨、最精致、最尊贵的文学莫过于诗。所以贝多芬说："伟大的诗篇，是国家最珍贵的宝石。"

诗贵在有诗眼，诗眼贵在能传神——不能传神的诗人不妨多看几眼美人的那一回眸吧！

诗还贵在有意境。意境之于诗，犹如芳香之于花，光华之于星，眉目之于情，闪电之于雷。王夫之曾说："无论诗歌与长行文字，俱以意为主。意犹帅也，无帅之兵谓之乌合。"王夫之这里说的"意"是指"立意"，诗当然要有"立意"，否则一堆辞藻便成了"乌合"之众——但"立意"与"意境"恰是一对形影不离的双胞胎。"立意"浅则"意境"必浅，"立意"曲径通幽则"意境"必一波三折。

白居易曾说："文章合为时而著，诗歌合为事而作。"诗，一定要有感而发，切不可无病呻吟——无病呻吟是无聊者对缪斯的亵渎。

克雷说："诗是能呼吸的思想，会燃烧的文字。"许多优秀的诗篇都是旋转在历史大道上的车轮闪耀出的光和影。

诗，应走出世界来观照世界，走出人生来观照人生——没有超越局限的"走出"，就没有居高临下的"观照"。

好诗应有奇思妙想或陌生语言——而这只能取决于诗

人的禀赋。

诗，要用最经济的语言来表达最丰富的思想。诗是文学中的文学——诗，最致命的弱点便是语言上的松散。

诗，如果难懂的话，真正难懂的决不是那些深奥的诗，而是那些故作深奥的诗。

诗和歌是一对孪生姊妹，其区别在于：诗更凝炼悠远一些，歌更流畅切近一些。诗起源于歌，诗和优伶的距离是逐渐拉开的——虽然今天诗之优劣并不需要通过优伶来检验，但好诗还是应该能够高声诵读的，虽然能够高声诵读的并不一定都称得上是诗。

写短诗并不一定比写长诗轻松，这正如制作一块金表并不一定比制作一座木钟容易一样。

在诗的创作过程中，对形式与技巧的刻意追求，常常是掩饰内容苍白的一种方式；而无意间遗忘了形式与技巧，往往是精神高度凝聚的状态——或者说是进入了物我两忘的纯诗境界的状态。

自由体对格律体的超越，是诗在形式上的一次突变。《雨巷》作者戴望舒有这样一段话：“诗的韵律不在字的抑扬顿挫上，而在诗的情绪的抑扬顿挫上，即在诗情的程度上。”这段话指出了现代诗与古体诗在艺术形式上的根本分野，同时也点透了自由体对格律体的超越所在的一个重要方面。

想象和情感两者缺一，都没有诗。戴望舒还说：“诗是由真实经过想象而出的，不单是真实，也不单是想象。”真实是情感的基座，情感是真实的升华。

诗，必然显现出诗人自身——即便是那些不诚实的诗，也同样是作者不诚实的灵魂的显现。诗神是不能欺骗的——她要求的首先是情感上的忠实。

文贵新意，诗贵发现——没有发现便没有诗。用诗之语言传达诗之发现称之为诗之表现——缺乏表现才华同样不会有脍炙人口的诗。发现和表现是诗人翱翔诗之蓝天的一对翅膀。

有永恒的题材，也有永恒的诗篇——但这并不等于凡写永恒题材的诗篇都能永恒。写今天，写即刻，并不等于就失去了明天和未来。许多古今中外的大诗人，正因为他们能各自成为自己所在时代的徽章，才各自赢得了自己的不朽！

如果把诗当作人生的钓饵，那么钓起的只能是失望——诗的翅膀从来都驮不动那些世俗的功利。

诗，可以是深邃的大海，藏着无限神奇；也可以是清澈的湖水，映着天光云影；但决不能是一片泥潭，用浑浊掩盖着虚无。

在任何时候哲学都代替不了诗，然而诗却常常可以揭示哲理。所以艾略特说："诗歌，丰富了我们的精神世界，并磨练出我们认识周围事物的本领。"

王尔德说："诗是强而有力的感情自然迸溢的结果，而悄然回忆的感动便是诗的泉源。"古今中外所有那些优美动人的情诗，三分之一是求爱时写的，三分之一是失恋时写的，另三分之一或许是相爱时写的——但这三分之一中的大部分恐怕又是离别时写的。如怨如诉的诗歌，与成熟的爱情或美满的婚姻是没有多少缘分的。

写诗出人头地得同时具备四个要素：生活，知识，语言功力，才子气质。没有生活诗无支撑，没有知识诗无力量，没有语言功力诗无模样，没有才子气质诗无灵光。几句话分行排列或在语言上玩点小花招是不会成气候的——分行文字与诗是完完全全的两个概念。

孔子曾说："诗，可以兴，可以观，可以群，可以怨，尔之事父，远之事君。"这段话是中国最早对诗的作用做出明确概括的一段话，高屋建瓴，放在今天加以推敲仍然十分周延。用今天的语言站在今天的高度概括地说，诗之主要功能有三：言志，道情，抒理。"诗言志"指诗能言说人生抱负和追求，"诗道情"指诗能倾吐人生情怀和爱憎，"诗抒理"指诗能抒发人生哲理和感悟。

海涅说："诗人至多，好诗却绝少。"能够经得起时间汰洗的诗作的确是绝少的——留传下去的只能是那些凝情感和哲理于一体的、具有鲜活生命及时空穿透力的辉煌诗章！

用刀子划开皮肉，自然会流出血来——用痛苦划开思想，流出的自然是诗行。诗是思想流出的血，诗是艺术的拱顶之璧。雨果曾是这样期望着诗："当我们以某种方式感受诗歌的时候，我们情愿她居于山顶和废墟之上，屹立于雪崩之中，筑巢在风暴里，而不愿她向永恒的春天逃避。我们情愿她是雄鹰而不是燕子！"

95 年 10 月 14 日于景德镇湖田

关于诗人的断思

诗人既不是木桩也不是插花，诗人是人类这棵大树上的树梢——总是代表人类最先感应风的方向和强弱。高尔基说：“诗人应当是世界的回声，而不仅仅是自己灵魂的保姆。”

诗的灵光是诗人纯粹的个体与人类斑驳的总体相碰撞迸射出的火花——诗的尊贵，来源于诗人自身的纯粹。爱亨德勒夫说：“诗人是世界的心灵。”

柯勒律治说：“心灵里如果没有音乐，决不会成为一个真正的诗人。”一个真正的诗人，他的心胸中总会葱茏着一股诗意：这股诗意是生活、思想、感情三种要素的总和——这三种要素融和在一起，便形成了一条不竭的溪流，在诗人的心胸中如管如弦地潺潺流淌。一遇骤雨，小溪就会突然暴涨——这就是诗。心胸中干涸着，像一片沙漠，是不可能写得出诗来的。

浮躁和轻薄只是三流四流诗人的特征，而一流二流的诗人都肯定会有一颗善于沉思的头颅。柯勒律治还说：“一个人如果同时不是一个深沉的哲学家，他决不会是个伟大的诗人。”

在语言上，真正的诗人是尽可能地为读者排除障碍，而冒牌的诗人则是尽可能地为读者设置障碍——那些才气不济或功底浮浅的所谓的“诗人”，总是乞灵于似是而非的模糊和狗屁不通的朦胧，以冒充智慧和高深。

诗人应该是一个有学问的孩子——首先是一个孩子，其次才是学问。只有首先是一个孩子，他才能在必要的时候像踢球一样踢上学问一脚。孩子踢球，在诗人那里就是情感放逐理智。

诗人是含辛茹苦的农夫，须在耕耘、播种、灌溉等一系列劳作之后才有收获。若像拣麦穗那样去经营诗，是注定不会有出息的。

诗人有美的灵魂，诗才有灵魂的美——诗人，应该使美的在丑的面前更显其美，丑的在美的面前更显其丑，以达到强化读者爱憎的效果。

诗人应该是情感的富翁——因为所有的诗都是从情感的胎盘娩出。别林斯基说："没有情感就没有诗人。"

诗人还必须有只属于自己的个性——因为诗是最依赖于个性的文体。所以别林斯基又说："诗人的个性越是深刻有力，就越是一个诗人。"

伟大的诗人没有一个是游离于自己的时代之外的。所以别林斯基还说："在构成真正诗人的许多必要条件中，当代性应居其一，诗人比任何人都更应该是自己时代的产儿。"

诗人，对于那些为常人所忽略的心灵微妙的颤动，具有高度的敏感，即便是在没有外界刺激的情况下，凭借血液循环的力量，一个真正的诗人也照样能飞翔着这种敏感，并能准确地表达出这种敏感所捕捉到的秘密。

诗人不是疯子，但诗人在写诗的时候应是诗的疯子——诗人的"疯"表现在对带韵语言的痴迷上。

诗人的桂冠不是任何一所大学能够颁发的——因为诗没有教程，没有ABC。所有的"写诗入门"之类均为欺人之谈。古今中外所有的大诗人都是凭过人的悟性无师自通的——但在摘取桂冠的道路上，总是布满了荆棘。

大诗人或明白诗人看别人的诗是心里透亮的，但看自己的诗或许需要隔一段时间才能做到不差毫厘。著名诗人以上级的基本上都是明白诗人，但以下级的就两可了。有眼高手低的诗人，但决没有手高眼低的诗人。

在诗的创作上，拜师学艺的事自古以来还不曾有过成功的范例。诗是皇冠艺术，不是可以手把手地相传而行世的如木匠或石匠之类的技术行当。世间多衣钵相传的木匠或石匠世家，但却很少有世袭的诗人世家。

没有源自于内心的巨大冲动或奔流，或没有源自于生活的强烈逼迫或召唤，这个世界也就没有诗人诞生的出口或门。孔子有一句话说绝了：“不愤不启，不悱不发。”焦灼，是诗人煎熬于难以割舍的创作状态的护照——如果诗人发胖了，那么诗大概也就该体检一下了。

诗人所表达的首先是自己的心灵与思想，而不是晚会的脸谱或节日的服装。惠特曼说：“伟大诗人的优点不在引人注目的文体，而在不增不减地表达思想与事物，自由地表达诗人自己。”

艾略特说：“一个伟大的诗人写他自己的时候就是写他的时代。”诗是抒情的最高文体，一个真诚的诗人是无法回避写自己的——问题在于你写的是小我之休戚还是大我之悲欢？一个诗人用不着为写了乃至充分写了自己而害羞——要害在于：从心灵到人格，你是不是都是伟大的？只有那些伟大的诗人，才有表现乃至剖露自己的特权！

95 年 10 月 15 日于景德镇湖田

关于写作的断思

写作本身并不应该是写作的目的，写作不过是表达心灵和抒发感受的一种特殊手段——有所表达和抒发是写作的前提。

正是太多的那些以写作本身为目的的写作使我们这个拥挤的世界充满了文字的垃圾。什么“我酷爱写作”，什么“写作是我人生的方式”，什么“我就是为了写作而活着”——光凭这些表白乃至谵妄就能写出不朽的作品从而成为一个大作家了吗？笑话！

一个除了“写作”之外便再也干不好乃至干不了其它任何事情的人肯定是一个不适合写作的人——即他是决不可能写出任何有价值的作品的。一些本来可以干一些其它事情的人，正是由于错爱上了“写作”这个并不爱他的姑娘，结果弄得自己一生穷困潦倒乃至疯疯癫癫。

如果把写作看成是“表达心灵和抒发感受的一种特殊手段”——即“有话要说”且“不说难受”的结果，那么我们就不难理解：为什么一些作家成名之后再也写不出像样的东西了——在这个世界上，能够不断推出好作品的机器是不存在的。那些错以为自己是“能够不断推出好作品的机器”的人，缺少的是自尊乃至自爱。

“有话要说”且“不说难受”是一种内驱压迫，渴望宣泄这种压迫的冲动即是所谓的“激情”——创作激情。

一个作家成名之后，生存状况和人生要求得到了部分改善和满足，使自己得以成名的激情也就不复当初了。如果写作还在继续，那么其动力应另有支持——这种支持最有效的只有也只有一种：即对人类社会和现实人生的热爱。一些作家在成名之后正是凭借“对人类社会和现实人生的热爱”之情，才得以继续写出许多闪光的作品——这些作品充满了对人类社会的关注和对现实人生的透视。

一个真正的作家在他成名之后写作的产量很小乃至竟然不写了干别的去了，应该被看成是很正常的乃至恰恰是值得提倡的行为。何况一个成名的作家报答社会的方式并不唯有继续勤奋地写作一途——这正如书有有字之书和无字之书两种一样。一个作家成名之后，如果他不能自觉地节制自己的写作，那么即便他的天分足够他的写作不重复别人，也不足以支撑他不重复自己——而重复的作品是没有多大价值的。

对那些立誓或宣称“每天要坚持写多少多少字”和“一生要写多少多少本书”的所谓的作家，我是不屑一顾的——写作怎么能像物质生产一样有数量指标呢？一些作家本来很有才气，但由于他的好作品受到自己差作品的玷污乃至掩埋，结果一生都停留在名作家的档次上而进入不了大作家的行列。只有极少数写作态度十分严谨的作家才有可能成为大作家。古今中外最伟大的或最值得尊敬的作家是这样的作家：终其一生他全部作品中的任一件都是有感而发、文学水平起码在中等以上、既不重复别人也不重复自己的作品，上等和上上等作品加起来在其全部作品中起码占一半以上的作家——因为这样的作家除了超人的天赋外，对待写作具有宗教般的虔诚。

因为真正的好作品是可遇不可求的，所以“作家”这一称号既不能将其当作一种职业去角逐，也不能将其职业化。

这里讨论一下张恨水。张恨水能不能算一个大作家？张一生以写作为业，作品可谓等身，且大都很卖钱。但综其全部作品对一个社会或时代并不构成巨大的认识价值。可以说，张全部的作品加起来在认识价值上抵不上鲁迅的任何一部中篇小说！张绝对算不上大作家，至多不过是一个三流作家或名作家、高超的“编故事匠”而已！像张这样高超的编故事匠当然是那些连故事也编不圆的写作者不可同日而语的，可以算得上是名作家，但绝对挤不进大作家的厅堂！张的作品主题思想大都是雷同的，同时又是肤浅的。

时下一些走红的书一本接着一本出的吃得嘴角流油的作家，看家本事不过是编故事的奇技而已。曹雪芹或司汤达的背影尚未从地平线升起。

在一个创作座谈会上，一位我原本印象不错的作者说：“我除了写作还能干什么呢？我只有写作！只有写作才能证明我！”听了他这番话后，我是再也不会去看他写的东西了——因为那不过是些“为了写作而写作”的东西。

“创作欲”和“写作欲”应该被看成是两个概念。“创作欲”是进入写作的内驱动力，而“写作欲”不过是一些人在自身之外引诱下产生的一种自觉或不自觉的自我强迫罢了。“创作欲”不要去压抑，但要克制“写作欲”。“创作欲”和“写作欲”的分野在于：前者源于心灵的巨大冲动，而后者仅是类似于生理上的某种欲望。当然，“创作欲”和“写作欲”的说法是指两种极端的状态，在这两个极端之间是一段很宽的过渡状态——这也说明了为什么好作品与差作品之间间隔了那么多的层次。

任何一个名作家之所以成名，“创作欲”连同“发表欲”的驱动是先决因素。随着作家的成名，“创作欲”会有不同程度的衰退，而名利等因素的条件反射将会导致“写作欲”的崛起与强化。

一个作家成名后能不为物欲所役，能继续通过读书去开拓自己的视野，通过深入人生进而进一步挖掘人生，继续对社会和现实保持热情的观察和思考，从而维持低频率高质量的“创作欲”，自觉地抑制闭门造车的“写作欲”，那么，只要他才华足够，摘取伟大作家的桂冠就势所必然了。

一些“文学青年”之所以总是停留在“文学青年”的阶段，且不论其写作才具如何，那一摞一摞汗水成河的手稿，都是在成名成家的诱惑下产生的“写作欲”的推动下炮制出来的。应该清楚：这个世界上适合当作家的人毕竟是极少极少数。在过度强调“政治倾向”的年代，一些并不具备作家素质的人混上了“作家”的称号，那不过是一种云烟现象而已——因为作家的称号最终能否立得住，在哪个档次上，是要由历史和后人根据其作品做出公正结论的，而决不取决于其生前曾为其付出了多少“诗外功夫”。

一流的作家总是越写越少，而越写越多的作家最多不过是一个三流作家。一流的作家首先是一个自爱的作家。

决定一个作家档次的决不是作品的数量，而是作品的质量。曹雪芹靠一部《红楼梦》，司汤达靠一部《红与黑》，与日月同辉。

“文章千古事，得失寸心知。”写作，这是一项极其严肃的投入。

如果说写作有目的，那么写作的目的是也只能是：向人类提供有价值的精神财富——并凭此助益人类的进步。

96年8月23日于景德镇湖田

我的散文

童年，母爱，故乡，亲情，这是现代散文的四大题材。随便翻翻任何一本文学杂志或一张报纸副刊，总会见到这四大题材的作品。这四大散文题材已被数量庞大的现代作家们写透了，同时也写滥了——即雷同和撞车太多了。除了这四大题材外，跋山涉水和观光旅游之类的游记散文也是现代作家笔下的热门题材。

童年，母爱，故乡，亲情，我都有，我都不缺。但我基本上将这些内容都摒除到了自己的散文写作之外——它们仅仅只是我个人心中美好的回忆和永远的怀念。因为我明智地知道：如果我也来凑热闹写这些东西，那么肯定不会比别人写得更好——即不可能向读者提供独到的新鲜感受。心灵成熟了以后，我曾细细地想过：就这散文的四大题材，于我而言缺少唯我独有而别人皆无的内容。没有自己独有的内容，出路只能在"怎么写"上下功夫——而这又恰恰是我比不过别人的地方。于是，我只好识趣地后退了。

虽然我去过的地方并不一定比那些擅长写游记的作家少，但出于同样的原因，在我的散文里几乎没有纯粹描写山姿水色和自然风光或记述名胜古迹和风土人情的篇章。

从我的散文里，很难检索出我的血缘亲属和社会关系，也很难窥视到我的饮食起居和生活琐碎，但却不难看出我对世事的爱憎和鲜明的是非观，也不难发现我对真善美智的执著追求和对高尚人生的虔诚向往。

我的散文所写的几乎都是我人生中的一些我认为有必要写下来的真实际遇以及我在这些际遇中的所思所感。如果这些我认为有必要写下来的真实际遇尚不能保证写作内容上的唯一性，那么还有第二道防线：这就是在这些际遇中我个人的所思所感。那些没有给我带来敦促我提笔的思考和感触的际遇，以及流水一般不竭的日常人生，是进入不了我的散文的。

我的散文写作是我诗歌写作的补充——它们是诗歌形式不能容纳而只有诉诸散文形式的内容。我的散文和我的诗歌一样，缺少花样，是朴实的——它们以充盈的内容跻身于这个拥挤的世界上。我的散文也是我的诗歌的部分诠释——因为我的散文写作和我的诗歌写作一样，都是我自身人格和品质的实践。

能给我带来敦促我提笔的思考和感触的人生际遇或我认为有必要写下来的人生际遇毕竟是有限的，因此我散文的数量自然也是有限的。我所有的散文都归拢来，能出一本书——一本不算薄的书，我已满足了。这本书于我而言，足以构成整个人生的纪念；于读者而言，我祈求读过后能不生生命被浪费了的遗憾。

由于我严格地遵守了散文的非虚构性原则，所以我的散文也是我真实的人生在大地上的投影。

经历和体验是支撑起我散文的躯干，思想和人格是抬举起我散文的头颅！

00 年 7 月 29 日于景德镇湖田

散　文

登滕王阁记

少年时，一篇《滕王阁序》令我百诵不厌——每诵一回，我便为年少的王勃气贯山河的才华陶醉一回。那华美的辞藻，那工整的对偶，那一泻千里的铺排，那对江山勾魂摄魄的描写，那对天地透彻肺腑的感触，那对人生豁然通达的顿悟——所有这一切，无不令我倾倒，无不令我膜拜。

在一片锣鼓声中，新建的滕王阁终于于89年10月 8 日在赣江东岸的沿江路上落成并对游客开放。出于对王勃雄文的钦慕，也希望能勾出一些思古之幽情以冲销冲销我人生颠沛中的疲倦感，我于今日上午花两元钱买了张门票，作为一个孤独的游客来到此阁。

1989年10月26日的早晨，大雾笼罩，细雨如丝——一如我苦涩不尽的青春。寂寂登上阁的顶楼，只见水天远处一片灰暗。新建之阁为笨重的正方形钢筋混凝土建筑。阁上，沿廊徐徐漫步一周，便可将东南西北四面的景观一览无余。景观可以一览无余，关键是韵味不应顷刻嚼尽。

阁的东面是市区密集的房屋和蜂拥的人群，在烟雨溟濛中，令人感到路途梗阻的窒息。西面便是王勃笔下“襟三江而带五湖，控蛮荆而引瓯越”的赣江。只是“落霞与孤鹜齐飞，秋水共长天一色”的淡泊宁静的图画荡然无存——入目的竟是一只只柴油机船突突地喷吐出的一股股黑烟，以及油花刺目的污浊的江水。南北瞠决睚眦，沙土色的江面上也不见一只水鸟，不见一件蓑衣，不见一叶渔舟——稠密的人口对大自然过度的索取，终于使大自然变得面目狰狞。

伫立阁上，听任斜风细雨，极目水天尽头，我开始梳理我登临此阁的感受。

新建之阁的确没有才气。王勃的雄文遮不住设计者的平庸——那穿过悠悠岁月的回响却益发烘托出现代人的浅薄。

整个阁楼结构平铺直叙，显得呆板；层次不成递进，缺少节奏和奇特的音符；色彩大红大绿大紫，俗不可耐。阁内细腻的水磨石地面其细腻的程度，令人想起婴儿嘴角溢出的牛奶。唯独未再沿壁雕龙画凤，稍稍超脱了些。然而过多布置的尽是空洞无物的楹联和水墨画卷，太滥了。楼梯口迎客而立的售货点令人感到腥咸的现代商业气息——其小商品售价之高使人想起从摩登咖啡厅里飞出来的苍蝇。王勃当时挺身作序时“潦水尽而寒潭清，烟光凝而暮山紫”的氛围，是彻底地无影无踪了。

令我纳闷的是：尽管阴雨天气，但仍游客如云——阁楼下停立的轿车和客车加起来恐怕不下五十辆。看来，天下多有附庸风雅之士及猎奇求欢之徒，古今中外概不能免。

在阁的顶楼静静地伫立了三四支烟的工夫，我开始下楼——穿过并摆脱拥挤的人流，默默地离去。慕名而来，扫兴而归——今生，我大概是不会再第二次登临此阁了。

离去的路上，偶一回首，我感到新建之阁的确外廓宏大——但因缺少空灵的气韵，令人徒生钢筋混凝土之类的现代建筑材料堆砌出的规模臃肿之悲。

最后一次回首新建之阁的远影，我又想起了阁内那些过多布置的应景的楹联，其中大部分出自一些所谓的名家之手。当年，李白为了抒发情怀，吟咏三楚江山，踌躇满志地登上了黄鹤楼。可待他读了高悬在上的崔颢的《黄鹤楼》后，只好怅然作罢，留下“眼前有景道不得，崔颢题诗在上头”两句话，便悻悻而去。一代诗仙，在一处享誉天下的名胜古迹竟然不能留下诗作，郁积在李白胸中的不平之气可想而知。郁积在李白胸中的这股不平之气，一直等到他次年抵达金陵登上凤凰台之后才得以酣畅淋漓地宣泄。在凤凰台上，他饱蘸凝聚了历史、现实、人生的墨汁，步崔颢韵一气挥就了足以与《黄鹤楼》匹敌的《凤凰台》——从此了结了他在黄鹤楼上所遭的崔颢之辱。客观地说，就才华而论，李白无疑略胜崔颢一筹——但在黄鹤楼上，李白写不出可与已被崔颢写绝了的《黄鹤楼》媲美的诗篇。后代的评论家们几乎一致认为：《凤凰台》与《黄鹤楼》是闪烁在诗国星空上的一对耀眼的双星。

新建之阁虽然远配不上王勃千古不朽、代代传诵的美文，但由于经济效益显著，得以成立一个“滕王阁管理处”，安置几个官员，同时也解决了一些闲散人员的就业——但这已是另一种意义上的话题了。

此阁落成前后，千篇一律的喝彩文字层出不穷，屡见报刊。在一片“前无古人”、“匠心独运”、“美不胜收”的鼓噪声中，我弹拨一个不和谐的音符，聊作瓦釜之响。

是为记。

89 年 10 月 26 日草稿于南昌

90 年 9 月完稿于景德镇湖田

精神的生脉饮

因手术中失血过多，手术后大夫们给我开了许多盒北京中药厂生产的高级营养口服液“生脉饮”，并嘱我一日三支，早中晚各一支。该口服液包装盒的封面上赫然印有“益气复脉，养阴生津”八个大字——这对那些迷信补药乃至过度惜命的同胞们，的确是有很大吸引力的。但对一贯淡漠乃至怀疑药补的我来说，除了一笑之外，这几个烫金的字是没有多大诱惑力的——尽管我一贯体虚，不惟是这次手术才需要营养。

开始几天我勉强遵从医嘱一日三支，不想这紫黑色的水液加剧了便秘并引起嘴唇起泡——毫不犹豫地，我将服用量减为一日两支，没两天又减为一日一支。服用这种东西还挺啰嗦，得先用一小砂轮片将瓶颈磨个口子，接着还要将瓶头掰掉，最后才能通过一根小吸管享受——没过几天，我连一日服用一支的耐心也没有了——这紫黑色的水液毕竟不是美味的饮料，口感苦得很。再说，仰卧在床上享受这种东西也不太方便。

对于一片空旷的心灵来说，除了富有营养的书籍外，这个世界上并不存在任何补药。

白天由于常有亲友来访，分散一部分注意力，因此刀口处的疼痛也就很难一泄无遗地发作淫威。在人来人往的白天得不到发作，疼痛便欲在静寂无人的夜晚行窃行盗——怎奈堆满床头的书籍又成了一道遏制疼痛放肆的大堤。

沉浸在古诗古文里，便觉得自己的心灵仿佛是沐浴在老祖宗们智慧的阳光里——如痴如醉地吮吸。每每沉吟之际，总感古人为诗为文之严谨与今人为诗为文之浅薄，反差有如云泥——这大概是因为古人为诗为文除了无稿费之补偿外，笔墨纸张的成本也不允许信笔涂抹吧！耐咀嚼的古诗古文病榻上看久了吃力，因此，阅读只好交叉进行。

我比较偏爱德意志的哲学。巡游在康德、黑格尔、叔本华、尼采等人充满思辨的著作里，简直是智慧的淬火并悟性的磨砺。每每掩卷之际，我便深感德意志这个民族的确不同凡响——像希特勒这样震撼世界的固执的狂人，若没有德意志民族这张产床，大概是不会降临这个世界的。强大的俄罗斯民族复仇的烈火，曾将这块第二次世界大战的策源地焚烧成一片焦土和废墟——不想短短的三四十年内，这个民族忍辱负重，饮恨自强，在一片焦土和废墟上创造出了令全世界震惊的经济和科技奇迹！作为这个民族最悲惨的一页，莫过于当初无可奈何地接受一分为二的事实了——不料斗转星移，在两个超级大国角逐的夹缝里，在上半场球和下半场球之间停赛的一刻钟里，两德的统一倏忽竟成了摆在整个世界面前的眼睁睁的事实。紧接着统一之后的第二部曲，“维护和平”的俄罗斯驻军的撤出，如果说多少会有一些悲剧色彩的话——那么，早迟一天总会到来的第三部曲，似乎是世界头号强国的美利坚帝国的军队挥手告别，表面上一定会充满喜剧的色彩。都想将别人的利益攥在自己的手中，充自己的牌，似乎聪明绝顶

——说不定到头来，反做了更聪明的别人的嫁衣。

在整个世界走向和平走向缓和的潮流中，我为两德的统一衷心祝福——但同时也默默地祈祷：愿重新统一后的德意志永远都将是一个热爱和平的民族！

每每卷帙在手，往往浮想联翩，无端逸出些古里古怪的思绪来——这大概也是为什么我能够常常耽溺在书籍中的原因吧！

品味德意志的哲学也不轻松。病榻上，如果说老祖宗们的古诗古文是萦回的丝弦，德意志的哲学是激越的管竹——那么，卜伽丘的《十日谈》就是欢快的打击乐了。

全书由十个结伴逃避瘟疫的男女青年（七女三男），沉浸在作者描述的充满自由和博爱的伊甸园里，分十天讲述，每人每天讲述一个，共一百个精采纷呈的故事组成。通过这些故事，作者塑造了从国王到贫民各个社会阶层及各种职业的人物形象，向我们徐徐展开了一幅欧洲中世纪末叶的血肉丰满的世俗生活画卷。其中很大一部分笔墨，作者都留给了那些所谓的天主虔诚的子弟——神父和教士们。作者如实地揭露了那个时代在政治、经济、思想等各个领域对劳动人民实行全面专政的天主的子弟们在满口仁义道德的背后，所从事的都是些何等卑劣的勾当！

透过一串嬉笑怒骂、诙谐幽默的故事，我们看到了在那个天主教会的统治极度黑暗的社会里，作者毫无顾忌地提倡人性反对神性，提倡人道反对神道，提倡个性解放反对宗教桎梏所放射出的人文主义思想的光辉。在一层又一层地剥下宗教的外衣之同时，作者还鞭笞了贪婪、吝啬、欺诈、伪善、狭隘、自私等等恶劣的品行，热情歌颂了友谊、爱情、善良、勤劳、正直、诚实、勇敢、智慧、慷慨、无私等等这些人世间美好永恒的品性——这也反映了作者本人对人生和生活的热爱!

凭借无畏的批判精神，运用通俗的文学形式和现实主义的文笔，卜伽丘第一次在文艺领域内，对统治了欧洲近千年的天主教会的尊严予以了彻底的否定。如果说但丁的《神曲》吹响了欧洲文艺复兴运动的序曲——那么，毫无疑问，是卜伽丘的《十日谈》奏响了这一伟大运动的第一乐章!

由于卜伽丘在教会的威胁、利诱、辱骂、围攻面前没有屈服，结果，在他整个下半生里都充满了贫困和孤独。在精神遭受了非人的折磨之后，他曾于落魄潦倒的晚年向教会做了忏悔，并请求教会对他能予以宽恕。可是，他一死，不等落葬的尸骨冷却，对他恨之入骨的天主教会就挖掉了他的坟墓，扔掉了他的墓碑，以至后人游历意大利凭吊古迹时，徒生遗憾——这只能是美丽的古城佛罗伦萨永恒的悲哀，以及罗马教廷永远不能推卸的耻辱!

下面让我来具体地剖析几个具体的故事吧——

全书的第二个故事《杨诺劝教》说的是：基督教商人杨诺和犹太教商人亚伯拉罕十分友好，杨诺屡次三番劝亚伯拉罕抛弃犹太教，改信正宗的天主教。盛情难却，亚伯拉罕最后表示，如非要他改变信仰不可，得先让他去罗马考察一番——他要看看天主派遣到这个世界上来的代表们都有哪些德行。杨诺竭力阻止亚伯拉罕去罗马——因为杨诺知道，一旦让他看到罗马教廷的真实面目，他是决不可能再皈依天主教的了。可亚伯拉罕执意要做罗马之行，杨诺也无可奈何，只是懊丧地认定——要亚伯拉罕改信天主教，是不会有指望的了。到了罗马之后，亚伯拉罕顿刻惊呆了：整个教廷从上到下无一不是寡廉鲜耻之徒——盗卖圣职，玩弄妓女，花天酒地，百无禁忌。不料亚伯拉罕从罗马返回巴黎之后，却义无反顾地改信了天主教，接受了基督的洗礼——从此加盟到天主信徒的行列中。因为亚伯拉罕认识到：不论这帮蛀虫是怎样拼命地蛀食着天主教会的大厦，可天主教会的大厦照样岿然不动——这说明这座大厦是根深蒂固的。通过这个结局出人意料的故事，卜伽丘要告诉读者的是什么呢？整个天下都是天主教会的天下，因此你自己也只有在接受了洗礼之后，才有资格参加对奶油和蛋糕的瓜分，才有资格加盟到蛀食岿然不动的天主教会之大厦的行列中！否则，你只有看客的份——你只能眼睁睁地看着别人一个个都心安理得地蛀食着！

全书的第一个故事《歹徒升天》说的是：一个生前无恶不作的坏蛋，死后，按基督教的教义，本应将他打入地狱，可教会却为他举行了隆重的落葬仪式，将他捧为“圣徒”——树立成广大教民学习的楷模。通过这个发人深思的故事，卜伽丘要告诉读者的是什么呢？天主教会和蒙昧主义是相依为命的——教会的统治是一种愚弄人民的统治，而愚弄人民的教会统治是离不开“圣徒”及其“事迹”来支撑维持的。教会树立“圣徒”偶像的目的仅仅在于：在教民中煽起狂热情绪，使教民陷入浑浑噩噩、头脑发热、丧失辨别能力的境地，从而把教会所编造的种种谎话都当做神圣的真理——这就使得神父和教士们能够借至高无上的神的名义骑在劳动人民头上恣意作威作福。至于“圣徒”们本来的真实面目，教会是无所谓的——因为“圣徒”本身并不是教会的目的。所谓天主的“圣徒”，不过是彻头彻尾的骗局和闹剧而已！

全书的第六个故事《裁判官》说的是：某人在酒店里多喝了几盅，一时兴起随口说道：他正在喝的美酒，就连耶稣也能喝得。不料这句戏言当即就传到了宗教裁判官的耳朵里，成了非同小可的事件。污蔑基督是个酒徒，这是足够被送上火刑柱活活地烧死的！该人被捕后重金托人疏通，着实破费了一番，结果得到从轻发落，拘留几天后就被释放了。卜伽丘要告诉读者的又是什么呢？在酒店里的随口一句戏言立即就传到了裁判官的耳朵里，并能无限上纲上线——宗教裁判所作为天主教会豢养的狼狗似的专政机器，难道还不令人不寒而栗吗？不过，即便污蔑了基督，只要有钱，还是照样可以逃脱火刑柱的——简直妙绝了！

一种依赖某种虚无缥缈的信仰支撑的统治，当他赖以存在的应该说是神圣的原则堕落到可以由金钱来通融的时候，距离这种统治的结束就不再遥远了。宗教专政是一种不能有任何松动的专政，一旦松动了便意味着崩溃——正是在这一点上，依赖精神禁锢和思想钳制的宗教专政表现出了自身致命的脆弱性。卜伽丘创作《十日谈》的时候，教会统治在欧洲表面上看来似乎是走进了鼎盛的阶段——其实，那不过是黄昏的壮观罢了！实际上，不可一世的罗马教廷这时已不再有力量能够再重新拼凑起一支征服或杀戮异教徒的震惊世界的十字军团了——罗马教廷这时所能做到的仅仅是：最大限度地增设宗教法庭，扩充宗教裁判官——将教会的统治由黄昏推入黑夜。在这个黑夜的上空，有哥白尼、布鲁诺等一长串永远闪烁的姓名。

在全书的第三个故事《三个戒指》里，卜伽丘转弯抹角地呼吁宗教信仰的自由。这个故事向读者暗示：宗教信仰无所谓“正宗”——因此自然也就不存在“异端”。这实际上是在为即将脱颖而出的资产阶级的思想自由做呐喊！在没有信仰自由也即没有思想自由的天主教会专制统治下，一切真理的探索都被宣判为异端邪说，受到血腥的镇压——在中世纪的欧洲，基督教的教堂、修道院、宗教法庭几乎遍布了每一座封建庄园和城镇，庞大的天主教会组织就如同一张编织得密密麻麻的大蜘蛛网，覆盖了每一片土地上的每一个角落！除了残酷的经济剥削外，天主教会的另一个不容置疑的职能就是对广大劳动人民实行野蛮的精神统治。

《十日谈》里有许多故事都无情地揭露了道貌岸然的神父和教士们令人发指的秽行。《天使出丑》（第四天故事第二）说的是：一个为非作歹的恶棍，摇身一变，披上一件法衣，居然成了亚尔贝托神父。为了奸淫一个美丽但却头脑简单的少妇，他竟冒充加百列天使下凡，致使该少妇在受了他的奸淫后还感到自己不胜荣幸。当他最后被当成一头畜生让人牵到威尼斯广场去示众，成了人人喊打的过街老鼠的时候，读者所感到的快乐不啻是盛夏里喝了一杯解热的冷饮。

《愚夫修行》（第三天故事第四）说的是：愚蠢的丈夫按照费利斯修士的指点，在一板之隔的门外彻夜苦修；在一板之隔的室内，费利斯修士却趁机和他的妻子寻欢作乐。这个精神上中毒太深的愚夫，一心想要修成正果升入天堂，却不知道他这种愚行正好引狼入室，把费利斯修士送上了天堂——肉体的天堂！要劳动人民心甘情愿地过着做牛做马的贫困生活，并虔诚地接受天主教关于禁欲苦修的教义——这正是为了给那帮神父和教士洞开淫逸纵欲的大门啊！难道不是吗？在这个故事里，纵欲和禁欲，难道不只是一板之隔吗？

《痴女修道》（第三天故事第十）说的是：美丽单纯的少女阿莉白出于对天主的崇拜及幼稚的热情冲动，只身弃家去人迹罕至的撒哈拉沙漠修行，遇到虔诚和善的修士鲁斯蒂科，向他请教自己应该怎样侍奉天主。在渺无人迹的荒漠里，虔诚和善的修士指点阿莉白说：她侍奉天主唯一的途径就是献出自己少女的地狱（阴道），接纳他鲁斯蒂科的魔鬼（阴茎）。所以，这个故事也叫“把魔鬼送进地狱”。这个故事对天主的挖苦的确过分了些——遮住教会下半身的一层薄薄的遮羞布，被卜伽丘揭得一丝不剩！

在许多缠绵悱恻、揪人心肺的爱情篇章里，要数《绮思梦达殉情记》（第四天故事第一）最为催人泪下了。在王孙公子多如牛毛的父王的宫廷里，年青美貌的郡主绮思梦达独独看中了出身贫贱的侍从纪斯卡多，私下和他萌发了一段生死恋。不料他们的私情终于被唐克莱亲王发现，郡主满怀的欢乐顿刻化作了断肠的悲痛——亲王将纪斯卡多的心脏盛在一只大金杯里，叫仆人给郡主送去。接过父王的礼物，郡主崇高的爱情战胜了脆弱的感情，将一瓶毒液倒到金杯里，一饮而尽——在父王悔恨的哭声中，郡主捧紧纪斯卡多的心脏，贴到自己的胸口。

必须指出的是，这并不是一篇爱情小说，而是一篇爱情题材的政治小说。卜伽丘是在借故事中的主人翁绮思梦达之口，为即将登上人类历史舞台的资产阶级发布了人权宣言，阐扬了民主思想！随着城市的兴起和手工业的繁荣，在经济上取得地位的阶层已不能再容忍封建特权阶层高高在上，垄断一切社会权利了——他们要打破陈旧的封建门第等级观念，对人提出全新的社会评价标准——他们不承认世袭的贵族和门第，他们只承认个人的品德和才智！年青美貌的郡主为她出身低微的情人所作的不平之鸣，喊出了一个即将喷薄而出的新时代的心声！如果说但丁的《神曲》敲响了欧洲中世纪的丧钟——那么，可以毫不夸张地说，是卜伽丘的《十日谈》揭开了欧洲资本主义带血的扉页！

大约二十年前，在一本残破不全的五十年代出版的大学文科教材《世界文学优秀作品选》上，我读到了这则撩人情思的故事。绮思梦达郡主与唐克莱亲王之间精采隽永的对话，深深地打动了当时的我——一个出身于贫寒人家的少年。残破不全的书是借的，且须按期归还——正是在爱不释手却又不得不释手的情况下，我学会了终身受益的笨学习方法：“抄”。当时除了抄录了莎士比亚的十几首十四行诗及雪莱的几首抒情诗外，我便是全文抄录了这则故事。聊供欣赏，在这里我摘录几段光芒闪烁的对话——

唐克莱亲王发现了郡主的私情后，老泪纵横，对郡主破口大骂：“即使你要做出这种无耻的事来，天哪，那也得挑一个身份相称的男人！多少王孙公子出入我的宫廷，你却偏偏看中了纪斯卡多——一个下贱的奴仆！”既然私情已经败露，绮思梦达郡主便决定用行动来响应灵魂的伟大号召，毅然奋起为自己及自己高尚的爱情做无所畏惧的辩护：“……不错，我确是爱上了纪斯卡多，只要我还活着，我就始终如一地爱他。假如人死后还会爱，那我死了之后还要继续爱他。……有些女人只要随便找一个男人，就满足了，我可不是那样，我是经过了一番观察和考虑，才在许多男人中间选中了纪斯卡多。你方才把我痛骂一顿，听你的口气，我缔结了一段私情罪过还轻，只是千不该万不该去跟一个低三下四的男人发生关系，倒好像我要是找一个王孙公子来做情夫，那你就不会生我的气了。这完全是没有道理的世俗成见。你不该责备我，要埋怨，只能去埋怨那命运之神——为什么他老是让那些庸俗无能之辈窃据着显赫尊荣的高位，把那些人间英杰反而埋没在草莽里！……我们人类的血肉之躯都是用同样的物质造成的，本是天生一律平等的，只有品德才是区分人类的标准。凡是有品德的人就证明了自己的高贵，如果这样的人被人说成是卑贱，那么这不是他的错，而是这样看待他的人的错。请你看看满朝的贵人，打量一下他们的品德、他们的举止、他们的行为吧！然后再看看纪斯卡多又是怎么样。只要你不存偏见，下一个判断，那么你准会承认，高贵的是他，而你的那班朝贵都只是些鄙夫而已！……贫穷不会磨灭一个人高贵的品质，不，反而是富贵叫人丧失了志气。多少帝王，多少公侯将相，都是白手起家的——而现在有许多村夫牧人，从前说不定都是些豪富巨族呢！……你要怎样处置我，用不着再这样踌躇不决了。如果你决心要下毒手——在你的风烛残年干出你年青的时候从来不曾干过的事，那么你尽管用残酷的手段对付我吧，我决不向你乞怜求饶。不过我要告诉你，如果你怎样处置了纪斯卡多，或准备怎样处置他，却不肯用同样的方法来处置我，那我也会自己动手来处置我自己的！现在，你可以去了，跟你的那些娘儿们一块儿去哭吧，哭够了之后，就狠起心肠一刀子把我们俩一起杀了——如果你认为我们非死不可的话。”当最后亲王跪在死神徐徐降临的郡主的榻前，失声痛哭的时候，绮思梦达郡主安详地说出了自己生命最后时刻的一个请求：“唐克莱，我用不着你来哭，因为我不需要你的眼泪。如果你从前对我的那一片慈爱，还没有完全泯灭，就请你给我最后一个恩典——虽然你反对我和纪斯卡多做一对不公开的夫妻，但是请你把我和他的遗体公开合葬在一处。”

在凄婉幽怨的诗意荡漾的浪漫氛围里，一则余韵不尽的故事袅袅婷婷地消隐了。《绮思梦达殉情记》无疑是《十日谈》中最具社会意义、思想境界最高的一则故事。

《十日谈》中还有一些故事歌颂了个人的奋斗及其进取精神，也有很积极的意义。但任何个人的成功，都离不开他人的帮助与提携。所以，在这些故事里，卜伽丘赞颂了知恩图报的美德，谴责了过河拆桥的丑行。在《序》中，卜伽丘写道：“在许多美德中，我认为‘感激’是最值得称道的；反过来说，忘恩负义便是最卑鄙的行为。”

全书的前三个故事，在主题思想上为全书确立了大致的基调。此后的故事虽然通过许多生动具体的艺术形象丰富了这部巨著的内容和耐读性，但批判的锋芒令人惋惜地存在着衰减的趋势。全书后半部在思想境界上明显低于前半部，其中有些故事反映了卜伽丘人生观中不健康的部分。不能不指出，为了猎奇和迎合某些低级趣味，卜伽丘在一些故事中渲染同性恋，暗示性交姿式及其快感，过分赞美“破坏婚姻的恋爱”——私情，将个性解放演绎成性的解放乃至纵欲，等等，所有这些难免在一定程度上损害了这部巨著的思想性和战斗性。当然，要求一百个故事都达到同等的思想境界，而不是高低不齐甚至有相当的差距，也是不现实的。连卜伽丘自己在《跋》中也说了这样一句话：“一块良田，不管你怎样勤于耕种，稻麦里也还是会有稗草的。”

《十日谈》创作于六个世纪以前，当时正值欧洲天主教会气焰万丈、不可一世之际，作者置个人毁誉于不顾，敢于以如刀之笔作投枪，给整个宗教统治以致命的一击——这无疑使得这部世界古典文学名著具有了深远的历史意义和不朽的现实意义！

在这次享读全译本之前，我曾于几年前读过《十日谈》的节译本——节译的道理在什么地方，我不明白。不过当时捧读篇幅删节了近三分之一的节译本时，心里总感觉到不是滋味的滋味——被删节掉的究竟是糟粕，还是精华？既然是共认的世界古典文学名著，我想，还是应该尊重读者的鉴赏力的。

值得一提的是附在新版本前面的翻译家方平先生写的标题为《幸福在人间》的序文——虽略嫌冗长辞费了些，但不失为一篇很好的导读。全书译文流畅——这也使得阅读能够顺利地升华为享受。

掩卷之际，我忽然就中西传统文化上的差异生发出一些思绪。拿《十日谈》和“三言二拍”略作对比便不难知晓，虽同属封建社会，但西方人在人生和生活上持的是开放态度，而中国人持的则是闭关政策。当然，我并不赞赏情夫情妇蔚然成风的社会生活方式乃至习惯——但是，在一个连寡妇改嫁的自由都没有的社会环境里，又怎么会有思想及其文化的自由呢？更不要说人生的进取和开拓精神了。社会的进步程度，从某种意义上说，表现在社会生活方式上。妇女解放及男女平等的实质，并不表现在口号及其它一些外在的形式上。

西方传统文化对女性持尊崇态度，中国传统文化对女性持贬斥态度——西方传统文化张扬个人的奋斗，中国传统文化维护现存的秩序。旧儒学文化的保守性主要表现在对人生的限制及对个性的禁锢上。

当然，国人也不应忽视旧儒学文化具有深刻性和延展性的一面。基于这一认知，我有个观点：经过自我改造并融汇西方文化之精华后的新儒学文化，很可能会崛起为人类最先进的文化。

资本主义的曙光之所以首先照亮欧洲大陆，并不单纯取决于其地域政治和经济方式，还得益于其相对先进的文化形态。其实，就任何一种社会存在的构成而言，政治、经济和文化是三位一体的——决不存在超越特定的文化形态的地域政治和经济方式。

不知不觉，夜又深了。刀口处自入夜以来一直都在隐隐作痛——只不过疼痛分子在我体内形不成气候罢了！

床头上，堆放着一盒又一盒供我随时服用的生脉饮——那是一盒又一盒精神的生脉饮啊！

90 年 5 月 4 日初稿于安徽省立医院骨科50床
90 年 6 月完稿于合肥

怪 乞

昨天乘 322 次车回肥，车上又遇怪乞，其行乞之怪为我平生首见。怪乞小儿麻痹症后遗症惨重——除跛行厉害之外，一只极度畸形的手弯曲地僵悬胸前，看上去比废物还累赘。怪乞为二十四五岁年纪的男性，蓬头垢面，破衣旧衫，行乞时总叼着一根烟卷。

这次他从这节硬座车厢的头上一出现，我便立即想起来近两年前我乘这趟车回合肥时遇他行乞时的情形。我近两年没坐过这趟车，没想到近两年后坐这趟车时还能见到这个怪乞——看来在这趟车上他或许已成了乘务员的编外，“生意”很是不错。

上次，他行乞的经过给我的印象实在是太深刻了。他从前一节车厢来到这节车厢，以别开生面的方式乞讨，除了纸币外他还收烟卷——带过滤嘴的中档以上的烟卷。上次我和这次一样，都是坐在车厢中部，所以对他在我这节车厢的整个乞讨过程都看在眼里。我所以称他怪乞是因为他与我所见过的所有乞丐都不相同。对于老幼和女性他均不乞讨，对于那些衣着普通的一般男人他也不乞讨，他专向那些衣着鲜艳的油光水光的男子乞讨。

走进这一节车厢，前两排座位他看了看便走过去了。在第三排座位前他停住，手一伸向一个被他认作中产阶级以上的男子乞讨。这个男子见此乞残废如此，也没吭气便从口袋里摸出一角纸币递给他，他不接，用僵悬胸前的废手指了指那只好手上一沓几乎全是一元的票子。这个男子将一角纸币放回口袋，不再理会怪乞。“扑通！”怪乞的好手在自己看上去只有一把骨头的胸脯上就是一拳。不见反应，“扑通”又是一拳，那拳头砸在胸脯上的声音令整个车厢为之颤动。这个男子连忙乖乖摸出一元递给怪乞。随着稀稀落落的“扑通”、“扑通”之声，怪乞向我近前走来。这时人们已知怪乞还是个只有手势和表情及动作的哑巴。

怪乞走到了我座位前面的前面一排，将手伸向一位先生。这位先生做出驱逐他的手势。连续擂了自己胸脯三响之后，这位先生仍然无动于衷，一车厢的旅客全都屏住了声息，不知怪乞还有何怪招。只见怪乞猛地身子一弯，“咕咚”一声，青灰色的额头在茶几的面上砸个脆响，这位先生惊了一下，但仍没有掏钱。接着那青灰色的额头更脆响地在桌面上砸个“咕咚！”脑袋抬起来时便见有血滴流下。这位先生终于掏出一元钱递向怪乞。怪乞嘴角笑了笑，先用僵悬的废手颤抖地指了指好手上一沓一元纸币中夹着的唯一的一张十元的纸币，接着又用握钱的好手指了指自己流血的额头。坐在这位先生前后的旅客全都瞪大了眼睛！这位先生顿刻很尴尬，举着一元钱的手一时不知是收回好还是继续举着好。见这位先生没有反应，怪乞的额头又更猛地在桌上砸了一下，四溅的血星差点有一滴飞到这位先生的脸上。这下这位先生连忙收起一元钱，掏出一张十元的票子塞给怪乞，之后向怪乞拱了拱手，示意他滚蛋。怪乞接过十元钱后先笑了笑，之后好手往耳门上一抬，模仿军人敬礼的方式向这位先生敬了个礼。

这之后怪乞将手伸向身旁坐着一位浓妆艳抹之女士的先生，这位先生连忙将手伸向口袋，掏出一把车票加证件，但没钱。这位先生连同身旁坐着的女士两人一下都很不自在。见怪乞嘴上叼着的烟已燃到屁股，这位先生急中生智地摸出一盒还剩大半包的红山茶烟，递给怪乞并示意他全拿去。怪乞笑了笑没接，废手做了个“一”的示意，这位先生心领神会地给怪乞抽出一支，怪乞高兴地接过一支烟，然后丢掉嘴上的烟屁股，将这支重新叼上，接着向这位先生做出要火的手势。这位先生摸出打火机并替怪乞点燃，怪乞点燃烟后高兴地向这位先生行了个鞠躬礼，之后又向坐在他身旁的女士行了个鞠躬礼。接着怪乞到了我前面的一排座位前，狡黠的目光扫视了一下，接着便犹疑着是停下还是走过去。停了一会，怪乞认定一位抽着烟的先生即便算不上中产阶级但肯定比无产阶级高出一大截，便用手指了指这位先生手上的烟卷。这位先生连忙将口袋里的烟摸了出来，并抽出三根递给怪乞。怪乞见是阿诗玛且整个烟盒里不过六七支，便不接递过来的三支，而是用手指了指烟盒表示他全要。这位先生当然明白怪乞的手势语言，摇了摇头后便将抽出的三支往自己的左右耳朵上各夹放一支，剩下的一支放回烟盒，然后多少有点心疼地将烟盒递给怪乞。怪乞接过后将其放进自己兜里，然后笑了笑，之后向这位先生鞠了个躬。来到我这排座位前，怪乞只略犹疑了一下便走了过去。

毫无疑问，半头白发一脸胡茬戴着眼镜身着涤卡中山装的我在怪乞眼中远远够不上中产阶级的格！

怪乞一点也不犹豫地从我身边走过去的一刹那，我心里酸酸的：不知是应为自己口袋里的一元钱庆幸，还是该为怪乞的“势利眼”悲哀？

这次他走进这节车厢后，将我上次目睹的一幕活剧几乎又重演了一下，只是没有人掏十块钱，他的额头也没有流血，被他看中并认定应敲一敲的青壮年先生们掏钱或递烟的爽快程度似乎比我上次见到的要好了许多。这次他在走到我身边来之前手在胸脯上最多捶上两下人家便立即掏钱，用不着用额头砸桌子。这次上火车前我理了发刮了胡子，怪乞到我身边时我正吸着烟。怪乞笑了笑指指我手上的烟。我连忙将没抽两支的一包蝴蝶泉掏出递给他，他不接，向我做了个“一”的手势，我取出一支给他，他丢掉已快燃尽的烟蒂接过我这支叼上，然后向我要火。我将手上燃着的烟递给他，他接过去将他嘴上叼着的引燃，然后将我吸着的大半支烟还给我，接着向我行了个军礼，之后好手指了指我戴着的眼镜，然后用好手破天荒地向我竖了竖大拇指，众皆惊讶不已。待怪乞走过这节车厢后，我对众人说：“他是把我当成古代的落第秀才或乡村郎中了！”

怪乞接了我一支烟，怪乞没要我一包烟，我不知我自尊的心是应笑还是该哭？怪乞破例奖赏我的大拇指我更不知道这究竟是对我的尊敬还是对我的挖苦？

怪乞到底是不是真的哑巴我心里有一点怀疑。怪乞行乞时的笑容和目光令我联想到志怪小说里的精灵。怪乞或许认为语言是自己行乞的奢侈乃至障碍，有手势有表情有动作就足够足够了。只是，这个世界上并没有谁欠他的——即便那些钱多得可以打水漂的富翁。所以，怪乞只能以自伤的方式乞讨——怪乞以自伤的方式自觉或不自觉地发泄着他生命底层的不平与愤懑：“上帝为什么要生如此残废的我？既然上帝也给了我吃饭的嘴巴，我同样有活下去的权利！”

……自从近两年前目睹了怪乞行乞的一幕之后，每于街市或旅途见到那些伸向老幼和女性的手——不论伸出手的人看上去是多么可怜，我的心底都难免会涌出一股轻蔑的嫌恶。

怪乞如不是哑巴，怪乞如不是患过小儿麻痹症毁了躯体，或许也是这个世界上一条铮铮的汉子。

93 年 7 月 24 日草稿于合肥
94 年 4 月 27 日缮稿于景德镇湖田

草堂寺觅诗圣遗踪

诗圣，您一个蹩脚的追慕者拜谒您来了！

1993 年 9 月 5 日下午，秋阳不举，暑气仍重，我来到草堂遗址，一步一思，瞻仰诗圣的人生足迹，观照自己的为文做人。

三吏三别值得多少为政者向隅自省？《茅屋为秋风所破歌》是怎样推己及人的忧乐襟怀？《闻官军收河南河北》是何等心系国家的赤子痴情？

商业网点密布，那些仰诗圣遗泽赚钱谋生的俗人们可曾想过诗圣在世时“朝叩富儿门，暮随肥马尘；残羹与冷炙，到处潜悲辛”的真实人生？

诗圣草堂现辟为公园，收取门票养活许多人的公园。乍进公园，见供游人休憩的凳椅及桌子皆为树桩制品，十分别致。然上前用手一敲方知原来全是一些水泥浇铸出的仿树桩制品——因勾画技艺优良致使仿制品远远看去俨然比真品还要惟妙惟肖。连同许多亭廊的框架也都是仿木仿竹的水泥浇铸品，但与周围的花木草竹相衬相映，竟然也能散发出几许冒充的古色古香的气氛。诗不也是这样吗？诗圣只有一个，但当今能写出一些看上去也仿佛是诗的诗人却多如牛毛。模仿且善模仿，实乃国人的一大特长——只是，模仿模仿出大气候的，自古以来一个也不曾有过。

无论诗圣或诗仙，无不是凭借空前的创造才情而成为一代文宗！

沿着公园的弯曲小径，夹在熙攘的人流中间，我默默地观览——不知哪一堵砖墙曾接纳过诗圣凝眉窎思的背影，哪一湾清水曾映照过诗圣独步黄昏的憔悴？究竟哪一座建筑的下面埋压着诗圣结庐于乱世的草屋为岁月的风雨淹没之后的残灰？毗连的森森古柏究竟有哪一株为诗圣寄情身外的雅兴所植？

诗圣何以能成为诗圣？为何只有诗圣成为诗圣？是投机钻营的宵小才华？是趁乱世之危的晋身伎俩？还是知遇于显赫权贵的幸运？

拒绝叛军高官厚禄的利诱，随风雨飘摇中的昏聩李唐王朝一同退避，其忠其仁足以与日月同辉！是“民间疾苦，笔底波澜”的惊天地泣鬼神的现实主义写照，奠定了诗圣万代景仰的崇高！

自己一身的得失进退与贵贱饱饥在自己的心中始终居于次要的地位，心中念念不去的只是时刻牵挂的盛唐与衰唐！诗圣所以成为诗圣，是因为诗圣有一身的红尘——诗圣一身的红尘，就是诗圣心中念念不去的盛唐与衰唐！

爱国爱民的杜甫，忧时忧事的诗圣！

走着走着，我渐渐感到思想有点累了。就着一张紧挨石桌的石凳坐下，我取出纸笔，记下从弯曲小径上拾起的思绪。忽然天下起雨，由小渐大，我不得不退入柴门躲雨。忽见雨中一正方形的红轿子飘然而至，两个着红衫的轿夫在柴门前停下，轿帘一闪闪出一摩登女郎。见摩登女郎出轿，跟在轿后的两个戴眼镜的先生便同步跨上前来簇拥着女郎，宛然一对护花的使者。雨稍歇后，这男女三人也沿柴门四壁及近前的景点观看了一下，女的便又重新入轿，两个轿夫也如电影《火烧圆明园》上的轿夫那样齐声高喊了声“起轿”，便一颠一颠地又上路了——女的过起了贵妃或阔太的瘾，两个男的也欢喜地跟在轿夫的后面。目送他们在溟濛烟雨中消失花木深处，我心头掠过一缕“开眼”的愉悦。

我缓缓地巡游了诗史堂和陈列室，一一过目了历代骚人墨客手抄诗圣名作的书法碑石及题咏颂扬诗圣的诗作和楹联——没有引起我特别兴趣的，倒是使我闻出了些许一排三流四流文人依附前贤沽名钓誉的腥臊。当然，也有几个二流文人不遇的牢骚夹杂着游动的匠气之手笔。

直至游到大廨将尽，墙壁上清初学者顾复初的一副对联才令我目光为之一亮。此联为：“异代不同时，问如此江山蜷龙卧虎几诗客？先生也流寓，有长留天地月白风清一草堂。”此联之所以令我目光为之一亮不只是因为此联有些口气，而是主要因为此联文字的背后有几根暗藏锋芒的骨头——虽然此联上下对仗略嫌不工。

不知不觉黄昏涌将过来，雨后残阳余照里的公园已散尽游人。我寂寂地拖着疲惫的身子连同思想，在看门人期待的目光里终于走出了公园。

暮色里依依不舍地回首公园大门门楣上“杜甫草堂”四个铁笔银划的大字，我仿佛更深一层地领悟了：自己此生应该怎样立命做人，又应该怎样审慎为文……

93 年 9 月 5 日下午草稿于成都草堂寺
94 年 4 月 12 日完稿于景德镇湖田

为 父

晚饭后回寝室时，见楼梯口聚了一大群人，我便停下问道：“怎么回事？”沉默了一会后一个四十来岁的我不认识的汉子答道：“昨晚我小鬼从这里推走一辆自行车，”他指了指停在水房墙边的一辆半新的自行车：“现在我带她送来了，请失主认领。”“你小孩在哪？”“喏——”他指了指站在墙角的一个十二三岁的面对众人低着头的小女孩。“你在哪个单位？”“我是紧挨着你们研究所的农村的种田人。”

望着这个衣着朴素的看上去本分自守的农民，我心里不禁生出几分敬佩之情——虽然看着这个不点大的小女孩我心里不免十分惊讶：她竟然也有胆量和能耐从这人来人往的单身楼里把一辆和她人差不多高的自行车推走并骑回家？

我明白了为何众人神情严肃的原因。不一会，楼下的一年轻单身将失主从楼上找了下来，失主小李是我的邻居。小李见了这辆待领的自行车后抑不住地大声说：“正是这辆！”接着他告诉众人：“昨晚比这个时候稍晚一些时候，我上楼取东西，自行车放在楼梯口没锁，取完东西没两分钟下楼时自行车就不见了。”

……望着这位可敬的农民在暮色里领着他的孩子离去的背影，我感慨地对众人说：“无论世风如何日下，犯罪如何横行，有这样当父亲的，这个小女孩长大后，决不会给我们这个社会带来太大的危害——说不定还能成为一个有用的建设人材。”“是的！是的！”邻居们附和着我。

那些被关押在监狱里的犯人和被押赴刑场的死囚所以成为犯人和死囚，除了自身和社会的原因外，没有摊上一个这样当父亲的父亲恐怕也是一个重大的原因。古人说：“养不教，父之过。”为父者，言传身教的责任重大啊！

在目前的社会状况下，管好教好自己的孩子，就是为父者赠与我们这个社会的一份无量的功德！

高悬的法律之剑血光闪闪，不时有殷红的血液顺着剑锋滴下——为父者怎样为父，值得当今所有为父者思虑。

或许是我在这里言重了——但愿如此！

94 年 4 月 24 日于景德镇湖田

伪币的滋味和联想

94年4月29日下午，也即今天下午，我去市里一家代表瓷都景德镇声誉的大瓷厂结算购买的一批礼品瓷货款，因持批条购买价格按出厂价优惠，故购买前支付的预付款有部分结余，结果该厂财务退回我一千八百元现金。一千八百元，十八张四人头，我随便点了一下便放进自己包里。

此前也曾多次听到面值五十及一百的伪币在市场上流通的传闻，但我从不曾留意——因为我毕竟没有亲自尝一回伪币的滋味。我所以有幸不领受伪币之害是因为我手上大面额人民币的来源只有三个简单的渠道：工资袋、邮局和银行。

这一次十八张四人头虽超越了我此前的三个渠道，但毕竟是一家代表瓷都声誉的国营大瓷厂的出纳，按说是值得信赖的——我决没有想到这“头一回”就挨了一闷棍。

离开这家国营大瓷厂不到一个小时我便走进一家银行，将这十八张四人头递给了储蓄小姐。储蓄小姐一边点数一边查看，点完数从一沓中间抽出一张，反复看了几次，之后又用一张白纸覆在水印上用铅笔拓印，见无头像显示，储蓄小姐便抬起头对我说：“这张是假的！”“怎么会是假的？”我如冷不丁被人踩了一脚后难免不本能地做出抗议。“假的就是假的！”“那你还给我，让我看看假在什么地方！”“既然是假的，我们就没收了 。”“你们就没收了？”“是的。这是银行的规定。如不没收它还会在社会上流通。”“那你们要追查责任，这钱我是从××瓷厂出纳手上拿来的。我不应承担损失！”这时我已明白过来是怎么一回事了。“这伪币你从哪里来的我们不管。我们只管没收。损失只能由你个人承担。谁叫你当时不小心呢？不过，我们可以给你开一张没收证明。”“岂有此理！”面对机器一般的储蓄小姐我怒不可遏：“那你将这张伪币还给我！我个人收藏！”整个储蓄所的小姐都站了起来，指责我，说我的要求违反国家规定，伪币不允许个人收藏。我知道自己今天无故破一百元的财了——替伪币的流通无故承担一个无辜公民的一份无辜责任。

抹了抹额头上的汗珠，我气冲冲地说：“国家这样对待一个公民是不公平的，也是不负责任的！伪币流通当为百害之首，怎能不追查责任呢？国家养的那些警察和检察官连伪币都不追查还干什么？你们举报并力争为无故者挽回损失了吗？”“你说得清来源，但还有许多人说不清来源。再说就一张，查证也有难度，银行本身又没有司法功能……”“说不清来源的就算他自己倒霉，但说得清来源的不管查得清查不清都还是应查一查并立案的！这是代表国家的人民币啊！”有一位小姐或许略知我一点底细，便说：“你是作家，应写篇文章呼吁呼吁。”话说到这个份上我只好无可奈何地对众小姐一笑：“堤内损失堤外补。文章肯定是要写一篇的——这个损失我只好再转嫁给用这篇文章的报刊了！”“就是嘛！你还能做文章拿稿费补偿，别人那才冤呢！我们已多次发现假币，没收的又不是你一张。”没收我伪币的储蓄小姐接过我的话说道。

面对已无法挽回的损失我只好像读讲稿那样说道：

“我请你给我开张没收证明，我将永远保存作为纪念。另外，为了以后不再第二次当这样的冤大头，请你将这张伪币让我仔细看一下，并告诉我它伪在什么地方——我损失一百元学一点鉴别伪币的知识，也不能全白了。”储蓄小姐看看我，又看看其她几位小姐，对我提出的要求显得很犹豫。我一下火了，取出身份证甩给她：“我不会不值一张伪币！”她对我发火的原因反应很快，莞尔一笑将身份证还给我，同时凑到储蓄窗口，将这张伪币递给我观赏。我看了半天，也没看出个所以然——和真的实在是一模一样。她笑了，然后拿过来一张真的，通过对比告诉我假的纸质软些，水印头像没有凸凹感，另外也明显模糊些。经她一说，我才发觉的确也是这么回事——再有一张这样的伪币，我肯定是能分辨出来了。我将这张伪币还给她之后，她将一千八百元的存单退给我：“重写一张吧。要么就再添一百元。”我只好重写了一张一千七百元的存单。接过一张一千七百元的存折连同一张百元伪币的没收证明，我沮丧地离开了银行。

回到住处之后，我的心情仍愤慨难平。银行职员对伪币的见怪不怪连同对受害者的损失麻木不仁的态度，令我感到问题的严重性远远不止是我个人无故损失了一百元钱。晚上，恰好有几位同事结伴来串门，我将下午的遭遇告诉了他们。一位说：“这有什么稀罕？听人说现在连工资袋和银行都有伪币流出。”我不禁忧心忡忡：“如银行果真有伪币流出，性质就更不一样了。”一位说：“这有两种情况：一是疏忽收进了只好再不声不响地吐出，一是将没收的夹进去个人贪污。”我禁不住惊呼：“后一种情况可判死刑！”“你也真大惊小怪！”一位说：“你这张被没收的伪币或许就是那个出纳疏忽收进的。”一位说：“这不可能！除非这个出纳是刚干出纳的新手！一个每天手上过成千上百张大票子的出纳竟然收进伪币，这是不可思议的！”我说：“即便这个出纳是疏忽收进这张伪币，但她并没有理由再转嫁给我——除非她真的不知道！否则，她的职业道德是不堪设想的！”一屋子人七嘴八舌地议论着。一位又说：“我也曾莫名其妙地有过一张五十的伪币，但我可没你这么傻往银行送。我连用了四个地方才终于用了出去。由于五十的纸张比一百的薄些，听说现在社会上五十的伪币比一百的多得多。”“你一张五十的伪币连用了四个地方才用出去，说明社会上伪币流通的情况已很严重了，人们对伪币已有较大的防范和较高的鉴别能力。”“令人头疼的是现在伪币的印刷质量也随着防伪技术的加强而攀比提高。看来，在相当一段时期内伪币的困扰都将是摆不脱的阴影。”“印刷或引进犯罪团伙按一百比二十或一百比三十的比例卖给抛售犯罪团伙，再由抛售犯罪团伙流散到社会上，根据新闻媒介已披露出来的一些犯罪行径来看，可以说是触目惊心。”“令人担忧的是打击力量日益显得捉襟见肘，疏而现漏。如果银行能就收到的每一张伪币都作为重大刑事案件的线索立案侦查，对捕获的伪币印刷、引进、抛售犯罪一律处以死刑，则伪币之害必然匿迹。”接着大家各自就自己所掌握的人民币的真伪知识友好而又热烈地交流了老半天——看来，大凡活人对钞票都还是持较现实的态度的。

这么多人口的中国，如果每个人都掌握一点鉴别人民币真伪的知识——一种于社会无任何正效益但却不断提高的知识，这对整个社会而言是一种何等的浪费？先是伪劣商品充斥市场，带动了一批生产防伪器材的工业，如今连许多小商贩也都配备了钞票识别器！——但愿这种识别器能尽快从华夏大地上消失掉，而不是随着现代科技的突飞猛进而升级换代！

今日中国在推进物质文明的进程中，决不能以对邪恶乃至犯罪打击力量的萎缩作为代价！否则，有一天在一座座摩天高楼下面横行的将是魑魅和污浊！

一屋子人扯了半天又将话题扯了回来。一位说："你将伪币送银行已够傻的了。被发现后你应将其骗过来撕掉，一防后患，二不让银行的人得二十元奖金。据说，银行每发现一张假币，可得国家二十元奖金。""有这回事？""外面都说有这回事。"另一位说。接着一位又说："你无故损失一百元对你的生活不会构成任何影响。但对那些养家活口的工人和农民呢？假如这是一位本分的菜农，将辛辛苦苦种出的一担菜一大早挑到市场上去卖，一直到中午才接近卖完，共卖了九十五元。剩下的最后两斤被最后一位顾客放进菜篮，这位菜农高兴地对这最后一位顾客说：'你就给一块钱吧！'这位顾客高兴地掏出一张百元的票子给菜农，菜农笑了笑说：'对不起，我菜虽卖完了但这张一百的票子仍找不开。'顾客说：'零钱我一分也没有了。这样吧：你告诉我你口袋里一共有多少钱？'面对一副绅士派头的顾客菜农全掏出说：'全在这里了。就九十五元。''辛辛苦苦种出这水淋淋的菜也不容易。这样吧：你把九十五元全找给我这张大票子你拿去——如果下次我在自由市场再见到你我就再拿两斤菜不给钱了。'菜农欢欢喜喜地拿着这张四人头去粮店买米，售米小姐接过钱后看了看，然后将已售菜农的米扣下，说：'这钱是假的！'

如晴天一声霹雳，菜农脸呈猪肝色惊呼：‘这决不可能！’售米小姐美丽一笑：‘这样：银行就在隔壁，你过去让人家看看，如人家说这钱是真的，你再回过头来取米。行吗？’老实巴交的菜农真的去隔壁银行验钞，结果是遭没收，结果是呼天抢地的哭喊和一群人的围观……”

“这个假如实在是太残酷了！”我的眼睛瞪得滚圆。

“所以，虽然你无故损失了一百元，但还轮不到你愤怒到这个份上。”一位笑着对我说。

几位同事今晚破例地在我这里坐了三个多小时。将他们送走后我的思维仍处于极兴奋的状态。我只好置满地的烟蒂和瓜子壳于不顾，直捷将洁白的稿纸铺开。

连一家代表瓷都信誉的国营大瓷厂的出纳都不值得信任乃至值得怀疑，今后我还能相信哪一双递给我大面额人民币的手？所有的别人将从我手中接过去的大面额人民币认真查看一番乃至过一下验钞机，我除了苦笑一下还能有其它什么表情？所有的人也都和我一样：没有理由信任任何一个陌生人。

伪币的滋味是苦涩的，苦涩得令人震怒令人怀疑社会的公平和秩序，苦涩得令人对所有的陌生人都不再信任。扰乱工业社会的伪币之害决不亚于农业社会里的匪患！

令人遗憾的是：农业社会里的匪患只蜷缩在泛黄的古旧书里——我们的许多公职人员并没有记忆！

今夜，我呼唤代表国家意志的神圣而又坚挺的法律之剑！

94 年 4 月 29 日夜于景德镇湖田

附　录

《湖田散文诗集》后记

本集收入了我所有的散文诗，共一百零一章。它们忠实地记录了我青春岁月里的欢乐与痛苦、追求与思考。这些作品中的一部分曾登载于一些发行量较大的综合刊物的卷首或文学专页，在青年读者中曾产生过良好的反响。

本集不分辑，作品按写作时间的顺序排列。如果能有正气的青年读了这本集子后得到了一些激情的补充和浩气的培蕴，那将是我无任的欣慰。

在写本后记的晚上，爱妻袁英手抚着肚子坐在身旁，一脸安详地看着我——她已有三个月的身孕。推算一下知：年近半百的我将于羊年夏末的一天初为人父——在同龄人开始做爷爷的年龄我才开始履行做父亲的职责。

我对文学所做出的付出以及这份付出的惨重，我自己至死也不会有一句怨言——如果有什么话要在这里说一下的话，那便是这样的一句话：这份惨重的付出我自己认为是值得的！

感谢我所在单位中国直升机设计研究所对我这三本集子的出版所给予的部分赞助！愿这三本集子的出版能为养育了我的直升机所增添一点光彩！

谨以这三本集子的出版发行，作为对我的即将来到这个世界的血缘孩子的欢迎！

03 年 2 月 16 日于汉阳五琴花园

《湖田动物世界》后记

本集收入了我所有写动物的诗，共一百四十八首。这些诗曾为许多编辑老师或朋友所喜爱。自《生活周刊》88年12月18日以《动物世界》的大标题一次推出十二首后，发表这些诗的报刊大都是以《动物世界》的大标题成组（三首以上）登载。我特别难忘的是《重庆晚报》于91年12月22日、92年3月14日、92年4月26日、93年10月10日共四次发表了我共十三首动物诗，每次均由著名漫画家马丁先生配妙不可言的漫画发表，发表后的反响据编发这些诗的责任编辑、时任《重庆晚报》副刊部主任的许大立先生说是“出乎意料的好”。马丁先生我至今缘悭一面，但以后如有机会的话我一定要登门看望他一次。

本集不分辑，诗作按写作时间的先后排列。曾有人对我说：“你的这些动物诗写的全是人，它们合在一起构成了一幅机趣生动的‘世态百相图’。”也许，读者读这些诗时会读出比我写这些诗时更多的联想和会意。

向读者致以我最崇高的敬意！

03年2月15日于汉阳五琴花园

《湖田抒情诗集》后记

95年起开始考虑出集子的事，根据体裁和题材，我将散发于全国各地报刊上的一千余件作品在头脑中编排成九本集子。

84年秋我由昌河飞机制造公司调到同在景德镇的中国直升机设计研究所工作。直升机所的生活区座落在景德镇瓷器与窑火的发祥地——湖田古窑遗址。湖田，系一地名，该地名现今所指系景德镇昌江区竞成镇一个行政村的村名，也是我加盟直升机所后工作和生活的地方。

进入直升机所所区公路的上方横挂着一块标牌，该标牌上写着这样一行文字：“六〇二所欢迎您！”六〇二是直升机所在国防军工系统内的代号。自这块标牌往前走不到十米，有一块石碑站立路边，碑上刻着如下几行文字：

全国重点文物保护单位
湖　田　古　窑　遗　址
中华人民共和国国务院
一九八二年二月二十三日公布
景德镇市人民政府立

该碑的路对面便是“湖田古窑陈列馆”，馆内陈列着许多由考古工作者在散布于直升机所生活区内的许多古窑遗址上发掘出的北宋影青瓷器的碎片和残件。每年都有许多中外游客与古瓷爱好者及研究者来该馆游览参观。对该馆内的陈列品，我比有关的专家学者也许还要熟悉些——它们都被我的手抚摸乃至把玩过，其中有些出土时我就是发掘现场的目击者。

85年之后，所里每建宿舍楼时，我都会混迹于受文物管理部门指派的考古工作者中间，在挖地基的施工现场寻寻觅觅——渐渐地，我个人收藏了一些北宋影青瓷片及元明清各朝的瓷片。对晶莹玉润、玲珑剔透的影青瓷的抚摸把玩，使我渐渐爱上了景德镇的古瓷器。渴望自己的诗文外能散发出影青瓷那种自然流畅的飘逸灵气而内能饱含着影青瓷那种洁白无瑕的高贵质地，是我今生心灵成熟了之后的唯一的梦想。所以说是梦想，是因为对天性迟钝且固执拘泥的我而言，这份渴望是虽可近但却不可及的。

影青瓷在湖田窑的诞生，在中国瓷器造烧史上是一个空前绝后的划时代。正因此，“湖田古窑遗址”成了国务院公布的第一个造烧瓷器的“全国重点文物保护单位”。也就是说，国务院在82年2月23日之前公布的“全国重点文物保护单位”中没有一个是造烧瓷器的古窑遗址。

为了沾一点影青瓷的“仙气”，我决定以“湖田”为我今生所有专集的集名和总名的组成部分。以“湖田”做书名的组成部分的另一个原因是：我今生最重要的作品，大部分都是在一个叫“湖田”的地方写下的。

我将自己的作品在“湖田诗文集”的总名下编排成如下九本集子：一、《湖田抒情诗集》；二、《湖田动物世界》；三、《湖田散文诗集》；四、《湖田咏物诗集》；五、《湖田杂感诗集》；六、《湖田寓言、随笔、评论集》；七、《湖田零散诗集》；八、《湖田小短诗集》；九、《湖田散文集》。如上九本集子我拟分三次出版，一次三本。

这第一本集子所辑的作品是确立我创作成就和历史定位的，我从自己已发表的抒情诗中选了个整数二百首，又根据内容编成十四辑。我94年就幸运地加入了中国作家协会。因为有这本集子及其里面的作品，我觉得自己无愧于“中国作家协会会员”的称号。

请名家或要人作序的习俗不为我所喜欢，这前三本集子就免此一举了。但为了与读者沟通，或为读者提供“导读”，我将自己与诗或写作有关的八篇随笔充作这三本集子的序。因为不是专写的序，所以称“代序”。

本集的“代序一”是《就当前诗歌提出的六条观点》，标题就直白地表达了我对诗歌的理解与认识；“代序二”是《我与诗歌》，该文回答了“我为什么写诗”这一至关重要的问题；“代序三”是《答<九州诗文>人生十问》，该文反映了我93年时的世界观和人生态度。

作品的写作时间落款我认为是作品不可少的组成部分，所以，我所有的作品都有时间落款。由于我在景德镇居住处的变动，导致了我在景德镇所写的作品时间落款中地名标注的不统一，我觉得有必要在这里做个说明。我于82年2月10日来到景德镇，到景德镇后便住在工作单位昌河飞机制造公司，直到85年夏的一天我搬到直升机所为止。在这段时间内我的作品时间落款均为：×年×月×日于景德镇。搬到直升机所时我没有住在生活区的集体宿舍，而是住到了自己工作所在的总体设计研究室的办公室——当时总体室办公室所在的两栋二层的灰砖黑瓦小楼隐伏在一条山沟里。因该山沟山坡上的土地和树木均为“湖田村”所有，所以我住办公室期间所写的作品时间落款均为：×年

×月×日于景德镇湖田山。89年10月17日我被迫告别了住了四年多的山沟，从此开始在直升机所生活区居住——这之后我在景德镇所写的作品时间落款均为：×年×月×日于景德镇湖田。

收入前三本集子的作品均在公开发行的报刊上发表过。为了表达对编发过这些作品的编辑老师或朋友永不忘怀的感激，我将发表这些作品的报刊名称和登载时间录于这些作品的后面。

感谢武汉出版社给这三本集子颁发书号，使其得以成为能够流通的合法出版物。

03 年 2 月 14 日于汉阳五琴花园

《湖田杂咏诗集》后记

《湖田诗文集》原计划出九本，现因取消了《湖田零散诗集》，故最终只出八本。原定放在《湖田零散诗集》中的作品，一部分因内容或质量的原因被现今的我判定为不合格——这部分作品永远不会在我的集子中出现了，即被“活埋”了；一部分被合并到了本集或《湖田感悟诗集》中。原定书名《湖田咏物诗集》与《湖田杂感诗集》经反复斟酌，根据所收作品的调整和变动，书名也相应更改为《湖田杂咏诗集》和《湖田感悟诗集》。

《湖田诗文集》共八本现在仍然计划分三次出版。03年4月出了三本，这次出四本，余下的一本《湖田散文集》我计划37年（我八十岁）后出版。如我活不到八十岁，《湖田散文集》只能由我的后人替我出版了。

90年以来，国内许多师友给我写过评论，这些评论都发表过，总计有三十多篇，十多万字——这十多万饱含师恩与友情的文字我万分珍视——这些文字是簇拥我心灵的花瓣，温暖我良知的火焰，与我今生的生命同在！但是，我不赞同这种做法：将师友给自己写的评论作为“附录”放在自己集子的后面。当然，从我的角度说，对所有给我写的评论，只要有文本价值，我都得做出对得起天地良心的交待！

所有给我写的评论的纸质文本我都妥善收藏着。我计划在《湖田散文集》出版的同时，自费出一本《对湖田诗文的评论集》，赠送国内所有的大学图书馆和地级市以上公立图书馆。

本集共收诗作二百一十六首，依据内容分六辑。“杂咏”因其“杂”，质量上难免会有些参差不齐——这里面如能有少少部分经得起时间的汰洗，进而成为经典，有一天我便死可瞑目了。

14年1月16日于汉口育才一村

《湖田感悟诗集》后记

《湖田诗文集》前三本出版后，许多人都认为开本小了，给人“小鼻子小眼睛”的感觉。《湖田诗文集》的开本是正32开，这个尺寸的开本是国际上书籍印制行业经几个世纪的运行后被公认的书籍的标准开本——不论做什么事，不能没有个标准或参照。所以被认为是“小鼻子小眼睛”，是因为我们今天触目所见的书籍几乎全是“大鼻子大眼睛”，且“你大我比你还大”，“大”得没了个谱或限制——在今天的中国，书籍的开本肯定是没有“上限”的。

在书籍已和人口一样拥挤的今天的中国，就让我的书做开本“下限”的标准或参照吧！

结合作品体裁的特点，在尽可能兼顾版式悦目赏心的前提下，《湖田诗文集》的编排以半页为接排单位——这算是尽了最大可能节约纸张。印制垃圾书籍在中国古代被指称为“祸枣灾梨”，是一种遭天下人诅咒的恶行。我自信《湖田诗文集》不是垃圾书籍，出版对这个世界是有意义的——所以，其印制如做到了尽最大可能节约了纸张，也算我对这个世界积了一点“阴德”。

封面为红黑两色上下对折，一些人认为太简单呆板了。《湖田诗文集》封面的设计者就是我自己——在这里我要告诉读者朋友们我自己内心的认定：一、天地间最热烈庄重的两种颜色就是红与黑——热烈的红可以代表激进，庄重的黑可以代表保守；二、《湖田诗文集》无论封面或里页，均不需要任何多余的装饰！

本集共收诗作一百九十首，依据内容分四辑。因“感悟”均系有感而发，所以整本在质量上要整齐一些——如果能有读者从这些分行的文字中读出自己的“感悟”，那我将不胜欣慰了。

14 年 1 月 17 日于汉口育才一村

《湖田寓言、随笔、评论集》后记

《湖田诗文集》前三本出版后，一些人认为我将原发报刊的名称和登载时间录于作品后面的做法“太小家子气了”。我本身就是个地道的“小家子”，能没有“小家子气”吗？

如果说作品是作者的女儿，能将数量这么多的“女儿”一个个全都“嫁”出去，我容易吗？在整个青春的岁月里，我为此付出了多少“小家子”力气？如果最后不

"炫耀"一下所有"婆家"的姓名，我能心甘情愿吗？

我决意将这份"小家子气"进行到底！

写作时间落款中的年份我只写两位数而不写四位数，是基于如下三点考虑：一、简洁些；二、我整个一生的写作时间肯定远远少于一百年；三、几百年后乃至几千年后，如果我的书仍有人出版，那么自会有人替我将其补充完整。

有一天自己写的书能够在这个世界上畅销且长销，是我青年时代的一个梦想——随着年龄的增长，这个"青春的梦"不但一直没有破灭，而且还逐渐坚挺成了我整个人生的唯一追求。区别仅在于：年轻时不知天高地厚，以为自己能够很轻松地在青春鼎盛的岁月里实现这个华美的"梦想"；逐渐有了自知之明且年过半百之后，我终于认识到——资质一般的我要实现这一诱惑恒新的"梦想"，得付出自己几乎一生的不懈努力！

如果在我这一生里真的能有"辉煌"，那也是在我生命不再有冲动的晚年！

出乎我充满热望的预期，令我一度非常失意的是：《湖田诗文集》前三本出版后未能为"市场"所接纳。经一段时间的痛苦反思后，我终于认识到：太过个人化的非虚构性文学作品需经一段漫长时间的发酵后才有可能上升为"公共认知"。在就要踏上五十七岁的年龄的台阶的前夕，我终于有了一个妥协性的认识：到我八十岁的时候，《湖田诗文集》如能为"市场"所接纳——即开始"畅销"，且那时我还活着，那么我这一生也就不应该再有任何遗憾了——因为所有的付出与牺牲，都得到了"终成正果"的回报。

当《关于人生的断思》二稿完成的时候，我终于看到了我的书在我活着的时候就畅销的曙光——该篇随笔也是构成本集的中堂立柱。本集共收不分行作品九十七篇，内含寓言十四篇，随笔七十二篇，评论十一篇。这本集子是能够支撑我的自信的。

《湖田诗文集》这四本的出版为我下一步《湖田诗选》和《湖田文选》共两本“选集”的出版提供了必要的前提。从包括待出的《湖田散文集》共八本集子中精选出部分已经进入“公共认知”的作品——即可读性强且耐读性好的作品，组成不是太厚的《湖田诗选》和《湖田文选》两本集子，是颇费思量的一件事。

《关于人生的断思》二稿的完成给了我极大的鞭策，已急不可耐地“等待”了多年的这四本集子终于正式开始编辑，并请人打字排版，我夫妇二人负责一遍又一遍的校对——这份又细又慢的工作持续了将近半年。到目前为止，我所有作品的底稿都是纸质的手写稿。

我今生全部的奋斗和最终的指望必须要迈过这样一道坎：《湖田诗选》和《湖田文选》这两本集子能够如愿吹响我的书畅销且长销的号角！

14 年 1 月 18 日于汉口育才一村

《湖田小短诗集》后记

本集共收小短诗三百二十九首，依据内容分八辑。本集是《湖田诗文集》中的第七本，共五本诗集中的第五本。本集所收系我作品中小巧玲珑的部分，与宋词更近一些——如果说我的诗作在总体风格上更倾向于唐诗的话。

所有收入《湖田诗文集》的作品均在公开发行的报刊上发表过。向所有编发过我作品的编辑老师或朋友们表示我与自己生命同在的感谢！由于《湖田诗文集》就是我文学作品的“全集”，所以在这里我需要特别说明一下的是：在我所有发表过的作品中有少少部分未能收入《湖田诗文集》——这少少部分作品将“永无天日”了；对发表过这“少少部分作品”的报刊的编辑老师或朋友，在这里我要表示我深深的歉意，同时也希望能得到理解或原谅——其实，我在内心深处是十倍地感激曾编发过这“少少部分作品”的编辑老师或朋友！

这四本集子的校对内人袁英付出了很大的辛劳——如果说前后共校了十遍的话，出于爱护我身体及精力的考虑，后七遍基本上就是由她独自承担了。这里我要特别提一下的是：在逐字逐句地仔细校对的过程中，全职主妇的她居然前后共发现了我十多处原稿上的错误——这些错误如保留下来，都将是书中的纰漏！

编定《湖田诗文集》这四本并出版，我这一生也可以长长地吐一口气了。我人生走到了今天，我人生终于走到了今天——在我人生走到今天的漫长来路上，有多少默默吞咽到肚子里的泪水？又有多少面向“黑脸”强挤出的笑颜？杜甫也曾有此悲愤之言：“残羹与冷炙，到处潜悲辛！”当然，“阳光与雨露”肯定是有的——没有“阳光与雨露”，决不可能有我“生命”的成长！《湖田诗文集》就是我对所有赐予自己的“阳光与雨露”的回报！

感谢原湖北省新闻出版局局长邱久钦曾为我牵线搭桥，感谢武汉出版集团公司董事长彭小华对《湖田诗文集》前后共七本的出版所给予的关照，感谢武汉出版社副总编辑邹德清亲自担任《湖田诗文集》这四本的责任编辑。

我将怀着谢天、谢地、谢师友的感恩心情，行走自己余下的人生。

14 年 1 月 19 日于汉口育才一村

《湖田文选》后记

本集内分五辑，含《散文诗》三十篇，《寓言》十篇，《人生随笔》四十五篇，《文学及字词随笔》三十二篇，《散文》六篇，共一百二十三篇作品。为了向读者提供“导读”或自我介绍，我将《湖田诗文集》七本的七篇“后记”作为《附录》收入本集——七篇“后记”共占十三个页码，不算长，但合在一起既可以作为我的“文学小传”观，也可以作为我的“人生小传”观。

从面向公共读者的可读性之角度考虑，有人建议我将“讨论文学”的部分拿下——斟酌再三，我还是保留了《文学及字词随笔》这一辑。我更深的考虑是：我“对文学的讨论”与我“对人生的讨论”是相通的，且互为印证！将“讨论文学”的部分收入本书，对本书“总体可读性”的损害会随着本书面世时间的推移而逐渐消失。

《丰碑永存天地间》和《正气长留千秋史》两篇书评是我自己十分得意且看重的文字——这两篇书评写得有“评”有“论”，用心用力均极深，本应收入本书，但因要另立一辑，犹豫良久，最后我还是忍痛“割爱”了。

为了《湖田诗文选》两本书的出版，我费尽了周折——这是我原先万万没有料到的。感谢光明日报社机关党委常务副书记、原《博览群书》主编陈品高对我的大力荐举，感谢中央编译出版社社长、研究员葛海彦——《中国共产党执政方式研究》一书作者、全国党建研究会特邀研究员对《湖田诗文选》两本书的出版所给予的关照，感谢中央编译出版社社长助理董巍——文化学者、资深编辑出任《湖田诗文选》两本书的责任编辑。

《湖田诗文选》对我来说可以用“六个字”概括：两本书，一辈子！为了展开性和保存性都能好一些，《湖田诗文选》两本书的书脊锁线装订——愿这个不能不爱的世界能因这两本小书的加入而增添一点点的精采！

16 年 7 月 26 日于汉口金涛翰林苑

图书在版编目（CIP）数据

湖田文选 / 袁利荣著. -- 北京 ：中央编译出版社，2016.9

ISBN 978-7-5117-3085-5

Ⅰ.①湖… Ⅱ.①袁… Ⅲ.①散文集－中国－当代 Ⅳ.①I267

中国版本图书馆CIP数据核字(2016)第197001号

湖田文选

出 版 人： 葛海彦

责任编辑： 董　巍

责任印制： 尹　珺

出版发行： 中央编译出版社

地　　址： 北京西城区车公庄大街乙5号鸿儒大厦B座（100044）

电　　话：（010）52612345（总编室）　（010）52612341（编辑室）

（010）52612316（发行部）　（010）52612317（网络销售）

（010）52612346（馆配部）　（010）55626985（读者服务部）

印　　刷： 武汉市金港彩印有限公司　**经　　销：** 全国新华书店

开　　本： 787mm × 1092mm　1/32

印　　张： 9.5　**字　　数：** 200千字

版　　次： 2016年 9月第1版　2016年 9月第1次印刷

印　　数： 1— 4000

定　　价： 21.00元

网　　址： www. cctphome. com　**邮　　箱：** cctp@ cctphome. com

新浪微博： @中央编译出版社　**微　　信：** 中央编译出版社(ID: cctphome)

淘宝店铺： 中央编译出版社直销店(http://shop108367160. taobao. com) (010)52612349

本社常年法律顾问：北京嘉润律师事务所律师　李敬伟　问小牛

凡有印装质量问题，本社负责调换，电话：(010) 55626985